兵临城下，两军对垒，

枪林弹雨中一名乞丐，

一名国民党军官的女儿，

一名国军小兵，

一名解放军小战士，

四位少年开始相互追逐、缠斗，又相互拯救。

是朋友，还是敌人？

从天津到北平，他们的灵魂挣扎、流浪、寻找。

就在开国大典隐约的乐曲声和欢呼声中，

他的胸膛被一颗子弹穿透……

文化发展出版社
Cultural Development Press

史建全 ——

东 方 ——

著

图书在版编目（CIP）数据

　　解放了 / 史建全, 东方著. -- 北京 : 文化发展出

版社有限公司, 2019.10

　　ISBN 978-7-5142-2796-3

　　Ⅰ.①解… Ⅱ.①史… ②东… Ⅲ.①长篇小说—中

国—当代 Ⅳ.①I247.5

中国版本图书馆CIP数据核字(2019)第209002号

解放了

著　者　史建全　东方

出 版 人	武 赫	特约监制	李 昂
责任编辑	范 炜　刘淑婧	特约编辑	黄土路
责任校对	岳智勇	责任印制	杨 骏
装帧设计	璞 间	营销推广	刘 源　崔 烨　徐 莹

出版发行　文化发展出版社有限公司（北京市翠微路 2 号　邮编：100036）

网　　址　www.wenhuafazhan.com

经　　销　各地新华书店

印　　制　北京印匠彩色印刷有限公司

开　　本　710mm × 1000mm　1/16

字　　数　259 千

印　　张　18.5

印　　次　2019 年 10 月第 1 版　2019 年 10 月第 1 次印刷

定　　价　49.80 元

ＩＳＢＮ　978-7-5142-2796-3

◆ 如发现任何质量问题请与我社发行部联系。联系电话：010-88275710

目　录

001　★ ————————————————————————
　　1.想不到，他一直盼望的团聚，是在这里，
　　是死在这里

009　★ ————————————————————————
　　2.城里的货场四楼上，当小五的目光落到了那件
　　皮衣上时，城外的那枚炮弹，很快就要出膛了

　　　　　　021　★ ————————————————
　　　　　　　　3.大龅牙怀疑自己看花眼了，使劲
　　　　　　挤了挤眼，是的，是血。不但流血，
　　　　　　胖墩的两条腿还在激烈地抽搐

027　★ ————————————————————————
　　4."嗒嗒嗒嗒"，一排子弹把逃兵戴的钢盔打得
　　团团转，顿时，高个子满脸流血，"啊"的一声
　　倒在货架上

037 ★ ────────────────────────

5.三根金条，时常出现在孟幽兰的梦里。在梦里，
她不停地躲啊藏啊，将金条埋在山坡上，掖进
裤腰里，挂在茂密的树冠里……

045 ★ ────────────────────────

6.有钱人的地方，就是最容易赚到钱的地方。
有钱人慷慨，有钱人还和气，有钱人爱面子，
有钱人不想让别人感觉自己是小气鬼

055 ★ ────────────────────────

7.自己也是个有用的人了，他竟然救了
一个人。能救别人的性命，那要在他老
家人眼里，他该是多么伟岸

067 ★ ────────────────────────

8.她听见了，刚才，外面，是父亲的声音。
听声音，她父亲，是继续出去战斗了

077 ★ ────────────────────────────

9.天津市军管会楼顶上，青天白日旗早已被降
了下来，取而代之的是一面鲜红的八一军旗，
随风飘扬

091 ★ ────────────────────────

10.唯一的一次可能找到母亲尸体
的机会，就在她的嗳嚅中失去了

103 ★ ──────────────────────────

11.大人孩子纷纷走上街头，跟着游行
的队伍，欢腾着、庆祝着解放后的第一
个不眠夜，好一派车水马龙的夜景

111 ★ ────────────────────

12.就是她，她就是小兰子！她昨天
晚上还在这里，现在跑哪里去了？

117 ★ ────────────────────────────
13.小兰子却不想去，执意要在城门口继续找人。
等俘虏队伍走到末尾了，小兰子踮起脚，前看
后看，还是没找到

                    123 ★ ──────────────────────
                    14.小五终于明白过来大脑袋让自己捞的宝贝
                    是什么，又一猛子扎进水里。当他再从水里钻
                    出来时，手里举着一支汤姆逊冲锋枪

133 ★ ────────────────────────────
15.短暂的快乐，让三个穷苦孩子忘却了伤痛，
忘却了饥饿，忘却了失去亲人的悲伤。至于
以后怎么样，孩子们不知道，也没法想

                    141 ★ ──────────────────────
                    16.大脑袋咬着牙一字一顿地说："冤有头，债
                    有主，父债子还，天经地义，自古在论！"说罢，
                    一拳挥过来。小五眼前一黑，晃了晃，倒了下去

149 ★ ────────────────────────

17.大脑袋一咬牙,一闭眼,啊了一声,
一砖头拍下去。小五只觉得眼前一黑,
一道黏糊糊的血水沿着脑门淌了下来

155 ★ ────────────────────────

18.大脑袋握着菜刀的手抖了起来,抖得越来越
厉害……他举刀的手狠狠地剁了下去!"砰"的
一声,菜刀失了准头,剁在了军官的铝饭盒上

163 ★ ────────────────────────

19.单眼皮拼命挣扎,但哪里是纠察队员的
对手?不一会儿,被牢牢捆住,押解走了

173 ★ ────────────────────────

20."我想去北平,我想找到我爸爸。"小兰子
回过头说。小五看看她倔强的眼神,问:"你是
想找到单眼皮吧?"

187 ★
21.满屋只剩下一个人坐在桌边，没事人似的端起汤
盆，只见汤尽盆干，盆底露出了那个珠子串的钱包。
小五趁放汤盆的机会，悄悄把钱包顺进了袖子里

201 ★
22.单眼皮的"哈拉少"虽然和苏联军官说的
最后一句不完全一样，但有几分相像，大脸蛋
对单眼皮的敬佩之情暗中多了几分

211 ★
23.大脑袋抱着汤姆逊冲锋枪，蜷缩在井盖下，听
着头上的井盖被追赶的人群踏得砰砰直响。想了想，
用洋灰袋子把锯短了的汤姆逊冲锋枪包裹好，抠下
井壁几块松动的砖头，把冲锋枪塞了进去

219 ★
24.尽管是男孩打扮，但小兰子紧贴着胸脯凸出的
"果实"，让大脸蛋子以为自己看花了眼，愣了一下，
方才反应过来，"哇"的一声，也逃出了水房

231 ★ ─────────────────────

25.这一夜的遭遇，留给大脑袋一个
坚定的信念，就是，做一个干净的人

243 ★ ─────────────────────

26."你们想好咯，不管你，还是你，不管是谁，
藏着枪,罪过就大了,谁都保不了你们,想死想活,
你们自己拿主意"

257 ★ ─────────────────────

27.这个人啊，非常狡猾……抗拒
学习改造、破坏和平整编，前几天
伙同他人打伤哨兵——逃跑了

269 ★ ─────────────────────

28.菊花顶伸手将小兰子半长的头发压到前额
上，弄成刘海的形状，果然，小兰子女孩子的
模样，和照片上的孩子一模一样

277 ★ ─────────────────────

29.单眼皮倒在地上，他一只手捂
住胸口……他吸了最后一口谷豆香
味的空气，慢慢地闭上了眼睛……

想不到，

他一直盼望的团聚，

是在这里，

是死在这里

冬日。

过午。

日色稀疏。

窗前圆桌旁躺椅里八十三岁的孟幽兰又一次想起她十四岁那年，被母亲拽出表姨家的残石门，一路向城里奔去的情景。着高跟皮鞋、灰底白碎花旗袍的母亲一手抓着包袱，一手紧攥住她的胳膊，不顾表姨和表姨父的极力劝阻，咬牙拉着她奔出胡同。

两边墙根处，黑黢黢的一片又一片，是残枯的鸡冠花、夜来香和蜀葵。半截脏渍的灰布衣袖挂在长满刺的月季秆儿上——她已经来了多日，胡同道里的情形已经记在心里。虽然天还未亮，但她知道哪截胡同道上是碎石，哪截是煤渣子。一群野狗轻吠着奔过胡同口。她想挣脱母亲的手跑回去，但看了看母亲的脸色，看不清楚，但她清楚地听到母亲急促的呼吸。她回过头，抓紧母亲的手向前奔去。

"凡剩点脑子的，都早逃到了城外。"她听到表姨在她们身后恨铁不成钢，"你走你的，把孩子留下吧！"

表姨经了些年岁的哭腔，仿佛还在她耳边回荡。

她想，如果当时她母亲能转念一想回转身，那就不会死，她的人生，她父亲的人生，也许全是另外一番境况。但她母亲毫不理会，甚至对表姨的请求好像还有点不耐烦，她不断催促她快点。出了胡同口，到了大路上，她把住路边一棵未长成的白蜡树，请求母亲听从表姨的话，把她留在表姨家。她听表姨说过外面在打仗，死了好多人。她母亲弯下腰，摸着她的脸神秘地一笑，说："傻丫头，咱们就要过上好日子了。"

对她满脸的惶惑，母亲不以为然，甚至有些得意地说："你爹找人送信儿来了，保准的，啥都不哄你，到了，你就知道了。"

对母亲天生的信任让孟幽兰仿佛看到她的父亲、她们的好日子，正在不远一处坍塌的残屋顶上升起来的烟尘中显现出来，在将亮未亮开的夜空中，像朵膨胀的牡丹花，又像撕咬过几口的棉花糖。她加快脚步，随着母亲大步向前，走过一条又一条残损的街道，跟跄过一堆又一堆残砖瓦砾。母亲一次又一次弯腰咒骂着提上被碎砖破瓦绊掉的皮鞋，慢慢地，在街上站住了。

"怎么啦？我们迷路了吗？"她问。

她母亲已经把四周细细打量几遍，空气里她母亲焦急疑惑的味道，她闻得到。她真想转身跑回去，但她知道，她回不去了。她在一种宿命式的慌乱中咳嗽起来，母亲一把捂住她的嘴。

"唔——"她母亲转身对着四周打量几遍，说，"轻点，应该就是这儿啊，论说，我不会认错啊。"

孟幽兰记得母亲重复了好多遍不会认错的话，直到她成年，经了些世事。她想，在她们站在街面上犹豫的这一会儿，要往回走还是来得及的，但是，似唾手可得的好日子紧紧把她母亲扼在手里，让她坚定不移地拉着自己十四岁的女儿往前又走了几百米，并在一声枪响之后，尖叫着滚进街边的楼里。

烟尘弥漫，她分辨不清身边乱七八糟的是什么东西，只感觉呛，想咳嗽。她们身边其实是残损的木架子。她们头顶上，还有半条洋烟卷儿的广告条幅。太暗了，她们都没有看清楚，她惊魂未定的母亲紧紧地搂了她一把，嘴里喃喃地说："孩子不怕。"又紧接着说，"可吓死我啦！"

"回吧，回表姨家。"

　　她哆哆嗦嗦地抬头向着母亲。

　　"是，我们是应该回去，但是——"她母亲扶着木架子站起来，摸到残墙处向外看了一会儿，"反正，天天响枪的，找到你爹，我们就，就，回老家去。是，对面应该就是太平饭店，我记着，那里挂着块好大的老匾牌，都塌了，认不出来了，你爹也许就在里面，你在那别动，等我回来。"

　　她母亲爬过残墙，又一次站到街上，在月下闪着荧荧的蓝光，向对面走去。

　　"轰隆——"这一回，是炮声。

　　每次想起那炮声，孟幽兰都会禁不住浑身一抖。她站起来，裹紧肩头的毛毯，佝偻着腰身，走到沙发边，坐好，拿起旁边玻璃方几上的电话，一个号码，一个号码地摁下去。

　　"喂——"她不自觉地扯了下嘴角。

　　"喂——喂——"那头是个苍老的男音，"哎呀，哎呀，信号不好啊，喂，喂——"

　　"喂——"她又喊了一声。

　　"哎，哎，呀，小兰子！"那头掉线了。

　　短暂的沉默之后，她对着话筒，说："小五哇，我想我妈了。"

　　说完，她坐进沙发，看着眼前地上黄澄澄的光线，搓了搓脸，向后靠在温软的靠背里。那一天，在被炮火轰成瓦砾堆的中原公司一角，她就是这样靠在她母亲的胸前，托着她后脑勺儿的。她母亲的乳房，正在慢慢失去温度。那个时候，她还不知道母亲正离自己远去，她还想，爹快过来呀，快过来，带着她娘儿俩，回老家去，回老家去，过好日子。

　　孟幽兰的母亲在炮火击中中原公司之后，又一次爬进那道残墙。

　　和她母亲一起跌进墙里边的，还有几个衣衫褴褛的小叫花子，她母亲从墙边爬向她藏身的架子后面，那几个小叫花子迅速在她们身边滚过横七竖八的箱架和瓦砾，一闪身不见了。惊魂不定的母亲拉着她，循着几个小叫花子的声音，摸到了从顶棚上斜挂下来的巨幅胭脂广告画遮掩着的楼梯。

"快，上去。"她母亲拉着她，一步步朝楼上走去。

他们不知道，二楼的每一个窗口后面，几块木板遮挡着的，是早架好了的重机枪和平射炮。一位着装齐整的少校军官在墙角醒来，惊了一下，喃喃地说："怎么睡着了？"

他在黑暗中站起来，指着窗前地上摆放得齐整，盛满黄澄澄的炮弹的木箱，压低了声音让一个头戴钢盔的士兵拿木板遮一下。

"有什么可遮的？天还没亮起来呢，再说，又不是上轿的大姑娘，就要干起来了，怎么死不是死！"

声音更要低一些，但语气更冷硬决绝。

少校迅速转身看向声音来处，光线不行，但他能想象得到这个士兵的满脸戾气。那个士兵抬着头，梗着脖子，挑衅地朝着他。他转过头，余光中看到两个瘦弱的身影闪过楼梯拐角处。

"什么人？站住？"少校喝毕，拿手突然掩了下嘴，向两边看看。

孟幽兰娘儿俩并没有发现窗旁的士兵和武器，听到喊话，惊得扶着墙站住。须臾，又踮着脚迅速爬了上去。

少校军官往楼梯口走了几步，刚才挑衅的士兵转过身，故意懒洋洋地用气流说："报，告，长，官，是，俩，娘，们儿。"

"有女人陪着我们死，不更开心？"

"住嘴！"少校军官闷喝了一声。

"刚才，几个小叫花子也过去了。"少校身边一个士兵说。

少校愣了下神："你，看清楚了么？"

"报，告，长，官，看，清，楚，了。"

少校军官看了看四周，摸了摸下巴，扭头问旁边的人："有烟吗？"

递过来一支烟卷儿，少校军官拿起来闻了一下："美国货。"

点上，抽了一口，又拿手指掐灭，扔到地上。烟卷儿被一只手迅速捡起。

军官又一次看了看四周，想了想，低声说："他妈的，又想尿。"

少校军官说着继续朝楼梯口走去，一只手，下意识地碰了碰胸前。

这一刻，他已经明白，过去的人影儿也许是他的妻女，要不然，不会有女人在这个时候到这种地方来。是三天前他的一张小纸条把她们引到了这里。战事这么紧，他以为她们不会来了，或者是进不来了，但可惜的是，该是两天前来的妻子，现在拉着女儿一起来了。他拿手捶了下墙，知道自己错了，他没写具体日期的纸条把妻女引向了即将交火的不归之处。他装着解腰带的样子又一次环视四周，心想就算拼了命，也要在大战来临之前把亲人指引到安全的地方。几天前，这座中原公司大楼自己还能自由出入，但目前已经成了抵御攻城的重要堡垒。早知道处境如此危险，自己无论如何也不会让她们娘儿俩到这儿来。

这到底是爱她们，还是自私呢？

他闪身到墙后，迅速登上楼梯。

这时候，孟幽兰和她母亲已经爬到了更高的楼层，隐身到挂满棉衣的架子后面。

"千万别出声。"她母亲低声说，"刚才，我好像听到你爹的声音了。"

她母亲再次点了点头，说："对，不会错的，就是他，他就在这座楼里。"

"那我们去找他吧。"

孟幽兰欲站起时被她母亲摁住："不行！他现在不能见我们，你要是在街上见了他，也要装作不认识。"

孟幽兰惊得瞪圆双眼，她不明白母亲话里的意思，母亲口中日思夜想的人，时常对自己念叨的人，说无论如何会一家人团圆的人，近在咫尺，却不相认，到底是为什么？她不敢问，她意识到眼下根本不是问问题的时候。她看着母亲，适才闪起的亮光疾速黯淡下去。

外面的寒风从离她们十几米远的窗口处吹进来，发出嚓嚓之声，吹得挂在高处的几件长衫黑乎乎地摇摆着，像吊在高处的死人。孟幽兰哆嗦了一下，她母亲抱住她的肩膀。

"要不，你在这儿别动，我去看——"

"不要——别把我一个人扔在这儿，我害怕。"

孟幽兰不等母亲说完，紧紧攥住母亲的手。她母亲向楼梯方向看了下，轻轻地叹了口气："也好，你爹会来找我们的。放心吧，你爹是军官，没人敢把我们怎么着。"

"你刚才还说，要装作不认识他——"听了孟幽兰的话，她母亲一愣，随即摇了下头，说："那不是一回事儿，你不懂。"

是的，多年以后，孟幽兰才明白母亲前言不搭后语的玄机，也揣测出父亲之所以把妈妈和自己约到战场，极有可能是时间上出现了差池。成王败寇，他的父亲没有相对的把握是不会让她们母女来找他的。一定是纸条的时间上出现了误解或错误。那张据她母亲说看后即焚掉的纸条，把她母亲引向了可怕的永恒的黑暗，把她引向了人生中的另一条路，把她英雄的父亲引向了耻辱。

但从躲在衣架后面的那一刻起，她是多么想早一些见到她的父亲啊，见到那个她早已淡忘了他的脸，但在母亲口中却英俊勇敢温暖，像太阳一样散发着无限光芒的父亲啊。

少校军官在一堆又一堆纸盒子中慢慢地走了一圈儿，走到向着街巷的墙洞后面，弯腰查看了地上摆放的武器弹药，和隐身在黑暗角落的士兵对视着互相点头后，再次转身走向楼梯。他估计妻女没看到他，不然凭妻子的机灵，一定会传递给他一个信号的，比如一声小老鼠的吱吱叫，或者一声鸽鸣，或者一个响指，总之，她是有办法让他知道她在哪里的。他们新婚后几天，经常在老家的葡萄架丛中玩这种游戏。他是个没有想象力的人，不会想到妻子会伪装成蓬蒿或者一丛青麻，或者躲在一个鸡笼后。他总是找不着她，总是得麻烦她用各种方法告诉自己她在哪里，他才不至于失面子。他不是个迟钝的军官，打仗的时候，他反应快过他的战友，但不知道为什么，一到他妻子面前，他笨拙得像块大木头。

少校军官走到楼梯口前，墙上一幅残损的画，不知什么时候被撕掉了一小半。画上是一片桃林，繁多的桃花开得正旺。他想起了老家屋后那片桃树林，还有那条穿过桃树林的弯曲小河。他甚至想起自己的母亲亲手送给妻子秀兰的一只红漆梳妆盒，上面有喜鹊登梅枝的花纹。他自己摩挲过几次，觉得笔工细致，秀兰说叫喜上眉梢。他的妻子总是对一切东西都有自己的说法。秀兰非常喜欢婆婆送的礼物，时常用它化妆，每次都装扮得恰到好处，沁着一股淡淡的香气。

这个不可思议的女人，就在这座楼里，他能感觉到她的气息，尽管已经近四五年没见到她和孩子了。这些年，战争让无数夫妻、父子或父女之间音信全无。直到几天前，他突然从一群逃难的人群中认出一个远房表兄，才知道妻女早已离开被毁掉的家园，竟寄居在自己驻扎的这个城市的一个表亲家里。他的心都要跳出胸膛了，日日夜夜思念的人，竟然就在同一个城市里起居生活，而她也不知道自己和他距离如此之近。经两天的观察，多次试探后，他决定信任这个临时被征用修筑工事的表兄，托他给妻子带张纸条。

那天夜里，他把纸条塞进远房表兄手里，看着他黑黢黢的背影消失在同样黑黢黢的夜里，忐忑了一晚上。他忽然怀疑自己的行为是否妥当，甚至怀疑这位表兄的来头，也许是敌方派进来的奸细。他想象了好几遍他妻女的尸体突然被抛到他面前的情形，出了一身又一身的冷汗。后来他又想，即使是奸细，也不可能照着他这样低职的人下手，遂平静了些。但接下来的两天，他在干活的人群中没有发现远房表兄。他的手不断摸着前胸，感觉妻女可能已经遇害了。直到上一刻，看到记忆中熟悉的身影，他的心狂乱地跳了一阵后，马上意识到他的亲人已经从他想象中莫须有的灾难跌落进现实的深渊中。他想，也许他们一家人，今天，或者更迟一会儿，具体时间要看对方攻城的时间，要一起死在这里了。

想不到，他一直盼望的团聚，是在这里，是死在这里。

想到这里他喉间发紧，不由自主地颤抖了一下，又一次出了冷汗。

事已至此，看造化吧，他想，如能出去，日子就不再艰难了。

想到这里他清了下嗓子，大踏步向楼上走去。

城里的货场四楼上，

当小五的目光落到了那件皮衣上时，

城外的那枚炮弹，

很快就要出膛了

黎明前的黑暗啊，中原公司的四楼进入了短暂的，更加黑暗的时刻。

　　从楼梯口上来，能感觉得到这空荡荡的货场子里，黑暗中那些恐惧的又裹挟着些许激动的呼吸声。

　　他闻得到，经过炮火洗劫的货场架子上落满了铜钱厚的浮土。硝烟尚未散尽，一会儿后将重新腾起？谁知道呢。军伍一入深似海，这条命随时都会被枪被炮、被上边落下的石块、被不远处飞过来的爆炸物、被刺刀、被棍棒、被绳索……夺走，他有各种各样的死法，不过没有一种是他生命终结的方式。

　　他的世界唯一的亮色，就在此刻、此地。

　　再上面就是五楼了，他进来后看到五楼有道铁门，门边有块牌子，写着"仓库重地，顾客止步"。

　　他知道，他只要转一圈，也许只走几步，就能将妻女搂进怀里。可是，他那张纸条不是叫她们来，抱一下她们，他另有深意。他同时知道，一群小叫花子，当然，也许还有别的人，也藏在这里，任何疏忽都会使他的妻女成为众矢之的。出来混这么多年，他太知道，人是什么样的。但愿炮声晚一点来，他能将亲人送出去。他看了看，大楼后面有条小路，跑得快的话，能跑进那些民宅密集的地方。也许，那里有一扇她们能活命的门。

从来不信神鬼的他，甚至在心里双手合十，求苍天，求各种神，保佑他的亲人。

他下意识地拍拍衣袋，同时也知道里面没有香烟。那东西还在，硌着他的手，他为此稍感安慰。

但他不能再等了，也许就在这个上午，就在下一秒钟，战斗就会开始。摆在他们面前的，几乎只有两条路：第一条，举起双手投降；第二条，是死无葬身之地。

他倚着墙，为接下来向两条路中的一条狂奔积蓄力量。

耳朵里满是他自己的心跳和呼吸。须臾，他坚定地朝着他妻女藏身的角落迈开大步。他能感觉得到，那个方向，他一登到楼梯口就确定了。

他疾步走到衣架后面，拉住朝他伸过来的手，继而和妻女拥抱在一起。

"嗨，是个逃兵！"

一缕阳光，伴随着一个半大小子显然松了口气的低叫在货场四楼弥散开。

孟幽兰看清了那扇巴洛克式的窗户，窗户上的拼花玻璃漂亮得她一辈子也不能忘记。她看清了父亲的脸，像一面峭壁。

那个黎明，真像梦啊。她还不习惯待在已经变得陌生的父亲的怀抱里，她挣脱出来，到母亲旁边。而她的母亲开始低声啜泣。她父亲说："你们赶紧走。"

"快点啊！都是好衣裳！"

货场的另一边，孟幽兰后来才知道的那个叫小五的轻叫了一声。她从衣架后站起来，看到一双肮脏的小手正在扒开服装柜台的玻璃门。紧接着，几个衣着破烂不堪、蓬头垢面的半大小子蹿起来，纷纷从柜台里面往外掏新衣裳。他们不顾严冬的寒冷，迅速脱光自己，迫不及待地把自己光溜溜的身体塞进尚显宽余的新衣服里。

这群小叫花子挑选了自己喜爱的衣服，感受着他们记忆中少有的快乐。这一切，也感染了孟幽兰，她站直身体，扶住面前的衣架，甚至脸上绽出和他们一样的快乐。

"蹲下，快蹲下。"母亲扯了她一把。

她没有蹲下。她在看小五从一个衣柜里往外掏一件西装，掏出后往身上比量了一下。下摆快到他膝盖了，西装把他衬得像个小丑，孟幽兰几欲笑出声来。小五摇了摇头，不甘心地又从另一个柜台里拽出一件中式夹袄，最后他干脆扒下柜台旁边模特身上的一件皮短袄迅速穿上，抓着衣摆原地打了个转儿，嘴里发出啧啧的赞叹，满意得不得了。

小五旁边，一个长着大龅牙的瘦高个儿费劲地往身上套了一件带花的旗袍，扭几下腰，摆几下屁股，惹得其他孩子笑出声来。小五说："像后街麻花铺家瘦老婆。"他们孩子都叫着："瘦老婆，瘦老婆！"

"大爷今日好阔气！"小五爆了句戏腔，抱着一大堆衣服，跑到一块穿衣镜前，踢开脚下刚刚从他身上扒下来的破烂开花的棉袄，小心脱下刚上身的皮衣和破裤子，露出搓板似的肋骨和尖瘦的屁股，惹来一阵嘘声。

他小心地穿上一套夹衣裤，裤子外套了件浅灰色西裤，夹棉衣外穿上一件同色的衬衫，小心地把衬衫下摆掖进西裤腰里："要有条皮带就好啦。"一面说，一面把刚刚脱下的皮衣又穿上。

孟幽兰眼里的小五已经是个有些帅气的半大小伙子啦。

"手脚麻利点，差不多得了。"小五不安地看看四周，提醒伙伴们。当他弯下腰，为稍有点长的裤脚感觉遗憾时，那枚炮弹带着划破空气的呼啸声，从天而降。

多年后，小五和孟幽兰聊起这一天，感叹地说："其实，战争就是赶巧了。"孟幽兰明白，他说的这个赶巧了的意思，是说战争，是说偶然。孟幽兰也同感，人的一生并没有什么必然，是一系列偶然造就的。但并不就说，一系列的偶然造就了必然，而应该是，一系列的偶然，给了人生一个结局。

这些偶然，是由人的选择决定的。

但小五正相反，小五认为他经受的一切都是命定的。比如说他从小失怙，被老偷师傅捡到成了小偷，饿得不行出来想弄点吃的，进入了那条街，后来被枪声惊得进入了那座货场，再后来成了鱼店的伙计，再后来成了工厂的工人、工段长——都是命定的。

他们——一位退休中学教师、一位退休生产工段长，几乎每次见面，都为这个问题急得不可开交。

这是他们聊天的方式。

只是，他们永远不知道，这天黎明，这颗正向他们飞来的炮弹，是个偶然得不能再偶然的事件。

他们也当然不可能看到，那一天黎明前天津城郊外的满天星斗。

郊外干冷，寒风凛冽，一拉溜几十口埋在土坎下的大柴锅口上冒出的蒸汽氤氲开来，罩住每个人的脸、身体，罩住他们身边的大炮机关枪和刺刀。

黑黢黢的大柴锅，黑黢黢的天，黑黢黢的脸，攻城的部队黑黢黢地聚集在海河边上。

河边一杆鲜红的旗。迫不及待地呼唤战斗的号角吹响。一群群乌鸦，扑打着翅膀飞过海河，飞过战士们的头顶，朝城里飞。一阵风来，吹得锅口上的热气忽地散开。

一切，显现着战争前的诡异和肃穆。

香味儿出来了。

从埋在土坎里的大柴锅中飘散出来。

炊事班的战士哼着军歌，往灶洞中扔进最后一块木柴，然后站起来，掀开锅盖，用刺刀翻搅着锅里正咕嘟着的整个猪头和半扇带着尾巴的猪屁股。

炮火，呼号，残肢和鲜血……战斗，尚未显出它狰狞的面孔。

一切热气腾腾。如果没有那些刺刀，那些大炮和枪关枪，现在的海河边更像是在举行一场聚会。河面上结了冰，深灰的冰，映着黎明前的苍穹。

一个看上去年轻瘦弱的战士坐在河边一根枯木上打他的绑腿，打完不满意，又拆掉重来，像个追求完美的艺术家，精益求精地一次又一次调整着布条缠绕的斜度和松紧。最后，他终于打完，站起来，整整军服，跺跺脚，脸上露出满意的神色。

那个和他坐在一根枯木上的年纪大一些的正在刮胡子的汉子，一看他就不是个精细人儿。他三下五除二嚓嚓刮一通，就把刮胡刀丢给几米开外的戴眼镜的战士，站起来摸了摸下巴，两根手指尖揪住两根漏刮的胡子，另一只手挥起刺刀。

他旁边的一个人，伏在膝盖上捏着水笔写信。

战争就要来了。

战争好像永远也不会打响。

城里的货场四楼，当那个年轻的少校军官一把抓住他妻子的手的时候，城外的河边上，一溜儿排开的大柴锅的盖子全被掀开了。十来个战士手持步枪，用枪尖的刺刀插进锅里，挑出猪头、猪屁股、猪腿，扔在翻扣的锅盖上，接着工兵铲上来，嚓嚓嚓嚓劈得七零八落。

一排又一排印着五星和部队番号的搪瓷脸盆早在地上排布齐整，大块的猪肉飞快均匀地飞进脸盆中。战士们再次检查自己的装备，在食物诱人的香味中聚过来。

另一边的炊事场地上，白面馒头出锅啦，一筐筐抬到场地中央，很快被七手八脚抓光。

河边刺刀枪械的哗啦声，骡马的呼哧声很快被吃饭的咀嚼声、笑闹声、喝水喝的咕噜声代替，筷子饭勺叮叮当当，热火朝天。

这时候，城里的货场四楼上，小五正在将手伸向服装柜台。他的目光落到了那件皮衣上。

那枚炮弹很快就要出膛了。

"十九、二十、二十一……"

城外海河边，蒸腾的雾气早已散去，吃饭的空地上遗弃着猪的头骨、股骨、肋骨、葱根蒜皮，还有折断的筷子和饭勺。搪瓷脸盆叠放在两棵槐树下。河面的冰上，一丛又一丛干枯的菖蒲像一支又一支利剑，指向苍天。河沿上的马蔺草挑着焦黄的条条叶子轻轻摇摆。肃杀的冬季，热腾的战士，灰蓝的天空，黑压压的人群……世界要焕然一新了。在硝烟之后，在流血之后，在婴儿的睡梦里和老年人瞪着浑浊的瞳孔的等待和祈祷里。

报数声在嘈杂人声中渐渐清晰了。

那个把一枚炮弹和城内货场四楼的小五、孟幽兰和她的父母联结到一起的小战士，正弯着腰，扳着他那只拨弄了无数人命运的脚，抠鞋底的粘泥。

他旁边是炮兵阵地。一个大块头在凛冽的东北风里光着膀子，托举着一枚小水桶粗的炮弹。汗水正顺着他古铜色的脊背流淌下来，被厚厚的棉裤腰拦住，先是汇成一汪，须臾又被裤腰吸尽。

抠鞋泥的小战士钻进人群，蹲下，看蹲在脸盆前的小战士，按站在大块头身边的一个拿着手表数秒的大个子战士的报数，把一个个馒头放进大块头脚下的脸盆："二十七、二十八、二十九、三十……"

大块头终于举不动了，嘴一咧，几个战士忙上前接过他手里的炮弹。

"大牯牛托生的呀！"盯着大块头胸前的大块肌肉，抠鞋泥的小战士感叹了一句。当看着大块头端起小山一样的一脸盆馒头，抓起几棵葱和一块带着尾巴的猪屁股肉大嚼时，他的嘴也不由自主地跟着嚼动起来。

"你倒嚼呀！"旁边有人打趣他。

小战士害羞后扭头朝着打趣他的人瞪起眼："我又不是牛，我不倒嚼，你才倒嚼。"头上马上被弹了个丁公："小屁孩子，敢顶嘴了。"

抱着炮弹的战士把炮弹塞进了炮膛，关上了炮门儿。

"你才是屁孩子，我——"

小战士一开口，看到另一个丁公，已经快到了他头上，他端着刺刀转身飞奔出人群，在蹲着吃饭的炮兵群中跳来跳去，大喊："你个老屁孩子，有本事你来逮我呀，你过来呀。"喊叫着转身跳出吃饭的人群外，半只啃净的猪头骨，绊住了他那只抠干净泥的鞋。他脚一翻，把甩在地上的炮拴拉绳缠住。眼看追他的人就要过来，他转身欲往吃饭的人群中跳，却一头栽倒在大块头面前的肉盆边。

他的脚用力一蹬，"嗵——"那枚刚刚还在大块头手上，为他赢取了一大盆白面馒头的炮弹出膛了。

谁也没有抬头，空气中，是咀嚼声，碗筷的叮当声，笑闹声。枪炮声对他们来说太稀松平常了，战斗快打响了，填饱肚子才是最紧要的。

那枚炮弹划破闪烁着万点星辰的夜空，飞向天津城。

大炮弹带着划破空气的呼啸声，飞过楼群，飞过街道，飞过黎明时分灰色的天空，优美的弧线尽头，正是已经残破的百货卖场。

这时候，大龅牙刚刚扯下旗袍，换上一身西服，还未来得及扣好前扣。

"轰——"

他们不由自主地摇动了下身子，不等他们抬起头，炮弹已经穿透楼顶，扎进货场，砸垮地板，轰隆一声，掉进楼下一层！

在爆炸腾起的烟尘散开之前，四楼惊叫声一片，小五们从被炮弹砸开的窟窿中掉了下去。

"快，快到下面去。"少校军官拉起妻女，但很快，在他目光划过远处小五们扔下的破衣烂衫时，他转过身，拉着妻女跑过去。

"快，换上他们这些衣服。"少校低沉的嗓音不容置疑。

孟幽兰一时转不过弯儿来，她母亲已然会意，立即抓开盘得光滑的发髻，一颗一颗解着旗袍的扣子。布盘扣密密麻麻一长溜儿，母亲的手因紧张而颤抖着，孟幽兰跑过去帮她母亲解，父亲说："我来帮你妈，你换你的。"

父亲说着，在地上捡起那件最破旧的衣裳递给她。

衣裳又破又臭，她立即皱起眉头，看了父亲一眼，后者正在认真地帮她母亲解旗袍上的布扣子，笨拙得很。无奈，她脱下自己宝蓝色的外衣，穿上这件灰不溜丢的脏衣裳。

母亲旗袍上的扣子终于全解开了，她母亲从上面撩开，快速褪下。她看到她父亲快速地盯了一眼她母亲那件杏黄色的胸衣下饱满的乳房，她父亲注意到了女儿的目光，快速把头扭向一边。

母亲迅速换上一身破衣裳，拿手往地上抹一把，先在孟幽兰脸上抹了几下，而后又往自己的脸抹。

她父亲解开自己衣扣，伸进手掏出三根黄澄澄的金条。

金条啊！

孟幽兰从没见过金条，但聪敏的她立即明白，这三根金条才是父亲冒险让母亲来到此地的目的，也是母亲说什么都不肯把她留在表姨家的原因，更是她父亲不幸的开始和结束。

她母亲无声地伸出手握住金条，然后将手伸进胸前内衣，她知道，母亲把它们放进了杏黄色的胸衣里。

"下去，这个楼后边有条小道，直通青葫芦胡同，是我——见机行事了——"

他父亲突然噙了声，用手枪柄砸开化妆品的玻璃柜台，拿出一把剃头推子，直奔小兰子而来。

幽兰知道父亲想剪自己的头发，手握住过肩的长发，倒退了一步。母亲将女孩拉过，急促地说："小兰，听话！"

听到母亲这么说，尽管不情愿，也不敢再争辩，孟幽兰听话地坐在一个破箱子上，将头伏在妈妈的大腿上，任凭父亲三下两下将头发剃成贴着头皮的短发。

后来，她想，她父亲，在那一刻，心里是内疚，还是松了一口气呢？三根金条，从哪里来的？前主人是谁？都经历了些什么？对于他这个级别的军官，这意味着什么？

没来得及问，没来得及说，亲情聚散，世事无常，一切像个梦，甚至没来得及做圆满，又像一阵烟，在半空里刮一阵，消散了。

军官拉着她和她母亲匆匆往楼梯口走去。

她母亲边走边抬头看她父亲的脸，她父亲抬起手，摸了摸她的头，摸了摸她母亲的肩膀。

孟幽兰后来想，如果不是战争打响得太早，他父亲也许会送她们出门，到楼后指给她们通往他口中说的青葫芦胡同的小道。成年后，有一段时间孟幽兰因工作去过天津几次，想起父亲那天的话，她想去青葫芦胡同走一走。到了大致的方位，问了很多上了年纪的老人，都回答她从来不记得有什么青葫芦胡同。

或许改了名，或许父亲记错了，或许那条胡同根本就不存在，没了就没了吧，一条她和母亲从来没有踏上的路。

但是她心里总也放不下，青葫芦胡同几个字，最终在她心里成了一种乌托邦式的符号。一个闪着光芒，却让人无法到达的地方。有的夜晚，她会忽然没来由地想象那条胡同的样子。也许住在胡同里的人，心里向往着福禄吉祥，最终把这种向往落实在了青葫芦上。也许，胡同两边的墙上，到了秋天就会挂满一只又一只绿油油的葫芦。

不然呢？

父亲最终没能送她们出楼门，因为，不待走到三楼，他们听到楼下一阵嘈杂，一个女人的嘶叫响彻整座大楼。

"出事了。"她父亲看看她和她母亲，拿下巴朝烟尘弥漫的货柜示意，"躲在后面，我去看一眼。"

她父亲是军人，在那一刻，无法推托的责任和荣誉将他从妻女身边推开，推到楼下。

楼下的小叫花子在尖叫，孟幽兰闻到了食物的香味儿，是糕点，她咽了下口水。而她的母亲拉着她，趁乱迅速躲进货柜后面，很快，又藏身到一堆杂物箱子里。

楼下的一切，她看不到。但后来，慢慢明白发生了什么事。

门口正在筑沙袋的士兵看到街上跑过一个年轻的女子，起着哄把她拖进门里。

看到这女子的人，都会立即明白她是个什么样的人。这女子穿着浅灰底绿花的旗袍，鬓发，脸上残妆狼藉，她手里扯着的一只缀着珍珠的小手包在挣扎中被扔出老远。女子一边虚张声势地尖叫，一边惊悸地查看周遭。待她确定了自己的处境之后，反倒沉静了。

少校官军站在楼梯口，看到这个女子半倚在一只货箱上，慢慢解开自己的扣子。

鸦雀无声。

隐身在窗后暗处的士兵睁圆了眼睛。

女子将旗袍下拉，露出一只肩膀和鲜红的抹胸。背对着少校军官的一个士兵起了哄，看着对面士兵的眼色，转过身来，往后看了一眼军官，低下了头。女子抬头发现了少校军官，迟疑地停住手，脸上露出一丝苦笑。

"是长官先来吗？"

女子站起来，裸着肩膀和半只乳房朝他走过来。

他掏出手枪，瞄准女子拉开枪栓。

所有人，屏住呼吸。

女子笑了一下，扭着腰，弯腰蹲下，顺手拉起一个士兵的手放在她的乳房上。

"长官这是要军法处置我吗？"她甚至娇笑起来，笑得花枝乱颤，惹得有些士兵也笑出声来。女子伏下身，轻轻亲了下士兵的嘴。士兵惊了，捂着嘴转头看向少校军官。女子也转过头，脸上闪现出一丝得意。

"砰——"

少校军官沉下手，朝女子脚下就是一枪。

"扑通——"

女子晕倒在地。

那只握枪的手在半空悬停了一会儿，收起来，把枪插进枪套。

"把她拖过去。"

他朝角落里示意。

大龅牙怀疑自己看花眼了，

使劲挤了挤眼，是的，是血。

不但流血，

胖墩的两条腿还在激烈地抽搐

战争就要来了。

但三楼的小叫花子们,浑然不觉。

仗已经打了很多年,和日本人打了又自己打,总也打不完,但肚子,总是要填饱的。对于小五们来说,填饱肚子,窝在远处听枪炮声,几乎和过年时放烟花爆竹一样让他们激动和快乐。生死的概念,对他们,只是直觉上的害怕,他们想,远着点,躲开就行了。他们是多么瘦小啊,一段矮墙,一道浅沟,甚至是一块大石头,就可以躲起来啦。他们尚未近距离接触战争,枪炮声和英雄的故事,却早已流传在他们中间。

小五后来和孟幽兰说,当时,他其实还是有些害怕的,但他是当头儿的,要是有一次显出害怕的样子,就完蛋了。乞丐头能被打、被骂,但绝对不能被吓住,不然他们就不再承认他了。战乱之中,谁挺出,熬出头,谁就是头。他必须挺住。

炮弹袭来之时,他是第一个感觉到的。

当时他刚穿好新衣裳,看着脚上那双破得露出脚趾的破麻鞋,心想再要有双皮鞋,就拽得很啦。正惆怅时,他发觉耳朵里生出嘶嘶的声音,很轻,像一只马蜂在扇动翅膀,越来越大,越来越近——

他走到墙洞边,看到晨色即开,灰色的天空中暗褐色的云被拉出银河形状,轰隆一声，还未来得及想是怎么回事儿，自己就被震下去了。

烟尘弥漫，什么都看不清楚，小五跌得肋叉子生疼，浑身像散了架一般。他咒骂着，伸手朝四周摸摸，摸到了皮的布的棉的单的——

他抓一只凑在眼前，是一只黑色的皮鞋。他心生欢喜，顿时忘了身上的疼痛，一骨碌从地上坐起来踢掉脚上的破鞋，把新皮鞋套在脚上。

"太大啦！"

话音未落，又一大堆各式各样的鞋子噼里啪啦从他头上炮弹洞穿的地板窟窿中落下。他不知道这是楼上仓库被炸塌，皮鞋存货落下来，几欲将他埋住。

他从鞋堆中伸出头，朝上看了看，明白自己已跌落到下一楼层。他抬起头，看到头顶楼板窟窿中露出大龅牙惶恐不安的脸，就吹了声口哨。大龅牙见掉下来的小五竟然还活着，冲他龇牙一乐，小五也冲他笑起来。

小五钻出鞋堆，在烟尘中借着晨光终于选到一双棕褐色的合脚皮鞋系好鞋带，大龅牙也从楼上奔了下来。另一个角落里，他的伙伴们已经重新开始笑闹，原来，他们发现了各种各样的食物。

炮弹片碰翻木质的和藤编的点心箱子，各式精细糕点散落一地。

新衣服，新鞋，好吃的点心。

小叫花子们迅速忘记了刚刚差点要了他们性命的炸弹，物质突然极大地丰盛让他们忘记了周围的危险，仿佛突然进入了天堂般地快活起来。他们揭开各个箱子上的盖子，从里面掏出糕团、江米条、萨琪马、烧饼，大嚼起来。即将到来的大战，被他们的快乐挤推到下一层墙洞后，那些士兵紧绷的脸上，闪着微光的炮弹和机关枪上，角落里昏死的旗袍女子脸上。那女子，仍露着一只乳房，腿上的丝袜，从小腿一直到大腿，爆开一道长口子。

躲在黑暗中，母亲怀里的孟幽兰，咽了下口水。她抬头看着母亲，看不清母亲的脸，但母亲却立即知晓了她的心思。

"藏好，千万不能出去。"她母亲轻声说着，咳嗽了一声，马上拿手捂住嘴。

她的父亲，正想返回楼上送她们到楼后去时，看到外面贴着街边，露出平射炮炮筒。

他心想，完了。

他不是那群对战争茫然无知的小叫花子，全然不知道战斗已至。他知道，这回，残酷的战争马上要开始了。可能先是炮轰，而后是巷战，肉搏，没有别的选择了。

完了。

但那一刻，却是小五有生以来，最阔绰的时光。

他们还发现了一个箱子里齐整地码放着麻花和西式蛋糕。小五一手抓了根大麻花，一手抓起一块蛋糕一齐往嘴里送。小五想，再来只烧鸡和两瓶酒，就是神仙过的日子了吧。

"酒——"

大龅牙叫起来。

上天像知道他的心思般，他们发现了酒，食物箱子旁边，贴墙摆着的，是红酒、白酒和威士忌。大龅牙咬开一瓶红酒瓶嘴上的封皮，却怎么也没法把瓶口内的软木塞弄出来。小五掂出一只白瓷瓶。

"得嘞，就它吧。"

他咬开一瓶铁盖白酒，往嘴里倒了一口，呛得大声咳嗽起来。

小五把大龅牙没弄开的红酒拿在手里看看，走到墙边猛地往墙上一砸，瓶嘴撞断，红酒泼洒出来。小五把酒瓶高高举到半空中，仰头张嘴倒了一口："这是什么破酒？八成是酸了吧？"小五顺手把大半瓶红酒连瓶扔掉，回头拿起白酒猛灌了一气："看了没，爷们儿，爷们儿，就得这样喝。"

白酒，顺着小五的脖子流到夹克上，流到地上。旁边的几个小叫花子也凑过来，一人一口，捏着鼻子往下咽，换来小五鄙夷的目光。

孩子吃啊喝啊笑啊，似春光明媚，似月圆花好，似歌舞升平。

没几口，小五就醉了，趴在地上，再难顾一身新衣新鞋，脸贴着地皮儿，叫喊着，一个劲儿傻笑。水门汀地面很平却很凉，尤其是在寒冬腊月，他燃烧般的脸贴在上面，感觉很舒适。

小五眯着眼，开始哼哼唧唧，在地上打了个滚儿。大龅牙也喝醉了，走到小五身边："看你这尿样儿，起，起来呀——"他抬起脚，大约是想踢小五一脚，腿一抖，整个身子面条似的软下来，瘫倒在小五旁边。他挣扎着想站起来，不料撑住地面的手刚一离开地面，又瘫倒。他趴在地上，努力睁开眼。

他的眼前，地面被炸裂开一拃多宽的大缝子。裂缝儿里，有些人在忙碌。他使劲揉一把眼，确实没看花眼，国民党士兵正在往货场子里推进平射炮，一门又一门，闪着初晨的阳。他看到下面货场里的窗前（确切说是墙洞前），沙袋堆得和小山一样高。他还没有看到，一楼刚才洞开的大门处，已经用沙袋堵了近一人高，士兵们紧张地构筑着机枪工事和平射炮的掩体。

大龅牙突然清醒过来。

"哎，哎——小五，小五！"他转着身，到处找小五。

另一个胖墩墩的小叫花子也喝醉了，听见大龅牙喊小五，凑过来，踢了踢小五的腰："哎，真，真是骑着，驴，驴找驴——你弯，弯不下腰，腰啊。"

"别出声儿，别出声儿！"大龅牙制止胖墩说话，但晚了，底下有个士兵突然抬起头，瞪了他一眼，他吓得一激灵。赶紧把小五搭在地缝儿上的一条腿拽回去。

"快，快躲起来。"大龅牙去拉胖墩，被胖墩灵巧地闪开了。大龅牙往底下看一眼，一个士兵，正举着一杆卡宾枪，好像正对着他。其实他看错了，那个抱着枪的士兵，正在打盹儿，根本没有看到他。

大龅牙转身躲进食品箱子后面，冲着小胖墩边喊边打手势，让他快过去。

小五还趴在地上滋滋地傻乐个没完，胖墩醉得太狠，根本没有听见大龅牙说些什么，嘴里吃喝着："什，什么爷们儿，尿，尿的就是你这，这孙子。"说着解开裤子，冲着小五脑袋就哗啦啦撒起尿来。尿水歪歪扭扭地从小五头上淌过，流进了地缝——

这个傻傻的小胖子，不知道死亡已经向他张开狰狞的大口，还在张着嘴，傻笑着，尿得忘乎所以。

下面的地上，一堆堆炮弹箱摞在平射炮旁，有个士兵撬开一只箱盖，里面齐整地码放着黄澄澄的炮弹，士兵拿起来，仔细看了一眼，又放回去。每个窗洞口都架好了重机枪和平射炮，士兵接住递过来的烟卷，放进嘴里，看看外面划亮火柴。窗外，晨色清冽，浅灰色的背景里，飞着一只麻雀，这只小小的生灵抖动着翅膀，在半空里盘旋了一圈儿，慢慢落在他面前的窗洞上，扭着头，又亮又黑的小眼睛和一个头戴钢盔的士兵对视片刻，似乎感觉到这里的危险，又忽地飞走了。

和麻雀对视的士兵怅然轻叹，小鸟真好啊，哪怕是一只麻雀，可以自由地飞来飞去，不像自己这些当兵的，整天把脑袋瓜拴在裤腰带上。他把烟点燃，深吸了一口。

突然，头顶上一股水注顺着他的钢盔淌下，把他刚刚点燃的香烟浇灭。他从唇间取下烟，拿手指在上面蘸了下，放在鼻子底下一闻，再闻一下，突然皱起眉头。

"操你妈的！敢在老子头上撒尿！"

士兵抬头看向头顶的地缝，火冒三丈，抓起旁边士兵手中的卡宾枪朝上就是一枪——

"扑通"一声，小胖子一头栽倒。

大龅牙在箱子后听到枪声，偏了下脑袋，嘻嘻笑着说："哎，哈哈，打不着，打不着，给你坨狗屎当酒肴——"

他从箱子后露出头来看向胖墩儿，脸上的笑僵住了，胖墩儿的下腹处正在流血，一股血蜿蜒而行。大龅牙怀疑自己看花眼了，使劲挤了挤眼，是的，是血。不但流血，胖墩的两条腿还在激烈地抽搐。

大龅牙看着地上的血，本能地从箱子后出来走近察看，是的，没错，是血。胖墩儿露着小腹，两条大腿根儿都染红了。大龅牙惊呼了一声，吓得嘴张得老大，然后突然拿手捂上，左右看看。地上的裂缝上腾着灰尘，冒着死神腥臭的气味儿。大龅牙吓得往回退了几步，转身奔向一处残损的窗口，纵身跳了下去。其他刚才还跟着起哄的小乞丐，也纷纷跟着他跳了下去。

"嗒嗒嗒嗒"，

一排子弹把逃兵戴的钢盔打得团团转，

顿时，高个子满脸流血，

"啊"的一声倒在货架上

这一切，孟幽兰都没有看到，但她和母亲躲在货柜后面，心里已经升起了不祥之感。血腥气蔓延开来，她提前嗅到了战争的荒唐和残酷。她在母亲怀里哆嗦了一下，她母亲把她抱紧，像早就得到了预示似的，在她耳边，用气流说，孩子，妈要是没了，你记得想法再回表姨家，表姨和表姨夫，都是好人，不会亏待你的。

　　孟幽兰想回头看一下母亲，但最终，没有。她突然害怕了，感觉头顶有点凉。她想伸出头向外看看，被母亲拿手挡住了。

　　小五酒劲正酣，嘴里嘟哝着，晃晃悠悠地站起来，迈过裂缝，走到横躺在地上的胖墩跟前。

　　"咦——"

　　小五看到了蜿蜒的血痕，看到胖墩露着肚子。

　　"你他妈的——"小五朝胖墩踢了一脚，"你他妈的，耍流氓啊！"

　　小五喊着又踢了一脚："快起来，提上裤子，给，给——喝！"小五举起酒瓶子弯腰递向胖墩。

　　"操他妈的！"

　　他终于看清了血，胖墩的身边，腿上，全是血。小五吓得扔掉手里咬了一半的大麻花，后退了两步，一只脚踏空掉进地板上的裂缝里。

"咣——"又是一枪。

小五这下彻底吓醒了。

他死命扳着地板，好不容易撑着把腿收上来。一咕噜滚到地上，浑身上下摸了一遍，还好，没少什么零件，没多什么窟窿。

小五又侧着身子看了眼死去的胖墩，刚才还活蹦乱跳的，怎么一眨眼就嗝了屁了？小五摇了摇头，脑子有些迷糊，挣扎着爬起来。

货场子里空了，只有暴起的灰尘，隐在喑哑的灰尘中的货柜和箱子。小五脚步踉跄，后退着，直到碰到后面的墙上，才松了口气。他背靠着墙，双手搓着脸，使劲回忆着刚才的一切，重新睁开眼时，他感觉完全清醒。他看看四周，他的同伴儿，除了躺在地上淌着血，再也不能和他抢东西吃的胖墩儿，其他一个也找不见了。

"大龅牙，大龅牙！"

小五捏着嗓子低沉地喊。

可楼里面哪里有大龅牙的影子？

后来，小五对孟幽兰说起这一刻，说他感觉他可能要死在这里了。他从来没有这样近距离地迎接过战争，以前的时候，死尸见过，残脚见过，饥饿、欺侮都见过。枪炮声啊，在很近很近的地方听过，但从来没有像这次一样，感觉死亡如一张网，飘浮在他头顶上，随时都会落下来将他罩住。

他不想跟胖墩一样，露着肚子，流着血，摊在地板上，太可怕了，太难看了。他要逃出这里，逃到没有枪声、没有死亡的地方去。

"救命啊——"

小五本能地张开嘴。

但是，一个音节也没有发出来，他听不到自己的声音。须臾间他明白，是他清醒起来的大脑，并没有给声带发出指令。他知道，眼下谁也不会来救他，谁也救不了他了，谁也救不了谁了。胖墩不会自己让自己流血的，一定是谁打死了他，或者，给了他一枪，对，刚才，是听到枪响了呢。多年的流浪生活早就在他骨子里摁下了一粒关键时候还得靠自己的种子。几年下来了，这颗种子，芽儿已经很长了。

小五闭上嘴，紧接着又张开。

因为那枚炮弹，在他头顶上爆开了——

他还是听大龅牙说的，说他听一个有学问的人说，如有巨响，首先，应该张开嘴巴，叫什么平衡下口腔中和耳朵中的震流。小五听不懂，大龅牙卖了好几次关子才告诉他，就是两边都冲突下，免得把听声音的零件震穿了。

"嗵！"一声炮响，仿佛一声炸雷。在他还没想清楚发生了什么事时，整座大楼摇晃起来。一种麻酥酥之感，瞬间传到了他的小腿，他战栗了一下，想回头从残墙口跳下去时，已经来不及了。整个楼层沙石弥漫，铅灰色的烟雾裹着粉碎的砖瓦瓢泼大雨般地砸了下来！

小五被震得倒在地上。

他感觉他要死了，但又感觉不出哪里疼痛。他蜷缩起身体，摸了摸自己的肚子，一点没发觉出粘来。还活着呀，他想，但为什么这么头疼，耳朵里嗡嗡嗡嗡，像狂摆着一大群蜜蜂。但还能动，他动动腿脚，动动脑袋，那就跑吧，他想。

他再一次爬起来，跑向楼梯口，但哪里是楼梯口呢？刚刚记忆中的楼梯口找不到了，他努力平衡着摇晃的身体，企图在尘霾中找到方向。

"轰隆隆——"

"嘭——"

"咚——咔嚓咔嚓——"

是炮声，小五明白了，炮声一响接着一响，落在远处和近。这是下炮雨啊，每一声响，都伴随着大楼的摇晃和垮塌声。整个世界，像被扔进了一个爆米花锅，翻腾开来。小五想，无论如何，也不能在这儿等死，不能死在这里。

一大块水泥块掉下来，擦着他的右肩落在他脚下，他新皮鞋里的脚趾，尖锐地疼了一下。跑啊，跑吧，小五心说。他再也顾不上害怕炮弹，害怕被人看到了，跑吧，再待下去，死路一条。

但哪里跑呢？楼梯在哪里呢——

不管在哪里，跑啊，跑！

小五使劲让大脑命令着战栗的双腿挪动着，像只没头的苍蝇，闯来碰去。终于，被一只旧箱子绊倒后，发现了楼梯口，他连滚带爬，看到街对面的残墙时，他知道落到了一楼。他爬起来，再也顾不上战士们的叫骂声和不断在街上、头上响起的炮声，冲出残破的楼门，向外奔去。

刚冲出楼门，立刻被一道遮天蔽日的阴影笼罩住，他惊骇地睁大眼睛——街道对面一堵大墙刚刚被一枚炮弹的震波推倒，像张牙舞爪的怪兽，摇摇欲坠地冲着自己倒了过来！

小五赶紧缩回楼里，"轰"的一声，对面倒塌下来的整面大墙撞进楼内，把楼门、窗口堵个严严实实，楼里顿时一片黑暗，尘土飞扬。他呛得猛咳起来，同时，他听到好多人在咳，他才明白，这楼的这一层，不是自己一个人，也不止他看到的那几个，有好多好多人，好多好多兵，他们在骂，在吆喝着把炮往里撤一下，他们在恐惧。

吆喝声中，小五寻思着，是他们，刚刚把胖墩打死了。

想到这里，他太害怕了，千万不要被他们注意到，他想。小五在黑暗中摸索着后退，一个货架，把他挡住了，他蜷缩起来，伏身在货架下面，抱住头，再不敢动弹。

"攻城啦，攻城啦，操他妈的，共军攻城啦！"

一个士兵在低声喊，在离他几步远的地方，在他头顶上。大楼里，到处都有人在叫喊。

"操，攻吧，早一天晚一天的事儿。"

"揍死狗日的。"

"别做梦了，你去揍，见人影子吗？"

"早晚见啊，大爷的。"

"对，揍死狗日的，活捉共匪！"

“有种你跑出城打啊！”

“操你妈的，尿包样！”

士兵们在喊，在骂，他们在用这种办法在消除恐惧，在鼓劲，在克服死亡带来的悲伤。

小五想，真是完蛋了。要在别的地方，可能还好，这座楼成了守城的碉堡，一会儿攻进来，还不一锅端了？他死死低着头，伤心起来。突然想起他妈，但怎么想，也只记得圆脸，脑后盘着一个圆髻，常穿着一件浅灰色的布褂。眉眼什么的都想不起来了。

大股大股泪水，顺着小五脸往下流，流到下巴上，胸前的衣裳上。他告诫自己，千万别哭出声，千万别自己找死。

外面“轰隆隆”之声不绝，“快，快拉我一把。”“操，腿，腿，老子的腿。”“啊，妈呀！”“哎呀，哎呀，哎呀！”什么声音都有。小五不敢抬头，更不敢把头从货架后探出来，但他知道，这些人，也在害怕。攻城的人，也许，很快就会攻进来了。他不要和他们在一起，他不是兵，他只是个要饭的，他不想打仗，他只想活着。

突然，炮声停了，周围声响停止了，上天将短暂的安静降临在大楼内。他抬起头看了看，大楼内光线依然昏暗，他听到有人往楼门处挪动，脚步踢踢踏踏的。

他不知道，这是几个想逃跑的士兵在向大楼门口靠近。

三个士兵挨个儿挪到楼门口，其中一个跨了一大步，从一堆破烂货柜边上摸到门边，在楼门边摸索了一圈，发现倒下来的墙把楼道门挡了个严严实实，唯一靠近地面的缝隙，小得连条野狗也钻不出去。他弓下身，用肩膀向外顶了顶，哪里顶得动？

“门被堵了，堵严实了，怎么办？这里根本出不去。”

“完了，哎，那窗子呢？咱们从这里跳出去吧！”

这个士兵，声音中带着哭腔。

“跳吧，跳吧！要没封死的话。”

一个声音沮丧地说："就是没封死，我这腿也抬不起来了，骨头怕是断了！"

"守天津，可谁知道这天津城守不守得住，咱们吃了这些年军粮，到头来还不知道死在哪里。还不如回家，是死是活都安心！"

说起死，他们伤心起来，出现了短暂的沉默。但不一会儿，又有一个说："共匪马上就进城了，我看咱们在这里，要被连锅端了！不过我听说啦，说他们优待俘虏。"

"对，对，都他妈给我闪开，闪开，叫马三炮来，马三炮呢？"

他们话音未落地，突然呼啦啦响了一阵，紧接着，一个粗重的声音响起来。

三个士兵不用看，也知道过来了好多人，他们也知道，说话的，是他们的长官。其中一个赶紧把枪提在手里，在烟尘中立住，军官推开一个挡着他路的人向前跨了一步。

"谁在那吵吵，瞎嚷什么？都活腻歪了？都给我闪开！马三炮呢？看看炮还好不好使。给老子把这该死的墙轰开！"

黑暗中，一个受伤的中尉拽过一门平射炮，掉转炮口，装上炮弹，开了一炮。墙上顿时轰开一个大洞，一道阳光裹着浓浓的尘雾射了进来。

士兵们噼里啪啦放下武器，顾不得军官呵斥，不顾一切地从墙洞里逃了出去。

一束光亮，照到小五脸下面的地上。小五抬起头，稍稍犹豫了一会儿后站起来随着士兵们往外跑。刚走了几步，被绊了一下。他低头看到一块残墙下有个人在动。他退了一步，蹲下来，才看清是一个留着小胡子的年轻士兵。

"帮帮我！"

那个士兵挣扎着身子，摇着手臂喊。

但没有人停下来，眼见城就要破了，谁顾得上谁呢？

那士兵绝望地挣扎着，但大半个身子压在墙板下，他挣不脱。

"帮帮我！"他的声音弱了，像在耳语。

小五站起来，跨过受伤的士兵想走开，但最终被他微弱的乞求感动了。小五伏下身，受伤的士兵看到有人注意到他，一把拉住小五的衣摆："小兄弟，帮帮我，救救我吧！"

小五听出了哭声。

受伤的士兵抹了把脸，看到小五蓬头垢面，还穿着明显不合身的衣服，脸上怔了一下，但很快松开手："算了，你快跑吧，逃命去吧，快走吧。"

小五从他的话中听出了意思。

"你这啥意思？"

小五的拧劲上来了："你是看我一叫花子，没本事帮你是不是？我操，你这是瞧不起我呀！"

小五卷卷袖子，把手伸进墙板夹缝，向上用劲，但墙板又重又厚，纹丝不动。小五喘了几口气。小胡子摇了摇头，适才充满希望的眼神又暗淡了下来。

"算了，别逞强了，逃命要紧，快跑吧，我不行了。"

小五听小胡子刚才口音不是正宗天津味，好像离自己老家不远，问："你老家哪里的？听口音咱们离得不远，我是杨柳青的。"

"杨柳青？"

小胡子突然感动了，伸手抹了把眼泪说："我是咸水沽的，唉！想不到今儿个把自己扔这儿了，更想不到，临了，还见着了个老乡。"

小胡子边说边上上下下打量着小五，一时没看出小五是什么来头，年龄不大，灰头土脸，像个叫花子，身上穿着打扮却又不像。问："兄弟，这兵荒马乱的，不回老家里待着，跑这儿干吗来了？"

小五哭笑了下说："有出路谁愿意来这要饭呀，这天津城再好也比不上自己家好，他妈的国民党！不知为嘛，上回我回到村时，我们村好好的房子，全让他们拆了个一干二净，有的地方埋上了地雷，听村里人讲他们说什么扫清世界！村里人都跑了，我妈早死了，就一个爸，也不知道是死是活——"

小五越说越伤心，抽泣了起来。

小胡子叹了口气，宽慰他说："别哭了，兴许，他们都到了安全地界了呢。"

"哪儿安全？不都在打仗呢吗？"小五说。

"可不是，有些地方，早打过去了，唉，没办法呀，什么时候这仗打完哪？嗯，也许，不用等太长时间了，我们，我们顶不住了。"小胡子说。

"顶不住早投降不就成了吗？省得打了。"小五说。

"嘘！"小胡子说，"别瞎叫，让人听见。"

小五一缩头："我家都被拆干净了，还不让人说说。"

小胡子说："哪儿说理去？我想起来了，那叫扫清世界，你从哪儿听来扫清世界？哈，是怕共军攻城有掩体藏身呢！这是战术，唉！有什么屁用呢，这共军已经到了眼前了！"

小五擦了擦眼泪，打量了一下周围，他摸着压在小胡子身上的墙板，说："要有个铁棍什么的就好啦，这么着一撬——"

小五比画着。

小五看看四周，别提铁棍，什么棍都没有，只有破砖烂瓦，货柜箱子。

"哎，这个行啊。"

小五看到了货柜底下的挡板："你看，这个能试一下。"

他拾起块砖头，把货柜玻璃砸烂，从里面抽出挡板，刚伸到小胡子身上的墙板下。踢踢踏踏一阵杂乱的脚步声，刚刚冲出楼洞的士兵们忽然又一窝蜂地回来了，边嚷边撤。外面传来一阵密集的枪声。

"操，督战队来啦。"小胡子低声说。

一队戴着黄袖标的督战队员手持美式汤姆逊冲锋枪杀气腾腾跟在后面，头上的钢盔在阳光下闪着耀眼的光芒。

士兵们想跑又不敢跑，犹豫着，后退着。

小五掀着木挡板的一端，运足劲，向上猛地一撬，"咔嚓"一声，木板断成两截。

"趴下，赶紧趴下。"小胡子喊。

小五应声趴在小胡子身边，一动不动。

雄赳赳气昂昂的督战队走来，为首的一个显然是督战队头目，抡起手里的冲锋枪"嗒嗒嗒"向两侧就是一梭子，两旁的玻璃橱窗被打得粉碎。四溅的玻璃碴子逆着灿烂的阳光闪烁出五彩缤纷的光芒。

"怕死鬼，找死！"

督战队头目狰狞地瞪着楼内的散兵游勇，最右边的一个高个子士兵看到前面有人挡着自己，往下缩了缩头，想侧移着到一楼货架后面溜走，却没能逃出头目后面的一个督战队员的眼睛，一直挺在胸前的冲锋枪口冒出一条火舌，"嗒嗒嗒嗒"，一排子弹把逃兵戴的钢盔打得团团转，顿时，高个子满脸流血，"啊"的一声倒在货架上。

惊恐的士兵们又赶紧回到原来的工事，督战队头目恶狠狠地吐了口唾沫，往楼门这边走了一步，大声吆喝着："为党国效力者生！临阵脱逃者死！"

说完领着督战队退出楼洞。

伏在小胡子身边的小五，吓出一身冷汗。

督战队没了人影，有几个士兵还没回过神来，站在原地发呆。小胡子低声气愤地说："打自己人算什么本事？有能耐去和共军硬对硬地干呀！这些狗娘养的。"

"我的娘哎，"小五说，"真要人命啊，朝自己人也真下手啊。"

炮声又密集起来，"轰隆轰隆"。

"真是要完蛋了，不用说，要败了。"

小胡子说："你快跑吧，别管我了。"

小胡子没说完，一枚炮弹落到楼前大街上，大楼不住地颤抖。

三根金条，

时常出现在孟幽兰的梦里。在梦里，她

不停地躲啊藏啊，

将金条埋在山坡上，掖进裤腰里，

挂在茂密的树冠里……

孟幽兰已经不知道自己哭了几回了。

她不知道母亲是吓哭了还是出了汗，她背后，湿漉漉的一片。她母亲越来越紧地抱着她，炮声密集时，拿手捂住她的耳朵。孟幽兰很想问问她父亲呢，她父亲哪儿去了？在这种时候，为什么不过来看看她们。但母亲不说，她也不敢问。

成年后，她想，她的父亲，在这个时候，心里要急死了吧，也要悔死了吧，他一张纸条，把妻女叫来，眼瞅着，就要送命了。

但是，只是怨她父亲吗？

她又一次想起了她死死把住的白蜡树，想起了在表姨家门口大声喊她们别走的表姨和表姨夫，想起了母亲将她的手从白蜡树上扒开，说她们就要过上好日子了。成年后，她想，母亲生在富裕人家，就是她父亲家，日子过得也不赖，最终，也还是受了那三根金条的诱惑，把命搭上了。

三根金条，时常出现在孟幽兰的梦里。在梦里，她不停地躲啊藏啊，将金条埋在山坡上，掖进裤腰里，挂在茂密的树冠里，有一次，还用荷叶包了，沉在了她老家后面的池塘里。老年时，和小五说起这些，孟幽兰就苦笑，说她虽然对父母的短处看得清楚，为父母悲叹惋惜，但最终，她内心里，还是多么在乎这些金条啊！

人为财死，鸟为食亡。

每说到这个，小五都会这样说。孟幽兰就又说一遍"这是人对安全感的渴望和拼死追求啊"的话，很多时候，评论起事物，他们各说各的。但童年时共同的经历，又一次次把他们召唤到一起，一遍又一遍，重温这场战争，重温战后的流离。

孟幽兰也常假想，如果她们不是在货柜后面窝着，早一步跑出去的话，说不定就好了。督战队又不管老百姓；如果她们往墙角里再挪挪，也好啦，墙只要不塌，还是有些依靠的。如果这个，如果那个，孟幽兰在无数个深夜，做了无数个设想，但没一个设想的结局是她妈死了。

并且，她并不知道，是哪一次爆炸，击中的母亲。她太害怕了，她蜷缩在母亲怀里，闭着眼，听着外面的炮声和枪声，求救声和喊杀声——世界，乱成一片。

一队又一队，一帮又一帮，士兵，百姓，逃进来逃出去，逃出去又退回来，一场大戏，敲着血腥的锣鼓，嘶哑着死亡的调门，在炮火间，在灰黑的天空下，在黑暗灰尘沸腾的残楼里——有些人死了，有些人逃了，有些人欢呼了，有些人痛哭了。

孟幽兰想，人类，真是他们自己的幼虫啊。

什么时候，人类才更加成熟一些呢？

孟幽兰朝后轻声叫了声"妈"，听到了下面乱哄哄的声音，她更加害怕了。

这是又一小队士兵乱哄哄逃进了这座楼里。

与之前无精打采的逃兵不同的是，这次溃退进来的士兵很躁，喊叫着，互相之间大声喊叫。当然，孟幽兰和她母亲不会看到，这次，进来的士兵，是共军。

士兵群里有人拿着号，有人还举着一面耀眼的红旗！红旗几个白字格外显眼，写着"攻城尖刀"。举旗的是一个戴着大皮毛帽子的解放军战士，装束明显与守军格格不入。乱军一个劲儿地光顾自己逃命，竟然没发现身后的敌人。先进来的国民党军官一回身，看到那面红旗，看到那面红旗下的大皮毛帽子，看到那张方脸，他举起枪，打倒举旗人。

旗子晃晃悠悠飘到地上。

"转头，转头，共匪在我们后面！"军官喊起来。

后退进来的守兵这才反应过来，调转枪口，跟后面紧跟着的一小队共军开起火来。

这五六个人显然是冒进的解放军小分队，被打散了。他们对天津城市地理不熟，稀里糊涂攻进中原公司来了。他们不知道这座楼本来就是国民党军的据点，他们头上的大毛皮帽子在这群国民党军中格外显眼。他们轻装上阵，身上的薄棉袄和头上的皮帽子，让国民党军，就算是国民党军中要逃跑的士兵，都张开了血盆大口——

何况，还有两个人，手里没有枪，竟然只抄着两把大刀。

他们成了活靶子。

几个国民党军士兵，端起枪，把他们打成了筛子，一个人倒在了自己的血泊之中。

"我操，过瘾！"

"他以为他是关云长吗？操这家伙也能打仗啊？"

士兵们被突如其来的胜利振奋了精神。

"攻城尖刀"的红旗，被踩在了脚下，一个没死透的尖刀队员，向红旗伸出手，他的胸口，立时钻进了几颗子弹。

督战队又出现在了楼洞口外面，头目轻蔑地看了几眼地上的共军尸首。趾高气扬地踱了几步说："大家不要慌张，陈司令早就布下了天罗地网，共军想攻下这天津城，没那么容易，只要我们坚持住这一波攻势，北平傅司令的军队马上就会与我们把共匪合围，包了他们的饺子！到时候，大家升官的升官、发财的发财！"

说完虎视眈眈这帮守军。

"你们，听到我的话了没有？"他大喊。

"听到了。"回答得有些有气无力。

但终于，士兵们各自找好战斗位，在督战队的监督下，虽不情愿，但又不得不装模作样地做好防御姿态。

"嗯，他们不熟悉地形，盲目冲进城里——冲进来——"

督战长官拿下巴指了下地上的共军尸体："就是送死。"

他说着，翻起手腕看了下表："都顶上去，顶上去。"

士兵们面面相觑，可能是搞不懂往哪里顶吧，最后，先前命令轰开墙洞的中尉亲自拖过一门小炮来，咬着牙，装进一枚炮弹，对准被封堵着的楼门，使劲拉响了炮栓。

轰的一声，所有人都把头埋进胳膊窝里。迸溅出的沙石"啪啪"地打在身上，尘土伴随着小虫叫般的耳鸣立刻钻进了耳朵眼儿。眼睛是不敢睁了，响声一个劲儿地在耳窝里回响，大厅里难得出现了一小阵安静。好在堵住的楼门厅被轰开了，守兵们赶紧趴在沙袋后面，不管看不看得见，都把手里的武器顶在头上，向楼外打上几枪。

小五趴在小胡子身边，脸紧贴着地面，头不敢抬，两腿战战兢兢。

弥漫的灰尘稍微淡了些，大厅里视野也慢慢清晰。中尉扫了一眼阵地，忽然发现了士兵堆里的小五，穿着不伦不类的衣服，在一群军服中格外扎眼。

"还有个混子！"

中尉端着手枪顶在小五的后脑勺上。

小五感觉到自己颤抖起来，趴在地上都感觉天旋地转。他突然想起，他是要救小胡子才留下来的，没跑成，他扯了把小胡子的衣服，小胡子没动，不知道是死了还是晕了。

中尉抓着他后脖领儿，将他从士兵队伍中薅出来一看，原来是稚气未脱的小屁孩一个，既不是共军也不是逃兵。中尉不是小胡子，他一眼就看出了小五是活脱脱的一个小叫花子。中尉将小五往地上一栽，一手拎着，一手"啪啪啪"，一通耳光扇完，随手将他甩了出去。小五脑袋"嗵"的一下撞到一面墙上，早被震酥的墙壁被他脑袋一碰，竟然撞下了大半拉。

小五只感觉头痛得不行，没等哼出声来，就晕了过去。

枪声密集起来，打了一阵，国民党军冲出去了，缓和了一阵之后，枪声又响起，共军又冲进来了，三番五次。

孟幽兰不知道自己究竟在什么时候晕过去的。她后来回忆起当时的情景，却什么都记不清了，像睡了一觉，睡了很长的一觉，一觉醒来，母亲就死了，她就埋在瓦砾堆里了。不知道是在睡梦中被砸晕了，还是砸晕后接着睡着了。她希望她母亲，是在睡梦中死去了，那样，就不会有太多痛苦。等她被小五拽出那堆破砖烂瓦，竟然发现三根金条，掖在她内裤底下那个内袋。那是临离开老家前，母亲在她内裤里面缝上的一块花布袋，她母亲，一直把钱藏在里面，直到把那些钱花完。三根金条，虽然不大，却又凉又硬，硌得她生疼。所以，她母亲，并不是在睡梦中死去的。每想起这一点，就特别痛苦。

街上过了一阵兵，排着不太齐整的队伍，喊着口号。

也许是这阵口号，也许是头顶的疼痛，让小五在浑身疼痛中醒来，慢慢睁开了眼。

这是什么时辰了？

小五想爬起来，努力之后放弃。他把身体在地上放平，支起耳朵听周围的动静。周围很静，像换了个世界，他想，这是仗打完了吗？

他摸着自己的身体，腿也在，脚也在，胳膊、头、肩膀，都在，肚子上也没窟窿。他心里，竟然莫名地感动，泪水霎时模糊了双眼，瓦砾、破货架、子弹箱子、踩成灰色的红旗、尸体，都变得恍惚了。

他闭上眼，听到了脚步声。他扭头，看见了那双军靴。

他不再害怕了，他睁开眼，拿手擦去眼泪，看清了那双军靴。军靴上面沾染了污渍和尘土的军裤，军裤上是皮带捆扎得齐整的军装，他看不见他的脸，但他知道，这是那位战斗打响之前到楼上转了一圈的军官。

他的泪水，再一次涌出来。

军官打量着被战火洗礼过的残楼。灰蒙蒙的，一切都灰蒙蒙的，散发着硝烟味儿。他面色苍白，一只手捂在胸口处，皱着眉头，四处察看。

小五支起上身，看一圈空荡荡的残楼。军官沿着瓦砾堆爬到了楼上，好大一会儿又沿去路返回，最后停在他身边。他抬起头，与军官对视，军官与平民，强者与弱者，对视着。

"你——"

军官开口了，嗓音沙哑。

小五再次盯上他手里握着的手枪，手枪也蒙了灰，贴着他的裤管。他看得出，握枪的手，很软弱。

"你——看到过一个女人和一个小丫头吗？"

军官朝小五不恰当地比画着。

"这么高，这么高，她妈妈，穿着旗袍。"

小五浑身一松，躺倒在地。军官往前走了两步。小五翻了个身，朝着军官想坐起来，没成功。军官伸出一只手，想拉他一把，但他没伸手去握。

很奇怪的沉默。

末了，军官叹了口气，摇了摇头，踌躇了一会儿，出去了。

小五后来想，他要再坚持一会儿，说不定，他就会想起来，他好像见过，在哪里躲着呢，但当时，他什么都想不起来。等他走出去老长时间，他才反应过来，这个军官，是来问他找人的，是求助，自己刚才的反应，肯定让他以为自己是个傻子。

但当时小五并没有意识到，军官像被一只疯狗追得要累死的猫，小五像一只逃脱猫爪惊魂未定的老鼠，虽然本能地意识到前者不再对他有威胁，但根本不会想到他有帮助他的能力。

军官走了，小五松一口气，重新瘫在地上，不知道是睡了过去还是晕了过去。

有钱人的地方，

就是最容易赚到钱的地方。

有钱人慷慨，

有钱人还和气，

有钱人爱面子，

有钱人不想让别人感觉自己是小气鬼

小五再一次醒来，是被人拖醒的。

　　没等他睁开眼，他就感觉到了，他的脚腕子被人握住，像拖一条死狗一样拖在地上。地上的碎瓦砾石块硌疼了他，他"喔"了一声，挣扎着，想抓住什么东西让自己停下来。抓一把，是一块石头，很快滑出去了，再抓一把，凉冰冰的，天哪，他抓到了一具死尸的脸，他缩回手。任由被拖着，一直拖到墙旮旯里，他睁开眼，看到他的身子在地上画出一道宽宽的小路。

　　"干什么？干什么？救命啊！"

　　当他想欠起身没有成功，一个带着青天白日军徽的士兵骑到他身上，拼命地解他的腰带，往下扒他的裤子时，他才突然恐惧得大叫起来。

　　"住嘴！"

　　士兵给了他一个嘴巴，边骂边解他的衣服，小五更加恐惧起来，相比于刚才那些骂骂咧咧的士兵，这个士兵更像个魔鬼，让他害怕。

　　他双手抓住裤子，拼出全身的力气就地一滚，没滚动，肩膀碰在旁边的断墙上，一阵生疼。

　　"犟驴，想要命就闭嘴。"

　　士兵骂着照小五头上来了一拳头，低声命令着："喊什么喊？把身上的衣服脱下来。"

小五方才明白士兵是想换自己身上的衣服逃命，心想你把我脱光了，我穿什么？我不就光着身子了吗？他兀自使劲地佝偻着身子，两手紧紧向上揪着裤子，扭动着不让士兵得逞。

小五的反抗惹怒了士兵，士兵一把拖过背后的冲锋枪，顶在小五头上。小五乖乖地把双手举过头顶。

突然，当兵的眼睛一直，冲锋枪歪到一边，一把刺刀从他前胸穿出，刀尖险些扎到小五的鼻子。刺刀拔了出去，一股热乎乎的鲜血从士兵胸口涌出，喷了小五一前胸，溅到小五脸上。

死去的士兵一下子伏在小五身上，把小五压在下面。他吓得紧闭着双眼，一动也不敢动，嘴里一个劲儿地嘟囔着："别杀我，别杀我，我投降，我投降！"

死亡，在那一天，比天空、比天空的流云，比风，还随处可见，小五自己说，就是在那一天，他开始变老了，内心里长出一层厚厚的老茧，胸口像压着一块石头，夜晚来临之际，压得他喘不过气。

对于小五，战争就是死亡，除了死亡，还是死亡，死亡像张无边无际的网，紧紧地把他罩住。他能做的，就是分秒不停地逃离它，用腿，用乞求，用眼泪，用整个身心，求它不要靠近他。

到最后，小五连自己吆喝了什么，都听不清了，也记不得了。他紧闭着双眼，不敢睁开，豆大的冷汗，像断线的珠子一样往下滚，和鲜血混合在一起，往下淌，淌到地上，聚成一汪。死去士兵的脸贴在他的脸上，还是热乎的。他的心在狂跳，像根圆柱子一样碰撞着他的胸膛，他的耳朵里充满回响，咚咚咚咚——

"哎呀，瞧把你吓得，他都已经死啦！"

声音听上去很和气。

小五心跳得缓了些，一睁眼，我的天哪，死尸的眼睛还睁着，正对着他的眼。小五尖叫一声，再次把眼睛闭上。

"嗨，嗨——"

杀了人的人，几脚把尸体从小五身上踹下来。小五顾不上周身的疼痛，拼死往旁边挪了下身子，睁开眼。

"瞧你这胆儿，要去当兵，得先吓尿了裤子。"

在小五眼前说话的，是一个看上去只有十五六岁的小士兵，他已经把刺刀从死尸身上拔了出来，在死尸腿部的衣裳上擦着鲜血。看到小五睁开眼，他调了下嘴角，算是笑笑，说："快起来。"

小五努力坐起来，却浑身都软了，连续试了两次，都没有成功，最后，还是这个小士兵拉他起来了。

这个士兵，和刚才小五看到的举着红旗的"攻城尖刀"队里的士兵装束一模一样，头上戴着个大皮毛帽子。小五看到这士兵，圆脸，单眼皮，还有点胖，年龄好像和自己差不多，心里顿感轻松起来。他盯了眼单眼皮手里拎着的一支和他身高差不多的长枪，枪管子上插着一截明晃晃的刺刀，刺刀尖上，沾着未擦干净的血迹。

"他妈的，可吓死我啦。"

小五终于说出一句话。

小五坐在地上，慢慢扶着旁边的货柜站起来："我的腿呀，软，和面条一样。"小五蹲下去，稳着神儿。

小士兵朝外面看了看，几个国民党军士兵正在朝这边来，小士兵说："快，快跑，敌人过来了。"

"敌人？谁的敌人？"小五心想着，盯了小士兵一眼。他不知道谁是谁的敌人，反正，谁救了他，谁就是朋友吧，最起码这个士兵没有抢他裤子的意思，还杀了抢自己裤子的人。小五说："快，快上楼去，躲起来。"

小士兵刚跑了两步，又突然转回身来拉住小五，说："快，快，躲起来。"

街边的国民党军士兵发现了这边的动静，"嗒嗒嗒"一阵子弹飞过来，一颗子弹溅起的飞沙在小五和单眼皮面前乱爆。单眼皮先是拉着小五后退了几步，然后迅速往楼上逃。

战前的这座大楼，是多么如花似锦。

这座大楼，是天津最兴盛的商业公司中原公司的商业楼。小五刚逃难到天津城，第一次站到它面前时，被它震住了。那么高，那么庞大，那么漂亮啊。还有那么多人，俊男靓女呀，先生小姐呀，在门口进进出出。

天哪！小五心里想，天底下，竟然有这样的地方。

中原百货大楼在最繁华的旭街和福岛待的黄金地段，拔地七层，听当地人说也叫七重天。

小五多想到里面看看啊，但他一靠近大门，门口的服务人员就拿眼睛斜他了。一斜，他就不敢再往前走一步了。那天，他慢慢退回街对面，望着闪光的大玻璃门，望着门拱上装饰的气球和花朵锦旗，第一次感觉自己那么穷、那么卑微，比起在门口进出的先生小姐，他简直给他们拉洋车、擦皮鞋都让人嫌弃呀。他低头上下打量着自己，露着脚趾的鞋，补丁衣裤，污渍一块摞着一块，一摸头发，还粘着稻草。天哪，他在心里说，要是能让我进去看一眼，我死了也愿意啊。

后来，小五在天津城混的时间长了，有幸听老乞丐们讲楼里的情境。

老乞丐中，有个叫盖登天的，不知道是本名还是外号，据他自己说当年天天跟着"老大"到中原公司西餐厅吃饭，小牛排啊，嫩得要化在嘴里，鱼子在牙齿间迸开，叫人心里那个乐呀，还有各种洋酒，香槟、威士忌、红葡萄酒，应有尽有。有人在边上拉着琴，有专门给你递面巾的服务生，用一次，换一块毛巾。小五想，我的天哪，还有这样吃饭的人，真有这样吃饭的人吗？

盖登天就笑了，说："个屁孩子，你知道个屁，给你们说了也是白说。"

后来，突然不见了盖登天。听人讲，他晚上在中原公司关了门后，砸开窗户和首饰柜台，手里攥上一把金链子时，被警察局的人逮住了。有的人说送警局里了，有的人说直接打死，扔进海河了。但到底去哪里了，是死是活，根本没人问，没人管。

对小五来说，最繁华的故事，经历过繁华的人，都不知所终了。这样的繁华，和偷和抢和吹嘘连在一起，像个泡泡那么不真实，是靠不住的。

自此，小五走过中原公司商场，都避到它的对面去，好像靠近了，就会有什么厄运会沾上身，他得远远地躲开。

直到，他和一个小兄弟，第一次，在中原公司商场门口"得手"。

得手后，他们首先跑去吃了一顿"狗不理"，一咬一口油的肉包子，让他又感觉到中原百货公司商场，是个时时刻刻，冒着肉香味儿的好地方了。

他是多么想进去看看哪。

直到有一天，他们"得手"后的东西，让他们每人买了一套新衣裳。他们在海河里洗了澡，换上新衣裳，还第一次去美发店理了头发。他们像有钱人家的子弟那样，大摇大摆地跨过长街，走向中原百货公司大门。

门口的服务生死命地揉眼——这几个人，好像见过，在哪里见过呢？

他们装出对服务生不屑一顾的样子，大踏步走进商场大门。

天哪！

小五想，玉皇大帝的天庭，大概就是这个样子的吧！

什么好东西都有啊！

各种各样的杂货、绸缎、布匹、呢绒、食品，看都看不过来，中国的外国的，北方的南地的，啥稀奇玩意儿都有。小五他们从一楼看到三楼，又爬上了四楼，呀，四楼一角，灯红酒绿的，扒门口一看，里面还有男人女人，抱在一块，摇摇晃晃。天哪，有人小声说，那是在跳舞啊。五楼还有赌场，还有戏院，再往上，还有，还有，盖登天说得没错，看来，真还有餐厅，不等到五楼，就闻到香味儿了。

听人说，再往上，六七层是露天花园，楼顶上种着花啊草的，在透明的玻璃屋里，一年四季开不败，站在花丛间，就能看到海河。小五听后吃了一惊——那他们那天脱光了下河洗澡，这里的人岂不是看得很清楚！

中原百货真的有露天花园。站在露台上，能将大半个天津城景色尽收眼前。那一次，风光的记忆，牢牢印在小五脑海里。虽然，小五们，最终让人认出来，被赶了出来。

在商场里，他还看到一种东西，人进去，唰地关上门，等一会儿，别的人倒从里面出来了。胖墩说，那叫电梯，从一楼进去，五楼出来，从五楼进去，从一楼出来，有个大吊筐。一会儿上来，一会儿下去。

我的天哪！

小五想，还有这样的东西。一连好几天，小五都使劲想这是一种什么样的吊筐，终于，在城外看到一个老婆婆摇着的辘轳打井水时，他想明白了，嗬，可不是嘛，肯定是在楼顶上，有一群力大无穷的壮小伙子在一间房子里挥汗如雨地拉着绳子，下去上来，上来下去。哎呀，小五想，这些人，一定分好几批，要不，这么出力的事儿，一定是一会儿就没劲头了。他们一定吃得又多又好吧，烧鸡、酱肘子、狗不理、大麻花，想吃啥有啥吧。

后来，成年后的小五学会了识字，偶然翻起报纸，才对中原公司有了相对全面和客观的了解。

中原公司是当时天津城社会名流购物、交际的场所，出入商场的都是高级军官、富豪、官员和他们的家人，原来众多的各个租界的洋人随着日本鬼子的投降虽然少了很多，但并没有影响中原公司百货大楼的繁华，并不妨碍中原百货公司盘踞在天津最有钱的人们的地界中。

更不妨碍成为小五他们一帮叫花子讨饭、要钱的好去处。

有了初次逛中原百货商场的经验，小五他们学乖了。他们突然意识到了"行头"对他们的重要性。他们留着好衣裳，每天晚饭后换上，来到商场对面候着。等到华灯初上，那些消费完毕、酒足饭饱、大腹便便、西装革履或者长袍大衫的大爷在中原公司逛荡，满面红光地在外溜达的时候，是小五他们一天"生意"最好的时光。如果陪在大爷身边还有一位打扮时髦的女人，几乎每个人都不会空手而归。小五他们还有了个约定，永不在商场内或者商场附近"下手"，他们要做这一带的长买卖。

长买卖，就是讨饭。

小五们逐渐总结出了规律，那就是，有钱人的地方，就是最容易赚到钱的地方。有钱人慷慨，有钱人还和气，有钱人爱面子，有钱人不想让别人感觉自己是小气鬼。

甚至他们不用打快板、唱"数来宝"，爽快的达官贵人和大款富商见到你，不待你开口，便掏出几个铜板赏了过来。他们需要那种阔气的感觉，或者说，阔气的感觉比内里的阔气更让人振奋。

城郊穷人待的地方，就没那么好运气了。即使你低头弯腰，即使你连喊上十几遍"发大财呀！大爷，行行好，赏口饭吃"，他们依然无动于衷。要是你跟在后面打起竹板，唱上几句数来宝，说不定会挨上一脚。

不是他们坏，而是他们太穷了，给了你，他们自己就会饿肚子，或者不给你，他们已经在饿肚子了。

所以，中原百货公司这一带，是小五们的福地。但福地有福地的规矩，就是不能蓬头垢面的，得讲究点。

只是，好日子，一打仗就给打没了。有钱人突然变少了，或者，是逃了，或者，是不敢出门了？这些，小五们不了解，只是感觉，人们对他们态度变得凶起来。他们越来越不敢在一个地方长待，而是到处流窜。体面的衣裳变成补丁摞补丁的破衣裳，他们就越发进不了体面的地方了，讨饭和做贼一样，就越发见不了人了。他们偷偷摸摸，慢慢地，又不得已地开始操起旧勾当，对可能下手的人开始"下手"了。毕竟，他们几个都是逃难来的，和那些胳膊穿着铁链的职业乞丐不同，没加入正式的丐帮。听说要是被三不管的丐帮头头陈三遇到了，会让人打断你的腿。没来天津城之前，小五从没听说过还有丐帮，讨饭的，竟然也有帮派，竟然还有领头的，竟然领头的还需要人孝敬。大地方，哪儿哪儿都不一样。

日子越来越难过了，有时候，三四天吃不上一顿饱饭。

但突然，就有了好消息。

一天，胖墩兴冲冲地告诉他们，说中原公司被军队上的人接管了，很多好吃的、好穿的、好玩儿的还没来得及收拾，就被扔在里面了。大龅牙、胖墩几个撺掇着小五几个，一起到楼里边来见见世面。

小五，永远也忘不了逛中原百货商场的那一天。想到又能到这座漂亮的大楼里面去，他第一个兴奋起来。

可是，有士兵守着呢。

要不，不去了吧？

不去，可太吃亏了，说不定以后再也捞不着去了。

还是要去，一定要去，外面已经很难要到吃的了，看这楼里进出的这几个零落的人，那么多好吃的，他们吃得完吗？

一定要进去，哪怕瞅一眼就出来，也值了。

他们几个在外面瞅寻了好几个晚上，才趁着守军轮岗的空子，钻了进去。楼上楼下看了几次，小五始终没找着能让人直上直下爬楼的机器，没法验证自己想的那个吊筐，是不是真的被人拉着，上上下下。

他们溜进来了，他们找到了好吃的，找到了好酒，找到了好衣裳。

谁可想，会打起仗来呢？不是说，还早吗？

谁可想，胖墩会把命扔在这儿呢？胖墩，多么好的兄弟呀，就是贪吃了点而已，就是经常和他抢吃的而已。今天，为了口吃的，把命都扔这儿了。他也差点儿搭上性命。

想到这儿，小五叹了口气，引着单眼皮顺着破损的楼梯，跑到楼上。

两个戴钢盔的国民党宪兵穷追不舍，紧随着跟上楼来，边跑边开枪，冲锋枪子弹在他俩前后左右打出一片火花。好在楼梯拐角多，再加上宪兵连跑边开枪，没了准头。小五吓得缩着脖子，跟着单眼皮一气跑到三楼上。单眼皮沉着机智，一进三楼，就把像一只受惊的兔子一样胡窜乱跳的小五踹到一堵破墙后面，然后迅速跳离小五，几步之后，挥枪向后开了一枪。

两个宪兵果断地朝向单眼皮方向追过去。

小五栽倒在破墙后边，屏住气，看两宪兵已经一前一后跑了过去。突然想单眼皮这是不想连累他呢，呀，小五心想，天底下，竟还有这样的好人，以前不认识，就好心地救自己，心底突然生出大股大股的暖意。

趴了一会儿，没听见动静，小五爬起来，朝楼梯口看了看，没人，仔细听了听，听不到脚步声，世界仿佛又一次安静了。小五转身，看到身边的破墙被炮弹打塌了，露出一堆青砖白灰。

"你个怕死鬼！"

小五骂着自己，从里面扒拉出一块大砖头掂在手里，咬了咬牙，决然地站起来，想去助单眼皮一臂之力。

小五朝单眼皮的方向迈开腿。

"啊！"

一步没迈开，再迈一下，还是没迈开，小五低头一看——

一只血红的手，像铁钳一样，死死抓住他一只脚脖子。

"天哪！"

小五惊骇不已，拼命挣扎。但那只手，像焊住了一般，紧紧钳着他——那只手，很细，没有染红的地方，很白。

小五壮着胆子，弯下腰，扔掉手中的砖头，扒拉开压在这只手上的一堆瓦砾。

自己也是个有用的人了，

他竟然救了一个人。

能救别人的性命，

那要在他老家人眼里，

他该是多么伟岸

孟幽兰认为，小五就是上天派来救她的人。

　　要不，她的一只手，又没长眼，埋在土石堆中，快不行了的人，怎么就一下子抓住他了呢？

　　小五说，那单眼皮也是上天派来救他的咯，救命这件事，像一条锁链一样，一环接着一环。小五说，可能，上天让我们生出来，就是要救人吧。孟幽兰说，反过来也一样，那士兵，不也是让单眼皮收拾了才救了你？于是，他们倒着想一遍，又害怕起来，感觉每个人的生命，真是罪恶。

　　当然，这都是后话了。

　　现在，小五环顾四周，想找一块什么东西，挖开这只小手周边的石头尘灰和瓦砾。

　　"你放开我，放开我，不要害怕，我答应你，一定会把你挖出来。"

　　小五大声朝着残墙堆里喊，那只手，不肯松开，死死钳着。小五喊："你要不松开，一会儿再一个坏蛋过来，一枪把我崩了，谁都甭活了。"

　　那只手，才犹犹豫豫地松开了。

　　小五看了不远处有只破钢盔，赶紧跑过去，"啪啪啪"，小五刚朝钢盔伸过手，几颗子弹打过来，钢盔冒出一阵火花，小五吓得瘫坐在地上。

小五回过头，没发现有人过来，才想到，是流弹。小五看看那只手，犹豫了一下，心想还是说话算话，救人要紧，再一次站起来取了钢盔，回到那只手边挖了下去。

"嗒嗒嗒，啪啪啪。"他身后不远处，再次响起枪声。小五知道，单眼皮和那两个宪兵，干上了。他顾不上了，他已经挖出了一条胳膊，一截破袖子，露了出来。快，快挖，小五心想。

"叮叮叮咚咚咚"，响起了钢琴声，这声音，甚至，还有些悦耳。小五顾不上回头了，一钢盔挖下去，连挖带用手扒，一只肩膀露出来了。

"嗒嗒——嘭——哐——"

这是一片乐器货场。两个宪兵看着单眼皮跑了进来，却再也找不见了踪影，他们端起手里的冲锋枪，朝向货场扫了一遍。弦断声，锣破声，叮叮当当。乐器在子弹的撞击下发出各式各样的响声。

小五啥都顾不上了，一心要赶快把这个抓住他的人挖出来，要不，恐怕两个人都没命。快，快，小五嘴里咕哝着，催促着自己。

一架钢琴盖子被打飞，子弹穿进琴箱，打得一排琴键自动弹起，奏出一大串流利的音符。几颗子弹打中了一面大鼓，鼓面的牛皮被射穿，"噗"的一声便成了个没脸皮的破鼓了。子弹划过锣钹，当当噜噜地回响。

单眼皮蹲在一面大鼓后边，快速地把一个弹夹插进弹仓，屏住气，支起耳朵，沉着地判断着敌人的位置。

宪兵扫了一阵，没见什么动静，端着冲锋枪小心翼翼地分头向前侦察。

快接近那面鼓了。

一个宪兵好像觉察到了什么，突然停住脚，朝着鼓前的一只琴台打了一梭子子弹，琴台后没动静，宪兵用脚把琴台蹬倒。另一个宪兵从旁边抄过来，挨近了鼓边。

单眼皮眼角的余光，看到钢琴漆面上的影子，再往前一点，好，再往前一点，单眼皮举起枪，"啪——"，鼓边的宪兵啊的一声倒下了。

另一个宪兵立即卧倒避险，单眼皮缩到了鼓后面。钢琴漆面上空空如也，单眼皮什么也看不到了。

宪兵侧首看了一眼被击倒的同伴，胸口处汩汩淌着血。宪兵就地一滚，隐身到货柜后面，又一闪出现在钢琴漆面中。单眼皮心生欢喜。

但很久，没一点动静，货柜兀自在琴漆面上闪着微光。

单眼皮探头朝货柜开了一枪，宪兵迅速滚了出来，隐在和他紧靠着的一堆箱子后面。

一击奏效，单眼皮迅速起身，向侧面转移到安全地带，刚想撤退。突然，透过硝烟，他眼前一片金光，定眼一看，原来是一排摆在货架子上的小号，大大小小，一字排开，金灿灿、明晃晃，格外喜人。

单眼皮情不自禁地停在货架子前，抬头望着头顶上的那把小号，面露痴迷。

螺旋的管身，漏斗状的号嘴和前面喇叭口是那么相称，他悄悄欠起脚，用手抚摸着小号的按键——"嗒嗒嗒"一排子弹射向他。架子上的小号顿时被打得叮当乱响、东倒西歪，他不顾一切将小号揽进怀里，就地一滚，躲开了。

小五听到枪声，不由自主地颤抖了一下。他双手抓住钢盔，挖下去，再挖下去，终于发现了刚刚剃成短头发的孟幽兰的脑袋，脑袋后面，是另一个长头发的脑袋，孟幽兰一直挺直的手臂，突然一软，耷拉在地上。

小五用力把那双手扳到一边，费劲儿地把瓦砾向两边扒拉，露出了刚才看到的那漂亮女人血迹模糊的尸体，和下面掩护着的半大孩子刚刚被剪过头发的小脑袋，头发长短参差。

小五喘着粗气，拿手抠出孟幽兰嘴里的泥土，扒拉着盖在肩头的碎砖石，扳着肩膀拖出来。重见天日的孟幽兰抱住母亲早已失去体温的身体，哇一声就要大哭，小五一把捂住她的嘴："别哭，要没命的。"

孟幽兰的母亲，已经冷了。已经死了不知道多长时间了。

小五说："别哭，千万别哭，保命要紧。"

这时，楼板突然一震，他俩屁股底下的地面裂开一道大缝儿，还没容他们有所反应，眼前一大片楼板轰然塌了下去。

小五身子一歪，差点滑落下去。关键时候，孟幽兰从后边搂住他的后腰，小五借着后面拉着的力，连滚带爬地把身子紧紧伏在楼板上面。

　　这座大楼，要倒了吧，曾经的繁荣啊，要在这场战争中烟消云散吧。小五回头感激地看了眼这个刚被他从土里扒出来的孟幽兰，这孩子，竟然有点害羞了。小五心里，涌起一阵阵暖流。突地感觉，自己也是个有用的人了，他竟然救了一个人。能救别人的性命，那要在他老家人眼里，他该是多么伟岸。

　　但小五看眼前这半大孩子显然是吓得有点傻了，僵着脸皮，不知道看着他还是看着他身后的哪个地方，那眼神儿，让人心疼，又有点让人害怕。

　　"你眨下眼啊。"小五说。

　　孟幽兰眨了下眼。

　　"唉，幸好，不是鬼，鬼是不眨眼睛的。"

　　孟幽兰回头往母亲的方向看了一眼，嘴一咧。小五知道自己说错了话，赶紧说："这里太危险，还得想法跑出去。"

　　在他们说话的当口，单眼皮翻着跟头，蜷缩在鼓后两节叠放的柜台后面，怀里的小号硌得肋骨生疼。他小心翼翼地掏出小号，心疼地打量着，号身被自己的胸膛硌瘪了一块。他不顾自己仍然身处险境，用拇指使劲地摁着喇叭口，想把瘪的地方摁鼓起来。

　　端着冲锋枪的宪兵向他这边匍匐过来，边前进边扳动扳机，手里的冲锋枪来了几发点射，"嘭嘭嘭"，单眼皮手中的小号闪着火花，立时多了几个窟窿眼。

　　单眼皮知道自己处于不利了，他向后甩了几枪，掩护着跑到一块倒塌的楼板边，再无退路了。他转头，突然看到了小五和半大孩子正在朝这边望，他很想提醒他们躲起来，但已经晚了，那个宪兵，跳起来把冲锋枪口顶到了他后脑勺上。

　　"妈的，王八蛋！"

　　宪兵骂着，扣动扳机，枪栓飞快地弹动，可是——没有子弹！

　　单眼皮一横大枪，将他击倒，再开枪，打在水泥地上，冒了阵烟。宪兵就地打了个滚儿，企图藏在刚才他藏身的鼓后面，可惜，没有成功。那只鼓，被他碰出半丈远，撞到了钢琴上。单眼皮紧跟几步，又扣了扳机。一颗子弹，穿过宪兵的小腿。宪兵快速摸了把自己的腿，看到手上的血，激怒了。

单眼皮又一次举起枪，又扣动了扳机。

也没了子弹！

宪兵很老到，迅速拔出了腰间的短枪。未等他开枪，单眼皮把上着刺刀的三八枪像标枪一样朝他投来。宪兵就地一滚，躲过刺刀，反手一枪。单眼皮听到呼一声，子弹擦着耳朵尖飞过，他感觉一阵凉，但又好像是热，拿手一捂，流了血。

生死关头了。

单眼皮和宪兵都知道。

单眼皮跳起来，不等宪兵有反应，直接扑到他身上，死抠住他拿着枪的手。宪兵一只手卡住单眼皮的脖子，单眼皮想咳，咳不出来，危急中，单眼皮另一只手往外一拉，抓起一块碎砖，使出全身力气砸到宪兵额头上。

"咔嚓——"

宪兵使劲扭动着身体，卡着他脖子的手像钳子样陷进他肉里。另一只手想把枪指向单眼皮的头部，但是，晚了，单眼皮又举起砖，砸在他额头上。血"噗"一下流出来，拿枪的手松了。单眼皮不放心，劈头盖脸地又朝他脑袋上砸了一通。宪兵的身体抽搐了几下，不再动了。

单眼皮站起来，抓起把灰土抹到耳朵上，在地上找到他的小号，捡起宪兵的手枪，往小五方向走去。

小五不见了。

楼板塌下去了一大半，楼梯也被楼板斜拉着耷拉了下去。小五拽着孟幽兰，退到了没护栏的旁边后，发现，这里已经不能再待了，随时都有垮塌的危险。孟幽兰回头望了一眼，小五知道这是在看死去的母亲。

"顾不上了，先逃命吧。"

小五拽着孟幽兰踉跄地向前跨了几步，一架已经变了形的铁梯子，挡在他们面前。

“下吧。”小五说。

孟幽兰扶着梯子向下望了一眼，这梯子，好高，深不见底，她突然想起了表姨给她讲起的阴曹地府。这梯子这么陡峭，歪歪扭扭，下面黑洞洞的，什么都看不到。孟幽兰脸色煞白，不敢移动脚步。

“再啰唆就没命了。”

小五说着，一把掀起孟幽兰的衣服下摆想蒙住她的脑袋。

“干什么！”

孟幽兰出乎小五意料地强硬了起来，一把打开他的手，紧紧拽着衣襟护住肚子，愤怒地看着他，咬着嘴唇不说话。那神情，让小五说不上是恼还是害羞，还是别的什么。小五心里，有种奇怪的感觉，说不上来。

“好吧，好吧，逃命要紧，蒙我的吧。”

小五脱下身上的皮夹克，蒙在孟幽兰头上。

孟幽兰似乎懂了他的意思，几乎不再挣扎，任由他将皮夹克捆在她头上，然后跳上楼梯，嗖——顺着长长的铁梯坠了下去。

“啊——”

孟幽兰还是害怕了，她知道不能喊，但情不自禁，喊了出来。

终于，有台阶挡住了他们。小五先落地，他张开怀抱，将孟幽兰抱住，稳在了台阶上。

“别出声！”

小五把罩在孟幽兰脑袋上的皮夹克掀下来，孟幽兰扯起嘴角，小五从孟幽兰脸上，读到了感激，他心里，再次温暖了。他看看黑漆漆的四周，说：“别怕，这里没声响，看来是没打进来。”

小五支棱着耳朵，仔细地估摸着周围的环境，拽着孟幽兰的手，沿着又黑又暗的楼梯，来到了大楼最下面。

底楼一片漆黑，枪声、炮声似乎远了一些。小五稍稍放下心来，用手摸了摸，是冰凉的钢板，沿着钢板摸了一圈，又回到了原地。小五明白了，这又大又圆的铁家伙，是个大锅炉，他们来到了已经废弃的大楼的锅炉房。之前有一次，他跟着一个胖子进来过。

他在大楼门口看到那个胖子时，后者正和一个鬈发长长的女郎说话。那女郎嘴唇涂得鲜红，一个绣花的小珠包吊在臂弯里。她和胖子说着、笑着，边笑边扭动着身体。胖子说了些什么，那女郎点点头，离开胖子，走了几步，站在中原百货大楼门口的一个小花坛边。胖子朝街对面的小五们招了招手。

小五和胖墩，赶紧跑了过来。

胖子让他们跟他走。

于是，他们就跟着胖子来到了楼底下。原来，衣冠楚楚的胖子，是这个大楼的锅炉工。胖子进到最底层，在门边一个异常狭小的房间里小心翼翼地脱下了自己的西装，换上了工服，从一个纸箱里端出一个盛着一块蛋糕的瓷盘递给小五。

"你上去告诉申小姐，我在和欧阳经理和窦行长谈生意，让她去对面咖啡厅点杯喝的，等着我。"

胖子将一小卷零钱掖进小五衣袋："记着，千万不要把这里的事儿告诉她。"
胖子拿下巴指着黑漆漆的锅炉房说。

小五点着头，沿来路返回。走了几步，他回过头，问胖子："你能告诉我这是什么地方么？"

胖子一怔，随即说："锅炉房，出了点问题——"

小五说："锅炉房是干什么的？"

胖子说："事儿真多，供暖呗。快去吧，再不走，我要改变主意了，不要把蛋糕碰坏了呀。"

小五想到这里，突然想，自己也有这么一块蛋糕就好啦。可以送给面前这个半大孩子。随即，他又想，为什么要送给别人？我自己吃了不好吗？简直是脑子坏了。

小五拉着孟幽兰的手，感觉到她在瑟瑟发抖："你怕什么？这里没人，没打到这里，你胆子怎么这么小？"

小五有些嗔怪了。

孟幽兰呜咽了一声："我们，我们不会死在这里吧？"

"怎么会？"小五说。

话音未落，嘭——，一枚炮弹洞穿墙壁，将对面墙上的一排水管打断！喷射出的水柱一下将孟幽兰击倒在小五的怀里。小五也被水柱喷得东倒西歪，他抱着孟幽兰顺势躲进了锅炉后边，靠墙根儿的一个通往楼外的送煤通道槽里。

上面，单眼皮找他们不着，倚着楼梯扶手停下来，喘了几口粗气。他低下头，心疼地看着坑坑洼洼的小号，用手摩挲着，舍不得放下。再环眼看了看四周，楼板好多地方已经塌掉了，楼下不知道什么东西烧了起来，飘了上来，烟雾缭绕。这里已经成了个孤岛，自己下不去，不过，敌人也上不来了。

他看了眼小五和孟幽兰顺着下到锅炉房的楼梯，没把它当成一个可以逃生的梯子。也许，他是怕碰坏了他千疮百孔的小号吧。

单眼皮朝下面看了眼，索性找了个角落，抱着他的小号坐了下来。

一楼战斗正酣，攻守双方，像海河入海口，一会儿海水强势，把河水挡在河口处，一会儿河水强势，将自己尖刀般的流水直冲进大海的肚腹。河海各不相让。共军在外面向里攻，国民党军在里面向外开枪堵，枪林弹雨一阵又一阵，单眼皮听着喊叫声，感觉坚守在楼里的国民党士兵开始动摇了。他们有的在叫喊，有的在骂。单眼皮站起来，走到裂口处，看到一小股国民党士兵，丢盔弃甲地正在向楼里溃退。

"嗒嗒嗒——顶上，顶上，不怕死的就退回来。"

那是督战队的声音。

单眼皮有些发蒙，他从来不知道部队有这种组织，但凭着声音，他欣喜地判断，国民党军，阵脚已经大乱了。

下面，确实已经大乱，溃不成军的国民党军士兵潮水一样向楼内涌，须臾又被督战队的汤姆逊冲锋枪逼了出去。外面有共军，楼里有督战队，国民党军士兵，在街上困兽一样东跑西窜，成了没头的苍蝇。

单眼皮朝四周瞅瞅，他想，这时，要有一箱子手榴弹多好啊，拉开弦，"咔嚓咔嚓"往下一扔，这个楼的战斗就完成了，多利索的事儿。可是，别说手榴弹，连冲锋枪，连子弹都没有了。

可是——

他往腰里摸了摸，宪兵那把手枪，硬鼓鼓的，让他心安。

他拔出枪，开了枪栓，在裂口处瞄准一个国民党军士兵，刚想开枪，那士兵突然倒在地上，蹬起腿来。紧接着，有更多的国民党军士兵倒下了。楼下，又传来一阵骚乱。

枪声喊叫声一阵阵传到楼上，单眼皮更加着急了，四周瞅瞅，找不到下楼的通道，他无奈地又走向刚才蹲着的地方，弯腰把那支破号捡了起来。

楼下，残窗前，一个脑袋很大的小士兵，吃力地在搬一枚大炮弹，把炮弹塞进炮膛，转头又搬起一枚，边抱着往前走，边和几步远的一个老兵交换着神眼，小兵不安，老兵目光笃定，微微地朝小兵点着头。

小兵扭头看了看督战队，没有人看他，他飞快扔下炮弹，跳上残窗。一个督战队员发现了他，跳着举起枪托子，砸在他的钢盔上。

老兵痛苦地闭上眼，迅即睁开，前进一步，把趔趄的大脑袋小兵扶起。

小兵晃着大脑袋，两行泪水唰地流下来，老兵咬着牙，冲他摇了摇头，大脑袋抬起衣袖擦掉眼泪，往老兵身边靠了靠。

督战队又向外面开了几枪，有两个往回退的士兵，应声栽倒在地。

"不许退！顶上去！"

大脑袋小士兵又搬起一枚炮弹，塞进炮筒。

老兵往前靠了靠，拿眼神儿示意大脑袋靠到墙角处。大脑袋立即会意了，再次搬起一枚炮弹时，装作被什么东西绊倒，打了两个滚后靠近了墙角。炮兵突然栽倒了，督战队员上前把他翻过来，看到炮兵胸前已经殷红一片。炮兵打着手势，督战队员并没有看懂，老兵上前，从他胸前的口袋中掏出一封写好折好的信放进自己胸前的口袋，朝炮兵点着头，炮兵闭了眼，头一歪，瞑目了。老兵向后退了一步，转头看向督战队。督战队员铁青着脸，一言不发，只端着枪，时刻瞄准着外面，等待着下一个临阵脱逃的士兵往枪口上撞。

枪炮声，又一阵紧似一阵响起来。

小五和孟幽兰藏身的煤槽子，终于被射穿了，一缕光线从煤槽子缝隙里洒了进来，刺得早已适应了暗处的两双眼睛，赶紧闭上，过了好长时间，才敢再睁开。

这次，孟幽兰看清小五了：长方脸，尖下巴壳儿，嘴唇有些薄，不太干净的脸下面是一截黑脖子，黑脖子下面，竟然是一件黑得发亮的皮夹克。

孟幽兰没见过这种打扮的人，感觉他不像坏人，也不太像好人。孟幽兰在脑海里迅速地给他定位，最终，没找到一个她见过的和小五一样的人。没有了参照，她也就不知道小五是个什么人了。所以，她紧闭着嘴巴，她不想让一个拿不准的人，知道她的半点事。

小五也看清孟幽兰了：瓜子脸，很白，头发显然是新剃的，耳朵边的头发，还带着平日里扎辫子时的弯曲。小五心里明白了，这是个女孩子啊，怪不得，一和她说话，看她生气、害怕、哭，心里那么异样呢。

但小五不说破，小五比孟幽兰老到得多，他知道眼下的天津城，对于一个女孩子，意味着什么。

他朝着孟幽兰笑了笑："我叫小五。"

孟幽兰也扯了下嘴角："我，我——我没有名字。"

小五忍不住笑出声来。

小五说："我已经猜到，你没有名字了。"

她听见了，

刚才，外面，

是父亲的声音。

听声音，

她父亲，

是继续出去战斗了

这真是有意思的对话。

几十年来，小五每次和幽兰聊起天来，都会说起他俩挤在煤槽子里的这一段。小五说孟幽兰当时浑身湿透像条小巴狗儿，还没断奶，就想撒谎骗人了。孟幽兰说小五的脸和脖子黑得跟炭似的，可能一出娘胎就从来没洗过脸吧。

小五说洗过一回，八岁时，他去湾边提水，一不小心掉水里了，顺带洗了回脸，把一湾水都洗黑了。所以，他们家村后的湾，叫黑龙塘。

孟幽兰知道他是信口胡诌，也懒得说穿他。

小五和孟幽兰，由战争说开去，说到家乡，说到亲人，说到后来的一切。他们互相打趣着回忆那场战争，有时候笑着笑着哭了，有时候哭着哭着又笑了。

经历了风霜的人，笑着回忆苦难，哭着诉说幸福。孟幽兰这样告诉小五时，小五说："老毛病又犯了。"

小五说："你们有文化的人，酸溜溜，文绉绉，从头到脚冷飕飕。"

成年后的孟幽兰，很少再和小五逞这种口舌之快。也许，小五说得对，人书读多了，就冷静了，对一些事，冷眼旁观，很谨慎调动情绪，理性判断多一些了。但是，这难道不是一种悲哀吗？难道小五这样，喜怒哀乐皆形于色，不就是一种赤诚的人生吗？

这样的赤诚，是真正的赤诚吗？孟幽兰不能判断小五是种经历繁复后的简单，还是原本就是简单明了。就像她也不能断定她父亲，当年是希望妻女过上好日子的一种简单理念召唤她们进到了战场中心，还是她父亲错误地估计了战斗形势，以为共军根本攻不进城？听母亲的话里话外，父亲也算是读书人呢，还是没有挣脱出对财富的迷恋和对权力的偏执。

由此，孟幽兰想，人的冷静，都是相对的。就像小五的诚挚，也是相对的。一切都存在不确定性。这样一想，她就又回到了她一贯坚守的对人生的理解上来。她母亲的死，不是必然，虽然死了，她的生，也不是必然，虽然，她还活着。

当时，在安静下来的煤槽子里，她是不会做这样的思考的。她还很小，并且，正被恐惧紧紧包裹着。她警惕地看着对面穿着夹克的小五，双手抱在胸前，一边支起耳朵听着外面动静，一边注意着小五的一举一动。

小五看出来了，这个半大孩子，看着越来越像个女孩，虽然涂成个大花脸，但露出来的皮肤那么白细，目光惊悸，两手动不动就抱在胸前。小五和半大小子们厮混了多年，男孩，没有这样的。

天然地对自己身体的敏感和护卫，在短暂的安静下来的煤槽子里充分表现了出来，小五冲孟幽兰笑笑，孟幽兰却笑不出来，僵着脸，眼睛瞪圆，戒备地看着小五。

"你是个丫头。"

小五终于笑出声来。

孟幽兰看到小五咧开嘴露出的白牙，在黝黑的脸上显得更加夸张，瘦瘦的上身光着，也被煤灰染得看不出本色，更加紧张地向里蜷缩了一下。

"我不是。"

她坚定地说。

"哈哈哈哈——"

小五看着孟幽兰紧张的样子，笑得更开心了，边笑边从裤袋里往外掏，想掏出他刚才在楼上时，往裤袋里塞了的一支大麻花。可掏了半天，掏出一堆碎末，小五挑了几块稍大点的，递给孟幽兰："吃吧，小子丫头的，都得填肚子，过会儿还要逃呢，饿着肚子，跑不快。"

孟幽兰看了小五一会儿，把碎麻花接在手里，又看了看，小心地放进嘴里。小五仰起头，把一捧碎末倒进嘴里，噎得直了脖子，好不容易咽下去。

小五说："看见了吧，还不承认，我们男人，吃东西才不和小松鼠一样，一小块一小块地往嘴里送。还不承认？说吧，你叫什么名字。"

小五看孟幽兰不说话："说吧，你看，我又不是坏人，我要是流氓，是坏人，早——"

小五做了个扒衣服的手势，孟幽兰吓得哆嗦了一下。小五又笑了。

小五说："我要是坏人，还给你麻花吃？还拖着你跑到这里来？早不管你了，爱死爱活，关我什么事儿？"

孟幽兰想了想，感觉有道理，她咽下咀嚼碎的麻花，说："我姓孟，叫孟幽兰，你呢？"

小五重复着她的话："孟幽兰，幽兰，真好听的名字，以后，我就叫你小兰子吧。小兰子，嗯，怪好听的。我，不是早跟你说过了，我叫马小五，你给我叫小五哥就行啦。那是你妈吧，哎哟，惨咯，看来，以后，你得跟我混了，我们可是叫花子，你要当叫花子啦，又脏又穷，哎哟，以后，连个婆家都找不着咯。"

孟幽兰撇了撇嘴，小五看她样子要哭，赶紧说："哎呀，说着玩的，别当真，跟着小五哥，吃香的喝辣的，没人敢欺负你，好吧。"

孟幽兰擦了擦泪又恢复了刚才的冷峻表情，闭上嘴，瞪着眼看着他。

小五说："我兄弟可多，大龅牙、轮子、西瓜、胖墩儿——"

说到胖墩儿，小五有点动情："哎，可惜，胖墩儿已经死了，让人一枪给——打仗，可真不是个好事儿——"

小五没说完，听到头顶上嘈杂起来，小五闭了嘴，支起耳朵听外边的动静，很乱，好像人很多，但什么都听不清。

"怎么没声了？难道，仗打完了？"小五自言自语地说道。

"嘘，别出声，别出去。"孟幽兰小声说。

小五瞅了眼孟幽兰，眯着眼，笑了："放心吧，我才没那么傻，不消停了，咱们才不出去呢，肚子又不饿。"

他们头顶上，一楼，乱糟糟的，是一群国民党军的逃兵被督战队押了回来。被押的士兵手里没了枪，腰里也没了腰带，丢盔卸甲，七歪八扭地被押到一楼门口。

"你们，就是国民党军的耻辱，缩头乌龟，王八蛋——站好！"

督战队长官大声喊："向后转，趴在墙上，快！"

逃兵们有的哭起来，转过身趴在墙上，一队督战队员，端起冲锋枪。

又一阵嘈杂。

"快，攻过来了，攻过来了。快，快撤到上面。我操，你们在干什么？"有人大声问。

"我们是督战队！"有人大声答。

"我操你祖宗，什么时候，你们还在这里杀自己人？"

两队的长官，唰地拿枪指着对方，他们身后的士兵，迅速端起枪。

"轰——"对面的楼塌下来一块，紧接着，响起枪声。

趴在墙上的逃兵们有了松动，有人偷偷回头看，迅速跑到一边。那个搬炮弹的大脑袋小兵，满眼泪花，望向他旁边的老兵。老兵高喊："我们不是逃跑，我们被打散啦，我们不是逃跑！"

"听到没有，你们这些畜生！"

双方往上举了下枪，僵持不下。

老兵眼睛像狼一样向着四周逡巡，寻找着每一个逃脱的机会。突然看见了墙角里的煤槽子口，他回头看看僵持的双方，没人注意他们，他迅速回过身，一脚将大脑袋小兵踹进煤槽子口。

外面一声炮响，楼顶震得尘土飞落，声音掩盖了大脑袋跌落煤槽子的声音，乱哄哄的士兵又撤进来一帮，督战队和先前撤进来的士兵，还在僵持着。谁都没注意到大脑袋小兵不见了。老兵闭上眼，转过身，朝旁边的士兵递眼色，旁边的士兵，看了看僵持的士兵又看了看老兵，摇了摇头。

"哐当——"

大脑袋小兵落进煤槽子，砸到小五身上。小五吓坏了，但大脑袋反应迅速，他可能根本没想到自己会被踹进这里，更没有注意到煤槽子里有人，他翻了个身，不管不顾地从小五身上爬过去，又爬过孟幽兰的身上，一头撞到墙边的煤堆上。

上面的挡门被老兵踢开后，煤槽子里有了些光亮。

大脑袋小兵借着光亮看清了他面前的煤块，他开始用手扒煤。小五看出来了，他想把煤扒到一边，从煤道里逃出去。但是，他扒得越快，楼墙外高高的煤堆往煤槽子里流得就越多，他根本扒不完，不一会儿，那些煤块，快把他埋起来了。

"停下，笨蛋。"

小五低低地喝了一声。

"你这样扒，会把我们活埋在这里的。"

大脑袋小兵吓了一跳，这才看清这里面原来有人。

"用你管。"

大脑袋小兵又骂了句粗话，回头继续扒煤块。

"住手，听见没有？"

小五凑过去，从后面拉住他。

大脑袋士兵转身把小五推开，小五火了，挥手给了他一巴掌。大脑袋小兵也火了，直冲小五鼻梁来了一拳，小五的鼻子，当即就流出血来。

"他妈的，真不识好人心，你扒吧，让人听见动静，第一个拎出去把你毙了。哼，逃兵！"

这最后两个字可能震慑了大脑袋小兵，他搓了下手："你敢，老子先把你——"

他可能是想说先把你毙了，但他低头看着自己的手，没枪，他突然想他已经逃出了队列，他不再是个战士了，而是个逃兵。大脑袋小兵突然双手捂上脸，哭了。

小兰子爬过去，掰开他的手，把几块碎麻花放在他手里："吃吧，吃吧，别哭了，也别再扒了，听小五哥的，我们等着仗打完，再出去。"

大脑袋小兵看了看手里的碎麻花，想了想，现在哭也没用处，果真不再哭了。

他送了块麻花到嘴里，嘎巴嘎巴嚼着，靠着小兰子坐下来。

小五挤进他和小兰子中间，转头对他说："算你乖，再闹个没完，先把你推上去。"大脑袋不再说话，听着上面冲锋枪又一阵紧似一阵了。

三个小孩的眼睛齐刷刷地抬起，看煤道口射进来的光线。

督战队和逃兵、撤进楼里的士兵们干上了。他们迅速分开，各自找掩体隐蔽下来。督战队长官喊着话："我们惩罚的只是逃兵，不关你们的事，到前边战斗，不要干涉我们的工作。"

有个督战队员端着枪，看到两个未来得及藏身的逃兵，"啪啪"两枪就撂倒了。督战队长官肯定地看着他，用目光肯定。但他身旁的督战队员，却拿异样的目光看着他。像看一只苍蝇，一只怪兽。开枪的督战队员，感觉毛骨悚然。

他打了个冷战，把枪放下，换了只弹夹。

"畜生！"撤回来的长官在掩体后骂，"你再开一枪，先送你们去姥姥家。"

逃兵们在暗暗往撤回来的长官身旁聚，刚才把大脑袋小兵踹进煤槽子的老兵轻声说："长官，我们还能战斗。"

这个少校军官看了他一眼，点了点头："一会儿去领枪。"

"王八蛋，你们听着，这些兵老子收了，你们要再敢开枪，扒了你们的皮。"

少校军官从掩体后站出来，举着枪，对着身后说，去，去，把墙角的箱子拖出来，一人给他们一杆枪，备足子弹。

"我们要去打仗了，你们烂在里面吧。畜生！"

督战队长官也站出来："这位长官，我尊敬你为党国效力，但我也遵守我的工作职责。"

"狗屁职责。"

少校军官看了看周围，指着地上的尸首啐了一口："你看看！死了多少人，你们要再有力气，出去跟共匪拼吧，狗娘养的。"

督战队长官咬了咬牙，忍了。

执行枪决的督战队员听到外面越来越密集的枪声，显得越发迷乱，一齐望着他们的长官。他们长官咬着牙，举起了枪。撤回来的少校军官向后退了一步，挥了下手，他的士兵们站起来，走到墙角抱回几杆枪，远远地扔给逃兵，逃兵们准确地接住了。

"你在犯法，你会在军事法庭接受审判的。"督战队长官高叫道。

"审判，你等不到那一天了。"

少校军官冷笑了一声："冲啊！"

这些士兵，很快冲出去。枪声过后，很快，又有人退回来。

督战队长官带头，用枪指上他们的头，那些士兵，扔了枪，举起手来。

"懦夫，愚蠢，你们宁愿当逃兵，死在自己人枪下，却不敢冲过去，死在敌人枪下，像个男人，像个英雄！"督战队长官说得痛心疾首。

督战队长官第一个开枪了，紧接着，他身边一个队员也开枪了。两个逃兵应声倒地。督战队长官回头看看其他队员，他们虽然保持着射击姿势，但并没有扣动扳机，眼神游离在楼外的脚步声。开枪队员脸上的肌肉顿时凝固了，不安地向左右看。

逃兵们趁机捡起枪，又冲了出去。但不断地，又有退下来的兵躲进大楼。

枪炮声如暴雨狂风，喊杀声震天，脚步声撼地。

督战队整理了下队形，喊着逃兵们趴到墙上去。

那个老兵，没有逃，也没有捡起枪跟着少校军官冲出去，他掩身在一个货架后，紧张地注视着煤道口。而那督战队长官，已经开始往煤槽子口走了。

老逃兵咽了口唾沫，悄悄伸出头朝煤槽子看了一眼——

藏在煤槽子里的大脑袋与父亲的目光不期而遇，眼泪顿时涌满眼眶。小五感觉他全身都抖了起来，嘴里喃喃了声"爸爸"。小五才明白，外边的老逃兵原来是大脑袋小兵的父亲，他扭身张开手臂，紧紧地抱住战栗不已的大脑袋。

小兰子紧张地抓住小五的胳膊，身子也不住地颤抖着，眼泪哗哗地流了下来。她听见了，刚才，外面，是父亲的声音，听声音，她父亲，是继续出去战斗了。不知道，还能不能回来。

外面又是一阵炮响，隐约传来冲锋的号声和成百上千人进攻的呐喊声。

督战队员与逃兵们互相戒备地对视了几眼，不约而同地朝门口奔去。到这时，他们每个人心里几乎都明白了，督战队员其实早就明白了，天津城已经守不住了。虽然督战是他们的责任，但是，此刻的督战，不过是自相残杀毫无意义，越早逃离战场就越有可能活命，留在这里只有被杀或者投降。

但他们看了看长官坚毅的表情，服从上级的本性，又让他们慢慢地抬起端枪的手臂。

少校军官又一次撤回来了。这一次他负了伤，拿手枪的手，捂着另一只肩膀。

督战队长官，拿枪指着他的头："没有办法，做一天军人，就得履行军人的职责。"

这时，溃退回来的士兵潮水一样把他们冲散了，督战队在长官的授意下再次开了枪。少校军官爬起来，推倒前面的一个督战队员，当头一枪。手枪还没抬起来，发现其他的督战队员的枪口指向自己，落下去的枪口再也没敢抬起来。僵持中，督战队员和逃兵们陆陆续续跑走了。

刚才那个开枪处决逃兵的督战队员，仍然不甘心地端着冲锋枪，瞄着奔命的士兵们，等待着长官的命令。他的长官，咬着牙，端起了枪。

坚守着职责的督战队员，手中的冲锋枪吐出火舌，向着逃兵方向开火了。突然，一块大煤矸石重重地砸在他头上，督战队员身子一软，眼睛一翻，倒在了地上。

一个逃兵气呼呼地把手里的大煤矸石拍在督战队员的脸上，那张脸像被捏烂的柿饼般扁了下来。

少校军官看到了那个煤道口，也许是与女儿心有灵犀，他退了一步，趁人不备，迅速弯腰向里看了眼："顶上，都顶上，快！"他假装督促着战士，扭过头，与藏在煤道里的大脑袋对视了一眼。这一眼，差点让大脑袋把他的女儿打死，自己的命，也差点葬送在大脑袋小兵手里。

他没敢久留，故意拿脚把煤道的铁栅合上了。

督战队长官一枪打倒那个砸煤块的士兵。他红着眼睛，一枪一枪地追杀着四下逃命的逃兵。

一个逃兵，后退时一脚踢响了煤道口的铁栅栏，督战队长官转过头去。藏身在货柜后的老兵，眼睁睁看着他走到他儿子藏身的煤道口。他再也不能不站出来了，他一下子站起来，扑上去从后面抱住军官。军官一甩身子，老兵被甩了出去。

老兵奋不顾身地挡在煤槽子口，连连喊着："长官！长官，放孩子条生路！他还是个孩子啊！"

"孩子？他是战士，对，现在已经不是了，他是可耻的逃兵，是党国的耻辱，你更是！"

督战队军官咬着牙，把枪口顶在老兵头上："耻辱！"他痛苦地闭上眼，扣动了扳机。

老兵一头栽倒，脑袋重重地砸到煤槽子的小铁门上，眼神始终盯住大脑袋的方向。血水隔着铁门溅了进来，大脑袋小兵张开嘴，被小五一把捂上。

大脑袋小兵浑身颤抖，痛苦地蜷成一团，在煤堆上滚来滚去，小兰子爬过去，把他紧紧搂进怀里。

少校军官又冲出去了，逃兵们跑散了，督战队员趁机也跑散了，只剩下戴大盖帽的督战军官一个人了。

军官踹开老逃兵的尸体，掏出一颗手雷，凑近了煤槽子。他掀开煤槽子的铁门，正要拉弦，背着小号的解放军战士持着手枪冲了进来，冲着军官开了一枪！

随着枪响，军官一头栽倒在破墙洞边上，狰狞的面目堵住了洞口。

外边变得安静下来。

小五身后的小兰子扒着他的肩膀探过头，想看看外边发生了什么事情，小五一把捂住了她的眼睛。

单眼皮拖走压在洞口的军官，挑开铁门，枪口对准煤道口，趴下往里看，正与里边的小五对上了脸。他看着一张黔黑的脸，露出满口的白牙，惊恐地看着自己。

单眼皮松懈下来，咧咧嘴，笑了！

天津市军管会楼顶上，

青天白日旗早已被降了下来，

取而代之的是一面鲜红的八一军旗，

随风飘扬

1949 年 1 月 15 日晚上。

陈长捷被活捉的消息传遍了天津城。

广播里传出天津市军管会第一号公告，宣布对天津东至塘沽、大沽，南至静海，西至杨柳青，北至杨村所辖区内实施军事管制。

第二天清晨，寒风依然凛冽，空气中的硝烟味还没散尽，再往上眺望，天空已然显出往日瓦蓝，一群雪白的鸽子穿过半空里淡薄的硝烟，飞上蓝天。

天津市军管会楼顶上，青天白日旗早已被降了下来，取而代之的是一面鲜红的八一军旗，随风飘扬。

解放了的天津城大街小巷，处处欢笑和喜庆。

伤痕累累的街道店铺门脸儿都挂出了五色缤纷的彩旗，人们热情地拥到街头，挥舞着飘带和小旗，欢迎解放军入城部队。有几个精明的小商贩在梨栈大街十字路口卖起了糖堆儿，粗短的木杆前端用细绳缠捆着一圈麦秸，细细的柳条枝上串着五六颗鲜红的山里红，一层晶莹剔透的糖浆裹在外面，酸酸甜甜又冰冰凉，让人看了就流口水，引得一群看热闹的孩子围在边上眼巴巴地看着。

昨日攻城激烈的交火地带，被炮火摧毁的坦克还歪歪扭扭地趴在街头；碉堡前和马路旁国民党士兵的尸体，正被进城部队清理；一些被击毁的汽车仍然燃烧，到处弹痕累累，四处弥漫着股股呛人的浓烟。胳膊戴着红箍的学生、市民组成的联防队员积极地帮着解放军收拾着战后破碎的家园。

胜利的攻城部队押解着俘虏队伍，将街筒子塞得满满当当。少数穿绿呢子军装的军官携妻带子，垂头丧气地走在队伍之中。

小兰子挤在马路牙上的人群里，默默地瞪大眼睛盯着密密麻麻的俘虏队伍，努力寻找着父亲的踪影。

一具具尸体被抬在马路边上，一张张席子盖在上面。佩戴着红袖标的市民三五人一组，在解放军战士的带领下将尸体一具具扔上卡车。

大脑袋紧张地穿行在马路边一排排死尸堆里，一张张的席子揭开，露出一具具血肉模糊的国民党兵的尸体。大脑袋穿着一件盖住屁股的美军大夹克，猫着腰不时地用手拂去死尸脸上的污垢，仔细地辨认寻找着什么……

一张席子刚被揭开，大脑袋被吓了一跳。小五突然从下面露出脸来，看到大脑袋被吓愣了，小五把食指竖在嘴边，冲大脑袋嘘了一声，示意他别出声。

还没等大脑袋反应过来，就被人从后边一薅脖领儿！小五一看大脑袋被人抓住了，哧溜一声想从席子那边溜走，没跑出几步也被抓了回来。

一群小叫花子排成一排，被佩戴着红袖标的联防队员看着，从联升商店的玻璃橱窗前开始排队，弯弯曲曲一直排到巷子口。叫花子们穿着打扮各式各样、五花八门，一看有平时讨饭穿的补丁百家衣，有从死人身上扒下来的旧衣，有从商店里顺出来的新衣裳。大脑袋被联防队员赶着，排在队伍中格外扎眼：比后面的人矮了一头，硕大的脑袋却比别人大上一号。

联防队员以进步学生和当地群众为主，有的维持秩序，有的拿笔和本子进行登记，挨个询问：你叫什么名字？今年多大了？老家哪里？

小五在大脑袋前面，看着前面的队伍，被登记好的都一个个到布帘后面脱光身体检查。小五不明所以，担心地问前面年龄稍大的乞丐，他们这是干什么？

大乞丐挠了挠头说，听他们说是对咱们进行什么收容安置呢！

小五尽管不明白收容安置是什么意思，但看模样不会是杀头、坐牢之类的，又高兴了起来。

收容安置，收容安置，那干吗脱衣服呀？

大乞丐摇了摇头说，谁知道呢？说不定是发新衣服呢，哈哈。

大脑袋低着头，慢慢地跟着队伍往前走着，一句话也不说。

离登记点越来越近，小五这下看清楚了，检查人员从队伍前面的乞丐脱下的破衣服里抖落出眼镜、钢笔、钞票、戒指、大洋钱——统一收起来，登记在本子上，有的胳膊上戴着一串拾"洋落儿"得来的手表，也被登记在册，收缴了。

小五前后左右打量了打量，趁人不注意，把两块大洋塞进嘴里，压在舌头下边。

前面的乞丐检查完了，小五磨蹭着不愿往前走，一个齐耳短发的队员用枪托子捣他屁股，小五腿一哆嗦，一块怀表从裤裆里掉出来。

联防队员捡起怀表，放在一个大筐里，问小五，叫什么名字？多大了？家里哪里的？

我……我，我叫马小五，13了，家……是杨柳青的。小五使劲压着舌头底下的大洋，努力让自己发言听不出异样。

联防队员点了点头，示意他到布帘后面把衣服脱掉。

女队员接着检查着后面的大脑袋，拿着大脑袋脱下的美式军装，朝边上的联防队员扬了扬，有些卖弄地说："嘿！你这个小不点，竟然有这么新潮的玩意儿？来来来，老实说，你叫什么？是干什么的？"

大脑袋很紧张，一个劲儿地嘟囔："我、我、我是……"

"他是要饭的！"小五从布帘后头露出头来，含糊地替他解释。

"要饭的？要饭的能有这么好的衣裳？这是国民党的军服！你知道不知道？"联防队员边说边使劲瞅着大脑袋，大脑袋越发心虚。"坦白从宽，老老实实讲，你这身衣服是从哪来的？"女队员怀疑地瞥瞥大脑袋，"你是国民党士兵吧？"

大脑袋害怕了，他双手捂着下身支吾着说不出话来。

旁边一个解放军战士闻声走过来。

"他……能当嘛兵呀？他见着耗子……都吓得尿裤子……"小五说着，不顾自己已经脱光腚溜，一把从她手里拽回衣服，拉着大脑袋撒腿就跑——

联防队员不防备，愣了一下，赶紧追了上来。

街道上人来人往，有恢复开业的商铺开门迎客，有打扫卫生的商家洒扫庭除，有寻亲访友的兴高采烈，有押解俘虏的队伍趾高气扬，而一个个俘虏垂头丧气，周围看热闹的人群品头论足、热闹非凡。各式各样的人群，将街筒子塞得满满当当。

小五拉着大脑袋，俩人光着屁股飞快从俘虏队伍里穿过，想窜上对面的马路。虽然日头很好，但毕竟是腊月天，人群大都身着棉衣棉帽，看到两个光腚在路上奔跑，立刻吸引了所有人的目光；更多的人围了过来瞧热闹，把后面追赶的联防队员隔在了后面。

不料，大脑袋不能穿过马路，却撞到一个戴着大盖帽的军官怀里。他脚下习惯地一立正："对不起您嘞，长官！"

戴大盖帽的军官看军衔应该是个营级干部，本来被俘懊恼不已，被一个光腚撞得肚子疼，更恼火了，瞪眼举手要打，押解俘虏的解放军战士一把跑过来攥住军官的手腕，狠狠地甩下，怒斥道："还以为自己是官老爷？放老实点！不允许欺侮百姓！"说完，伸手揪掉了他帽子上的国民党帽徽。

军官觍出一脸的笑，弯腰一个劲儿地说："是！是！长官教训得是！"

解放军战士瞪了他一眼，说："我不是什么长官，我是中国人民解放军战士！"说完，正了正胸前的步枪，回到俘虏队伍旁边，标准的军姿格外引人注目。

大脑袋一扭身，冲着解放军战士又是一躬："辛苦呐您嘞，长官！"随后，兔子似的逃了。

不远处，小兰子也挤在路边的人群里，眼睛紧盯着一个个走过去的俘虏面容，焦急地寻找着什么，但一排排俘虏过去了，小兰子神色越来越失望。

突然，她看见了俘虏队伍中大脑袋这边的小插曲，看着两个光屁股小孩跑进胡同——

大脑袋急忙钻进一条小胡同，惊魂未定，喘着粗气，打量了一下周围，人们都集中在大街上了，小胡同里安安静静。大脑袋松了口气，伸展开抱着的美式军装，犹豫了一下，看了看自己光身子，叹了口气，穿了起来。

这时，三五个国民党俘虏不知从哪里蹿了进来，慌乱地脱着身上的军装……

一个端着卡宾枪的解放军战士追了进来："干啥呢？你们？想跑哇？——回去！"一口东北口音格外明显。

几个俘虏看着上了膛的卡宾枪，对视了一眼，年龄稍大点的老兵油子，举起双手说："不敢！不敢！长官，我们哪里敢逃跑？实在是憋不住了，在这儿尿泡尿，尿完了就走！"说完，大大咧咧地解开裤子，冲着墙根撒起尿来。

"咔嚓"一声，那个战士毫不客气地拉开枪栓——几个俘虏无奈地系上裤子，乖乖跟着那个解放军战士走了。

落在后边的一个兵痞一拽蹲在地上的大脑袋："你也快点走哇！"

大脑袋害怕地说："我、我、我不是……我是干那啥的……"他死劲往后缩着身子。

"你是干啥的呀？你不是我们班长吗？"几个兵痞嘿嘿地坏笑。

边上的解放军战士也懵了，怎么多出来一个国民党兵，他打量着大脑袋正准备穿的那件美军夹克，一横卡宾枪："起来，走！"

大脑袋缩在墙旮旯，嘴咧得瓢儿似的，差点哭出声来。

几个人走到胡同口，小五远远地提着衣裤跑来，看到大脑袋被一个解放军战士和一群国民党俘虏围着连拉带拽，吓得闪到一个厕所后边，系着裤子，也不敢上前。

大脑袋被兵痞拥着出了胡同口外，看到正在前进的俘虏队伍，两腿一软，瘫坐在地上，再也动弹不得。突然，小兰子跑了过来，一把从地上拽起大脑袋，问边上的小东北："你们这是干什么？松开他！"

小东北说："这几个俘虏想逃跑！咋地？你认识？"

"他是我弟弟！"小兰子指着大脑袋，倔强地说。

"你弟弟？"小东北将信将疑地打量着大脑袋和小兰子。小兰子说："他不是国民党兵，他是从垃圾堆里捡的破衣服穿在身上的！"

小东北看了看小兰子，又看了看大脑袋，感觉从个头上、年龄上，确实不像国民党兵。质问边上的兵痞："你们认识他吗？他叫什么名字？哪个部队的？"

兵痞们支支吾吾说不出来。

小东北对小兰子敬了个礼，生气地用枪指挥着几个兵痞，把他们赶进了俘虏队伍——走了。

惊魂未定的大脑袋一屁股瘫在地上抹开眼泪。小兰子拽起他说："快走吧，别让他们再把你逮进去。"大脑袋回过神儿来，突然抓住小兰子的衣裳："你，把你衣裳脱下来给我！"

小兰子吃了一大惊："天哪，你疯了吗？还是吓傻了。"

大脑袋狠狠地扒着自己身上的军装，摔在地上："你，你脱下衣裳来给我，快，不然，打死你。"

小兰子后退几步："你是人是鬼，怎么这样？"

大脑袋揪住小兰子的衣襟："我不管什么人什么鬼，活着要紧，把你衣裳脱下来，快！不然，不然——"

大脑袋抓着小兰子逼退了她几步，一把把她推在地上。

"天哪，救人哪，救命啊，小五，小五哥，快来救我！"小兰子喊起来。

大脑袋一声不吭，狼一样地扑到她身上。小兰子手撑着地向后退着，终于退到墙角，退无可退。小兰子双手揪了前襟揪裤腰，拼命抵挡，但人小力弱，哪里抵挡得住？很快，大脑袋骑住她，小兰子动不了啦。

小兰子说："我刚刚救了你，你却恩将仇报，你不是人，你是个魔鬼。"

大脑袋怔了一下，随即喊："魔鬼就魔鬼，只要能活着，你说我是啥就是啥。"边说边扒着小兰子衣裳，他的手，触到了小兰子的肚子："这是什么？硬邦邦的。"

小兰子更加紧张了，双手放开裤腰，捂在金条上，尖叫起来："救命，救命啊，小五哥，救命啊，呜呜呜——"

小兰子边叫边退，街上正在过兵，她拼命尖叫，大脑袋一把卡住她的脖子："再叫，卡死你。"

街上的队伍，在喊口号，激昂欢快，没有人听到小兰子叫喊。看小兰子护着肚子，大脑袋趁机抽下了小兰子的腰带，开始解她的衣裳扣子，别解边喊："松手，松手，把衣裳给我。"

小兰子闭上眼，绝望了。就在这时，"嘡——"大脑袋后脑勺挨了一砖头，他放开小兰子，反手护住后脑勺："饶了我吧，我不敢了，我再也不敢了。"

其实，他还没看清后面是谁，行伍生涯让他练就了一套死乞白赖的求生手段。当他抬头，看到拿砖的小五时，他声泪俱下："大哥，饶了我吧，我一时糊涂，一时糊涂，我让共匪吓傻了。"

小五扔掉砖头，抓住他衣领子把他提起来："尿包，你欺负她算什么本事？要不是我们在煤道里容下你，你早死了。你算个什么玩意儿？"

大脑袋点头如捣蒜，一个劲赔着不是："饶了我吧，我再也不敢了。"

"哼，谅你也不敢，还共匪，现在是共匪打赢了，你们成俘虏啦。再这样喊，逮你进去，打死你。"小五放开他。

大脑袋又一屁股坐在地上，哭开了。

小五教训大脑袋的时候，小兰子从地上爬起来，提着裤腰，跑出了胡同口。

小五喘了口气，突然看到大脑袋身边的裤带："我操你妈，这是啥？这么欺负人，抽人——抽人家裤腰带了，真是个流氓啊你。"

小五抡起小兰子那根裤腰带，对大脑袋劈头盖脸一顿臭揍，越打越不解气。大脑袋光着的膀子上被他抽得青一道紫一道。

"流氓兵痞，有人生没人养，操你妈的。"

大脑袋听小五这样骂，不再拿手遮挡了，他想起了刚死去的父亲，趴在地上痛哭不已。

小五也打累了，他停了手，把裤腰带盘了盘掖进衣袋，坐在一块石头上歇气："你记住了，没下一回。再让我看见你欺负人，扒了你的皮。"

大脑袋连头都不点了，只顾趴在地上哭，边哭边喊："爹呀，娘哎，我想你们啊！"

一声声，叫得小五心里难过了："别哭了，起来，起来吧，唉，尿包。"

大脑袋坐起来，拿手背擦拭着泪眼。小五说："在煤槽子边上被打死的那个，是你爹？"

大脑袋点了点头，小五说："嗯，你爹为了你，送的命。唉，可怜天下父母心哪，那你妈呢？"小五问完就想，废话，他要有妈还跟着出来当兵。果不其然，大脑袋说："我妈早死了。"

小五不再说话，大脑袋哭着想心事。想起了自己小时候。印象中妈妈是那么疼自己，有什么吃的先给自己。爸爸只会剃头这一门手艺，靠着平时老实厚道，挑着剃头担子偶尔赶集下乡。一头是热炉子，铜盆里始终冒着热气，边上搭着块毛巾，一头是把高脚马扎，到了地头，把马扎打开，把炉火吹旺，生意就开了张。每集能赚个块儿八毛的，来剃头的老人居多，除了剃头还要眯着眼让父亲给刮刮胡子，再穷再苦的日子也得图一时的舒坦。生意好的时候，爸爸会给自己买个油炸果子吃。焦黄喷香的油炸果子是天下最好的美食，咬一口烫着嘴，但每次都是边哈气边吃，不等凉下来就吃完了。一个油炸果子只能填饱小半个肚子，要是能由着自己吃饱，那该多好啊！

想到这里，大脑袋吧唧了下嘴，咽了咽口水。但那只能想想，爸爸一般只买两根油炸果子，先让自己吃，另外一根是给妈妈留的，用草纸仔细地包好了。回到家妈妈都是把自己叫到跟前，让自己吃。但那时候油炸果子已经凉透了，有些发硬，比起刚出锅的味道差远了，但妈妈总是让自己吃一大半，剩下的一小半和爸爸分着泡在热水里，就着那碗带着油花的汤，泡上块窝头连吃带喝，就算开了荤。后来随着炮声轰轰的临近和天气的干旱，人们饿得吃不上饭，剃头刮胡子的也少了，爸爸每天出去转，回来得越来越早，脸色越来越难看。家里的粮食也越来越少了，妈妈每天为如何填饱一家人的肚子着急，尽量给出门讨生意的爸爸和长身体的自己做点带面的饭，她自己却常常吃点榆钱甚至树皮。终于有一天，妈妈的肚子肿得越来越大，一撒手离自己远去了。大脑袋饿得自己常常抓着细黄土块放在嘴里嚼，长期的营养不良让他个子没长高，脑袋却越来越大。没办法，爸爸每天领着自己出门串乡，除了给人剃头，顺便干点零活，不巧遇到国民党抓壮丁。为了活命，爸爸穿上了那身黄军装，让自己也谎报岁数，也扛上了和自己个子差不多一样高的枪。好不容易能吃上口饱饭，不曾想，爸爸却死在了天津卫。

刚没了爹，现在又挨了打，大脑袋越想越伤心，捂着脑袋一屁股坐在地上又伤心地哭了起来。

小兰子走出好远，想了想又折回来。她抓着裤腰，贴在墙角看这边情形，看到大脑袋蹲在地上哭，就知道小五制服了他。刚要往前走，突然，后边有人拍了自己一把，她吓得一激灵，回身一看，原来是那个在锅炉房遇到的单眼皮战士，单眼皮今天脸上干净了，显得更精神了，笑眯眯的。但小兰子一看他背上的枪，就有了些害怕，不知道说什么好，只是一个劲儿地紧紧抓住随时会滑脱的裤子。

单眼皮亲切地问："伙计，咱们昨天见过面！"

小兰子不说话，只一个劲儿地看他背后的三八大盖，单眼皮会了意说："我们当兵的，天天背着枪，不过，你放心，我们是人民的军队，和老百姓心连心，不会伤害你的。"

小兰子还没从被扒衣服的惊恐中走出来，瞪着大眼睛不说话，但表情明显放松了，朝单眼皮笑了笑。

单眼皮说："你忘了？咱们见过……嗯，在一个大楼……那个锅炉房边上，你想起来吗？有个国民党军官想往你藏的那个煤槽子里扔手雷呢！多亏我打了他一枪！嘿嘿……记起来了吧？"

小兰子点了点头。

"我，我能不能求你帮个忙？"单眼皮有点不好意思。

还没等小兰子张口说话，小五匆匆赶过来："嘛事嘛事？有嘛事你问我！"

"哟？"小五看到是单眼皮，"是你呀，你找她嘛事？"

单眼皮咧嘴笑笑："麻烦跟他打听个地方……"

"嘛地方？"小五装出老江湖的腔调，想尽量在小兰子面前显得很爷们儿，他抡着裤带，不屑地问。

单眼皮说："就是昨天咱们见面的那个大楼，我要赶到那里有点急事，好嘛，敢情你们天津马路全是斜的，我找不着道了……"

小五斜着肩膀，拉着长音说："嗨！天津道上的事，你问我就算你问对人了，你提溜二两棉花上'三不管'地界儿'纺纺'，没不知道我马小五的！"

单眼皮虽然对马小五流里流气的说话腔调不太喜欢，但眼前急于求人，只好边笑边说："呵呵，那好，那就请你给带个道，老乡，你看……"

"嘛老乡？咱哥俩论不上老乡，瞧你说话这口高粱花子味，关外开来的吧？"

"我东北四平的。"单眼皮点点头，坦诚地说。

"你是我老哥哥呀！初次见面小弟我不能无礼，走！"他说着把裤带甩给小兰子，"把裤子系上，咱带着这位老哥找个好馆子吃饭去！"

单眼皮挣开他拉着的衣袖："不行不行不行，俺们有纪律，不能随便下饭馆子吃饭。"

马小五笑着调侃："拉倒吧您嘞，当兵的我见过多了！四川锤子，山西老撅到美国大兵，你说嘛兵我嘞没见过！当兵吃粮，还得吃好粮，是吧？下三条老甄家的猪血豆腐你吃过啵？走！今儿个我是眉毛上边挂钥匙——叫你开开眼！"

他说得兴起，拉起小兰子转身就走。

单眼皮在他身后突然大喝："站住！"

小五一凛，回头一看，只见大脑袋脸上、肩上血丝糊拉地，从胡同口里直冲自己扑来。

小五吓得倒退了一步，双手伸在胸前，麻利儿的嘴里说不出话来。

"你打的？"单眼皮怒了，他把枪从肩头上摘下来，拉上枪栓，指着小五呵斥道："我们中国人民解放军，从来都是优待俘虏，打俘虏是可耻的行为！是胆小鬼……"

"哎哎哎，长官！不不，同志，我不是、我不是俘虏……"大脑袋顾不得头上的血，紧着解释。

小五只是不想让大脑袋解小兰子的衣服，没想到自己的那一砖头让大脑袋见了血，但见就见了，小五想，流氓，欺负女孩子。

小兰子开始拿眼瞪他，他很快就明白了，只得上前说："他，他还真不是当兵的，你瞅瞅，瞅瞅他这屄样，还当兵？"

小兰子满意地冲他点点头，小五有点得意了。

"对，我不是当兵的，他们都认识我，我真不是……他们，他们，都是我朋友。"大脑袋紧着表白。

小兰子已把腰带扎住，把双手解放出来。她左瞅右瞅，从墙角扯出一面旗，"哧"一声撕成长条，走过去，一圈一圈缠在大脑袋流血的头上，硕大的脑袋只缠了两圈半，小兰子把布带头掖进里面，轻轻擦了擦大脑袋脸上的血。

单眼皮看看大脑袋身上的衣服和身上的伤，一脸纳闷："没人打你？那你这脑袋瓜子是咋整的？"

"他自己跌的！不对，是他自己撞的！"小五抢先道。

单眼皮怀疑地瞥了小五一眼，小五和大脑袋低下了头，心里一阵起毛。

大脑袋上赶紧补充："对对对！是我不小心撞墙上了，不是他们打的我。长官，您不是要上那地方去吗？我给您领道！"

单眼皮看看小五，看看小兰子，悻悻地把枪往肩头上一甩，"叭"的一声，大枪砸到他后背上背着的小号。

小五和大脑袋光留意单眼皮手里的枪了，直到单眼皮收起枪来，才注意到单眼皮的背上，斜背着一支小号。小五偷偷向小号瞄了几眼，发现小号已经废了，不但瘪着肚子，还有几个弹孔。

虽然不知道单眼皮去中原公司想干什么，大脑袋不敢问，马小五没想问。小五一甩胳膊，领着单眼皮、小兰子和大脑袋穿过小巷，挤过熙熙攘攘的人群，沿着和平路直奔中原公司而去。

战时打得到处残垣断壁的天津城，经过休整，很快要焕发新的生机，杂乱的街道整洁多了，一些百姓、解放军战士，在街边清扫，整理。单眼皮抬起脸，让仍然寒冷的风尽情吹着："立春了没有，这风，软和多啦，软和多了啊。"

"嗯，软和多啦。"别人不说话，只有大脑袋附和了一句。

百废待兴的天津城，尽管还没完全从战争的硝烟中缓过气来，但已经显示出要迎接新春天的迹象。一伙工兵推着小车，挥着铁镐，铲除着街边的土石，填埋着街道上的炮弹坑。和记当铺的伙计，忙着修补歪斜的店铺招牌。

小五边走边看，边看边琢磨，这天津城是解放了，以后的日子什么样呢？小五想不出来，不会一起关进监狱里去吧？进监狱倒也无所谓，听说里面有吃有喝，只要别被人打就行。小五边想边回头看了单眼皮一眼，心想真是成王败寇，这个从东北来的家伙比自己大不了一两岁，可穿上这身军装，再加上一杆长枪，比自己威风多了。要是自己也扛上长枪，说不定也冲锋陷阵成为英雄了，那时候，在进城的队伍里，自己胸前戴着红花，边上的群众欢呼着向自己致意。想到这里，小五扬起脸，脸上漾出微笑，不留神右脚一下踩到一个弹坑中，身子向前一歪，来了狗吃屎。

大脑袋"扑哧"一声笑了起来，单眼皮赶上来一把拉起小五，还帮小五拍了拍腿上的土。小五感激地看了他一眼，又看了眼小兰子，很不自然地说："谢谢，谢谢您。"

小兰子远远地跟在他们后面，小五故意落了后，靠近小兰子，说："哼，我好心帮你解围，我倒了，你连扶都不扶一下，真没良心。"小五佯做生气的样子，让小兰子感觉好笑。看小兰子要笑了，小五回身把一块小石头远远地往弹坑里踢："去你妈的！敢绊老子跟头？"没想到用力过猛，鞋子又不是太合脚，大脚趾头登时肿了起来，疼得小五捂着脚趾头哎哟起来。

这下，大家都笑了，大脑袋笑得更欢了，小兰子捂着嘴偷偷笑了。小五看见小兰子笑了，就不生大脑袋笑他的气了。

单眼皮想要扶着小五走，小五一把推开，强忍住疼痛一瘸一拐地边走边嚷嚷："不用扶，这点小伤算什么，老子哎哟……什么疼没经历过？"

"我们老家有句话——"大脑袋看看小五又看看单眼皮，小心翼翼地说，"叫醉死不认一壶酒钱。"

"哈哈哈哈——"大家又笑了起来，步子，不觉得加快了。单眼皮不断跟街边的人打着招呼。拐到大街上，远远地，看到中原公司的残楼了。

唯一的一次可能找到母亲尸体的机会，

就在她的嗫嚅中失去了

孟幽兰后来想起来，战后的中原公司大楼，是整条街最破的了。因为，它当时是国民党顽强抵抗的据点之一，攻下这座楼，解放军也代价惨重。

　　他们站在楼前，看到几层楼的玻璃窗几乎全碎了，墙体破损，窗口像张着一张张尖牙的大嘴，呼啸着，叫喊着，把裹挟着硝烟的寒风吸进去，再吐出来，像垂死的巨兽。

　　孟幽兰，小兰子，第一个哭了起来。

　　孟幽兰想，那时自己还是太小，根本没想到一些事情。也许，她感觉自己没有能力没有资格想这些吧。后来她想，如果当时提出来找一下她母亲的遗体，说不定，还能找到。可是，当时，她站在楼前，只顾哭，什么都说不出来。单眼皮听小五说她母亲死在了楼里，张了张嘴，说："里面，里面应该已经清理了。"

　　小兰子明白，他的意思是说，母亲的遗体，可能已经都不在了。

　　小五拍了拍她的肩膀说："这不还活着嘛！"

　　孟幽兰后来想，小五当时说出这样的话，已经难能可贵了。他的意思是，最重要的，是他们还活着。

　　逝者如斯夫！

　　在战争中，一个中年妇女，一个母亲的死，算得了什么呢？

大脑袋也想到了他的父亲，但他不再哭了。他死里逃生几回，小五话一出口，他立即就体会到了刻骨铭心的"活着"的意思。是的，他还活着，他摸摸自己的大脑袋，看了看小五，看了看单眼皮，单眼皮一扬下巴，他们进到了楼里。

战时堵在一楼的垃圾已经被清运得差不多了，但仍不时有成袋的垃圾、大块的砖石被抬了出来。好在楼梯已经被加固好，尽管有些许摇晃，但他们站在台阶上，感觉稳稳的。他们顺利来到三楼的乐器专柜。

国民党战时征用的命令被解除了，解放军保护人民群众财产的命令一下，有几个胆大的，终于敢认领自己的财产了。偌大的商场里，几个店员稀稀拉拉地清理着战后狼藉的废墟。

单眼皮站在一片狼藉的乐器柜台前，已经分辨不出自己和宪兵决战时的确切位置。柜台后面有人正在收拾卫生。各式各样的乐器零乱地堆在地上，那架被打烂的钢琴散了架，琴键、钢丝、琴槌乱七八糟地从钢琴的三角肚子里流了出来，任性地散落在架子鼓底下，缺了口的锣钹上。单眼皮走上前，随手在琴键上敲了几下，没有一个键能发出声音。

小五 "嗵"的一声，把砸扁的小号踢到一边，蹿到那架几乎被子弹打烂的钢琴上，吆喝着："叫你们掌柜的赶紧出来，我们长官有事找他！"

还没等他说完，就被单眼皮不满地一把从钢琴上拽下来，小五用手整了整衣服领子，掩饰自己的尴尬。

"我们是解放军，怎么能对老百姓这么说话？我们又不是流氓地痞。"

听到单眼皮的话，旁边几个背满了步枪和冲锋枪的解放军战士直起腰来，冲他们笑了一下，紧接着，低头仔细地收捡着散落的枪支弹药。

单眼皮走到一个店员跟前问："你们，你们乐器行的老板在吗？"

没人理他，店员直了直腰摇了摇头，生怕话多了惹来麻烦，赶紧到别处收拾了。这时，有个战士，从一架钢琴底下拖出了一具国民党士兵的尸体。

"弄到哪里？"

单眼皮下意识地问了一声。

"先拖到二楼再说吧。"

战士回答。

小兰子赶紧避到一边，开始抹开眼泪。

小五会了意，离开众人楼上楼下转了一圈。回来，朝小兰子摇摇头。

单眼皮看着小兰子，不知道说什么能安慰她。

小五回来，国民党士兵的尸体已经被拖走了，还是没人理他们。单眼皮弯下腰，慢慢地把散落的小号都归置到一堆。小五、小兰子看单眼皮干活，也围过来一起把散落的小号歪歪扭扭地在柜台前边地上摆起来。

单眼皮慢慢地蹲下，摘下背上的小号，和其余的小号放在一起，遗憾地咂咂嘴，扫了那排高低错落、大小不一的小号，咽了口水，恋恋不舍地站了起来。

小五看出了单眼皮的心思，凑上来讨好地说："喜欢？喜欢吹喇叭？喜欢就背走呗！客气嘛呀！"

单眼皮瞪了他一眼，低头想了想，伸手又把小号拿了起来，放在眼前瞅啊瞅啊。

小五一拍胸脯，显得很慷慨："你嘞，尽管背走，嘛事没有！有事让他们上南市找我马小五去！"

单眼皮没理他，从口袋里掏出两块大洋掂了掂，放在地上那堆破小号边。

小五边伸手去抓地上的那两块大洋，嘴里一点没闲着："嘿！搁嘛钱呀！你嘞别客气。"被单眼皮一脚将他手踢开。

小五赶紧缩回手，看了看大脑袋和小兰子，大脑袋和小兰子赶紧别过头，假装没看到。小五暗地里摸了摸自己裤腰，两枚从舌头底下抠出来的大洋还在，小五的心踏实了下来，不论谁胜谁败，谁当皇上，只要有钱，就心里不慌。

单眼皮想了想，拿过一块砖头把两块大洋压在地上。

大脑袋和小兰子一个劲儿地打量着周围，寻找着什么。

一颗未爆炸的炮弹头深深地插在裂开的地面上，但楼下除了破损的货架和几个柜员，再也找不到其他人了，无论是活人还是死人。

单眼皮拿起那把旧号，往嘴上照了照，又拿了下来，小五说："看来你会吹啊，来一段呗。"

单眼皮看了小五一眼，眼里有了笑意。他拈起号，用袖口擦了擦号嘴，凑在嘴边，鼓起腮帮子，一声破锣似的声音响了起来，沉闷并且急促。只响了一下，后面就只剩下气流声了，大脑袋和小五都笑了起来。

小五指着单眼皮手里的小号，揉着被他踢疼的手说："呵呵，跟放屁似的！"

单眼皮白了他一眼，变戏法似的从布腰带里抽出一把小唢呐，吹了起来。

唢呐明亮的音色立刻响彻整个大破楼！

欢快而熟悉的曲调让小五摇头晃脑。单眼皮越吹越来劲，曲调更加响亮。小五边听边跟着哼哼，哼到动情处，不禁向着单眼皮伸出大拇指比画，意思是：嘿！《小放牛》吹得真不赖！

看到小五享受的神情，单眼皮吹得更有劲了，在二楼听来，真真切切，再加上大楼内部空间的回响，更增加了唢呐声的高昂浑厚。

单眼皮投入身心地吹奏，小兰子和大脑袋看到他俩沉浸在《小放牛》的曲调中，轻手轻脚地来到楼下大厅，焦急地寻找着什么。

小兰子和大脑袋上到二楼，果然，如刚才那个战士所说，离楼梯很远的一处残墙下堆着一堆尸体。小兰子和大脑袋对视了下，壮着胆子靠近那堆尸体。突然，一个戴大檐帽浑身血迹的国民党军官狡猾地从死尸堆钻出头来，"砰"的一声枪响，一个正在打扫尸体的解放军战士应声倒下。诈死的国民党军官挥着刚扣动过扳机的手枪，左右扫了一下，快速跑向楼梯口处。

听到枪声，其他打扫战场的战士早就做好了战斗准备，一串清脆的卡宾枪点射，军官一头栽倒在地。两个解放军战士抢救着受伤的战友，另一个解放军战士气愤地拽着军官的双腿往回拖。小兰子的心紧张得跳到嗓子口，心脏仿佛停止了跳动，因为倒下的军官像极了自己的父亲！

几股血水从军官筛子般的胸膛上流了出来，尽管小兰子只能看到尸体的侧脸，但也松了口气。被击毙的军官相貌丑陋，还有一脸络腮胡，与父亲清秀的脸庞明显不同。

单眼皮仍然陶醉在《小放牛》的乐曲声中，紧闭着双眼，双腮鼓出两个圆球，两手灵巧地按压着气孔，浑然没注意到楼下的异动。

大脑袋的眼睛直勾勾地盯着尸体堆，他看见了父亲，在深深的瓦砾缝中露出了扭曲的脸。那张脸是那样熟悉，自己平日里不知见到过多少次，但与现在见到的，完全不一样了。以前活生生的，现在冷冰冰的，僵硬的脸庞有些扭曲，两眼尚未瞑目。大脑袋越看越害怕了，因为，那张脸已经不是自己印象中父亲那张慈祥的脸了——他害怕了！他后退几步，全身颤抖起来，鼻涕一下子流出好长。他不敢哭，他害怕地抬头看看在四周挖掘尸体的解放军，腿更抖了。

几个解放军战士忙着清理战场，没注意到大脑袋的异常。小兰子过来，看看瓦砾缝中的死人，又看看大脑袋，嗫嚅着问："这是你什么人？……你认识他？"大脑袋没理他，他看见解放军拖着刚被击毙的那军官的双腿朝这里过来，吓得远远地跑开了。

小兰子看着过来的解放军战士，问："你们，你们见过我——你们见过一个女人吗？"

"女人？"战士不解地问。

"是，女人——女人的尸体。"小兰子说。

"女人的尸体？你为什么这样问？是你什么人？什么样子，你能说得清楚一点吗？"

另一个解放军战士走过来，说："这队里没有女人，你说的是老百姓咯，老百姓的尸体，早清理出去了，应该，哎，应该——看我这脑子，刚听薛连长说了，说是都送到了一个什么地方去了？哎，是你什么人吗？"

孟幽兰想起来就恨自己当时为什么没说明白，她突然害怕了，后退了一步，说："噢，不，没有，不……"她摆着手，语无伦次。

她幼嫩的心灵，还没有形成处理这类事情的理性和智慧。唯一的一次可能找到母亲尸体的机会，就在她的嗫嚅中失去了。

战士看她说不清楚，又转头开始忙了。

大脑袋最后一次看了眼父亲，跟在小兰子后面，转身离开了。

楼外，残砖断瓦堆里挖尸体的人，停下了手里的活，抬起头来望着楼上的窗口，《小放牛》的乐曲从里面飘扬出来，让人精神振奋。听了一会儿，弯下腰继续自己的工作，在《小放牛》的乐曲声中，干得更有劲了。

死尸一具具地从废墟的瓦砾中挖出来，路边的尸体越摆越高。

一排美国"道奇"停在路边，由市民组成的纠察队帮着解放军把尸体抛上卡车。

《小放牛》的乐曲越来越响——

单眼皮心情格外舒畅，背着小号，吹着唢呐和小五从破楼上下来。干活的人们抬起头，看着单眼皮。单眼皮高高扬起唢呐，吹出最后一串音符，到了最高潮处，重复了一遍，戛然而止。路边一个战士情不自禁地鼓起掌来。单眼皮收了唢呐，一看周围不见了小兰子和大脑袋，问："哎，他们呢？"

小五知道他问小兰子和大脑袋，他知道他们去干啥了，但他不能说。于是，就挠了挠头皮，说："你吹得真好，跟谁学的？你家过去是当吹鼓手的吧？"

单眼皮张开嘴，刚想说话，突然听到小五口袋里发出一阵金属撞击的响声，停住脚步，眼睛紧盯着小五——

小五被他上下打量得有点发毛，谄媚地笑了，他一下跳起来，想脚底下抹黄油——开溜。单眼皮眼疾手快，一手把唢呐掖进又宽又长的灰布腰带里，捏住小五的脖子。别看单眼皮年龄不大，手劲可不小，小五耸着双肩，两手紧紧扶着单眼皮扼住自己脖子的右手，嘴里含混不清地告饶："长——长官，有话好说——有事好商量嘛——有——"

单眼皮可不听小五狡辩，右胳膊一用劲儿，把小五顶到楼梯边儿，左手伸到小五口袋里。手指尖刚伸进去，就触摸到几块圆圆凉凉的硬币。单眼皮为自己的机智和细心有点得意，嘴角露出嘲讽的笑容，他掏出小五口袋里的几块大洋在小五面前晃了晃！揶揄地说："想不到你穷苦打扮，倒有几块大洋哈！"

小五挣扎着，嘴里含糊地说："不——不是，我，我是为你——好！我请你吃下三条老甄家的猪血豆腐去。"

单眼皮狠狠瞪了他一眼，一把捏住他腮帮子。小五甭提多狼狈了，一张嘴大张着，又发不出声，喉咙里仿佛有东西咽也咽不下，吐也吐不出，翻着白眼一阵干呕。

单眼皮把手伸进小五嘴里，小心避开小五想紧闭的牙关和胡搅蛮缠的舌头，从舌头底下又抠出来一块大洋！

单眼皮把三块大洋在手里抛了抛又接住，又瞪了小五一眼。小五眼看着藏好的最后一点家底也被搜了出来，登时没了精神，眼皮也耷拉了，手脚也松散下来。

"走，跟我回去。"单眼皮提溜着小五的后脖领子，拽着他回楼上去。

大脑袋父亲的尸体被抬下来了，浑身粘满尘土，流出的血和浮土粘在一起，嘴张着，露着牙齿，晃眼看过去，好像在笑。

大脑袋看了一眼，不忍心再看，偏过头去。但又舍不得不看。于是又转过头，跟着父亲的尸体走了几步。抬着腿的战士扭头看着他："咋啦，你认识？"

大脑袋慌忙摇摇头，转身跑到街边一根电线杆下，眼眶里的泪水再也噙不住，像断线的珠子般滴了下来，后背一耸一耸地抽泣着。

小兰子看着躲在电线杆子后边大脑袋那耸动的单薄的脊背，一声不出，身子却痛苦地扭成一团。失去父亲、母亲的伤悲，小兰子感同身受，她知道，那尸体，就是大脑袋父亲。可是，可是，她能做什么呢？她既不知道自己应该做什么，也不知道大脑袋应该做什么。

一场战争，一群孩子，后者在前者中间，能做什么呢？

尽管认识大脑袋只有两天的时间，甚至连姓什么叫什么都不知道，共同的悲惨的失去亲人的经历，使小兰子心中对大脑袋充满了爱怜。她甚至很想走到他身边，轻轻扶着大脑袋，细声细语地安慰安慰他，哪怕能帮他减轻一点点伤心悲痛。但她站在那里，心里被悲伤填满，却什么也说不出来，什么也做不出来。

"站住，危险，不许过来——"

突然，小兰子听到楼上有人在喊。有人在警告正在上楼的人，小兰子立即想到了小五。

"小五！"小兰子喊了一声，拔腿又一次跑进楼里。

单眼皮正拖着小五往楼上走，小兰子不知道发生了什么，只感觉小五好像不太情愿，一个劲往后坠。单眼皮见拖着小五费劲，一把撇下小五，转身噔噔地跑上了破楼。

小五大概是太累了，被推了一把后，在楼梯口转了个圈，身子软软地向一侧倒去，脑袋"砰"的一声摔到楼梯旁的墙上。破墙被昨天的炮弹震得又酥又脆，竟然经不住小五的脑袋撞击，"轰"的一声，破墙上面的裂缝越来越大，坍塌了下来。凌空而落的碎砖烂瓦劈头盖脸地砸了下来。

旁边刨挖尸体的战士们丢掉手中的工具纷纷避开。见小兰子不管不顾仍向这个方向走过来，焦急地边挥手边吆喝："小子，——快站住！危险，危险！"

小兰子没听见一样，不顾周围坠落的乱石，仍然深一脚浅一脚地朝前走着。

扶着电线杆哭了一气的大脑袋见小兰子跑进楼里，也跟了进来。看到墙倒，吓得他后退几步，捂住了自己的脑袋。

楼门两旁的战士明白发生了什么，大声呵斥着大脑袋和小兰子。两个人站住了。这时候，小五也着急地追了上来，一心想着拿两个大洋花花，不想单眼皮搜回去三个，没赚便宜反而吃了亏，无论如何也要讨回自己那一块钱。

单眼皮"噔噔噔噔"地跑上楼，直到一口气跑回乐器柜台，拿起压钱的砖头一看，果不其然，原来的钱不见踪影，单眼皮心里骂了句，看了看手里的三个大洋，愣了一下，想了想，把三块大洋全部压在砖下。

"笨猪！"小五低低地骂了一声。他摸摸头，很不明白自己竟然一头撞烂了一堵墙，不觉有些惊诧。他摸着生疼的脑袋连滚带攀到楼上，忙不迭地吐出一口血沫子，仍然不甘心地嚷嚷："嘿！那一块钱是我的，你咋他妈的也拿走啦？"

单眼皮脚边，一颗哑弹，斜插在楼板上，灰头土脸的小五一口气跑上来，感觉没一点力气，想就地躺着休息会儿，但又不甘心，右手朝单眼皮一伸，再一伸，头晕了，伸出手想扶住个什么东西，没扶着了，身子塌下来，正好搭在炮弹的尾部。他想都没想，手上一加劲，想借力爬起来，不想，那哑弹头已经贯穿了楼板，只不过恰好没落下去。让小五这么一摇晃，炮弹顺着弹孔滑了下去，笔直地向楼下坠落！

"嗵！"的一声，炮弹头重重地砸在地上，落在小兰子脚边，地面陷进去一个坑——弹头砸起的尘雾弥漫在小兰子周围。

看到一枚炮弹从自己手边溜了下去，虽然不知道炮弹的型号，但从个头看威力一定不小，小五心里暗叫一声大事不妙，顾不得头疼身子软和亏的那一块大洋，撒开脚丫子，晃晃悠悠地从楼上冲下来，冲进尘雾里。他呛得睁不开眼，鼻子里全是石灰味，哪里看得见出楼的方向？小五捂住鼻子不敢乱跑了。

灰尘慢慢散尽，露出了土人一样的小兰子和旁边那颗半人高的炮弹。

小五扑过去，用力摇晃着小兰子，小兰子头上、肩上的土哗啦哗啦地掉下来。小五用手抹了几把，小兰子的脸才慢慢地显露出模样。

"快，快出来！"小五拉起小兰子，架着她，出了楼门。

楼外，解放军战士正在往车上装尸体，大脑袋父亲的尸体，被两个战士抬起来，走向大卡车。

"那是大脑袋的爹！"小兰子抬头看着小五说。

不等小五反应过来，小兰子挣脱开小五扶着她的手，快速追了过去。她一把扯住抬着腿的战士的衣摆，大声喊："快，大脑袋，快过来，他们要把你爹抬走啦！"

解放军战士一惊，停下来。小五跑过去，把小兰子扯着战士衣角的手扒开："长官，您误会了，她刚才在楼里头，爆炸，爆炸，吓傻了。"

"不，刚才，她好像说什么？谁的爹？大脑袋？大脑袋是谁？"战士问。

"不，长官您听错了，她，她，是说，是说，赶紧把这些死人抬走吧，啊，对，赶紧抬走吧，太吓人了。"小五好不容易自己圆起场来。但那战士不买他的账，两个战士把大脑袋父亲的尸体放到地上，凑在一起嘀咕了几句。一个战士抬头对小兰子说："你说，你来说，谁的爹？"

"大脑袋的爹。"小兰子斩钉截铁地说。

小五一巴掌拍脑子上："天呐，你犯的哪门子拧啊！"

战士说："哎，对，你过来，哪个是大脑袋？"

小兰子环顾了下四周，看到大脑袋正走出楼门，往他们这边走。小兰子拿手指着大脑袋，说："就是他，大脑袋，这个就是他爹。"

大脑袋好像听懂了，停了下步子，但须臾，又开始往这边走。

"快跑，快跑啊！"小五喊起来。大脑袋终于明白了，扭头就跑，不料，旁边在挖砖块碎石的战士一回手，一把把他牢牢抓在手里。

"完蛋了！"小五拍了拍脑门儿，对小兰子说。

小五这时候特别盼着单眼皮能下来。不知道单眼皮去还个钱用这么长时间，还在不在上面。小五往楼上瞧根本看不见人影，想喊，却又不知道他叫什么。

大人孩子纷纷走上街头，

跟着游行的队伍，

欢腾着、庆祝着解放后的第一个不眠夜，

好一派车水马龙的夜景

大脑袋一下子扑到他父亲尸体上，放声大哭。

　　"怎么回事儿，怎么回事儿？"一个战士说，"这部分兵不是本地的吧？这，这，怎么有人找到爹了？"

　　另一个战士问："你们都哪儿人？什么人？来这里干什么？"

　　边上几个战士听到动静都跑了过来，纷纷问出了什么事。

　　刚才说话的战士说："有人说这个老兵，噢，死的这个，是他爹。"战士转头问小五，"你来说说。"

　　"杨柳青的，来这要饭，还能干吗？你还想问嘛，赶紧一起说出来吧，要不然，我都快饿晕了，就来不及啦。"小五左摇右晃，装出站不住的样子。

　　"要饭？"战士看看小五，又看看小兰子，"我看不像，你们——"

　　"那我们就是间谍，你们快把我抓走得啦，磨磨唧唧吗呀，跟个娘们儿似的。"

　　问他的战士叹了口气："唉，算了，你们就说，谁是谁他爹这件事儿吧，怎么回事儿？"

　　不管解放军战士怎么盘问，除了小五能偶尔答上一句，小兰子一句话也不说，坐在边上一个劲儿发愣。大脑袋则一个劲儿地哭个不停，趴在看不出穿着打扮的父亲尸首上不起来。

"嗨！"小五一拍脑袋。

"咱们就甭管谁是谁他爹啦，我们说自己是间谍，是坏人，是叛徒，你们也不信吧。这样吧，他说是他爹，就算是他爹吧，让他给他爹出个殡吧，不省你们一趟工夫？"

太阳慢慢地向西落去，街面上看不到太阳余晖的地方也暗了下来。

解放军战士拿不定主意，一个说是不是向上汇报一下，另一个就说这时候汇报能报出啥来，三个孩子。最后，他们商定，就让大脑袋自己安葬他父亲。

战士们互相吆喝着回去开饭了。

三个孩子，突然为争取到的机会发起愁来。

对于怎么安葬一个人，对他们来说，一无所知。最后，还是小五拿了主意："什么棺不棺，材不材的，这时候，就算有，我们也没钱买呀，我看哪，我们把他，不，把老人裹一裹，找个地方挖个坑，就算尽了孝了。"

"那怎么成？"

大脑袋哭了起来："横竖，不是你爹，不带这么糟蹋人的！"

小兰子张嘴想说什么，终于没说出来，两行泪，顺着腮往下流了。小五心一紧："唉，我糟蹋人，糟蹋人……"

小五说着跑向远处，很大一会子工夫，扯着一块破席子和两条洋灰袋子回来。

"得，我糟蹋人，那总不能这样露着天等吧，买棺材也不是一时半会儿的事儿，先裹缠裹缠吧。"

小五不用小兰子动手，自己拿着破席子往尸体上一搭，壮着胆子裹着大脑袋爹的尸体。

大脑袋哭得声嘶力竭，可一点声也发不出来，梗着脖子不停地打嗝，手里帮着小五勒着破席子上的绳子。

席子太破，洋灰袋太烂，死人顾头不顾腚地怎么也捆不上个囫囵个儿。

街上的灯亮起来了，吃过晚饭的人们告别了战争的恐惧，恢复了平日的生活，大人孩子纷纷走上街头，跟着游行的队伍，欢腾着，庆祝着解放后的第一个不眠夜，好一派车水马龙的夜景。

被捆绑得横七竖八的尸体，终于被三个孩子艰难地一步步挪到路边一个门洞里，三个孩子再也没了力气，也无处可去。

路过的汽车呼啸而过，明亮的前灯照过来，把三个孩子蜷缩着的门洞儿里晃得一片光明。

寒气越来越重，雾气越来越大，小五又发挥了叫花子的特长，不一会儿，抱来几块木头，手里还提溜着一个破旧的钢盔。

不一会儿，几块木头发出的火焰带来些许温暖，驱散了一些寒气，雾气中映出小兰子被柴火烤得通红的脸。

钢盔里的开水滚起了水花，冒出白花花的雾气。

三个人围着火堆坐着，谁也不说话。火焰贪婪地舔着钢盔，钢盔里的水终于沸腾了，发出"嗞嗞"的蒸汽声。等到膝盖和脚感受到了温暖，饥饿和疲劳终于让三个孩子安静下来，大脑袋抽泣的声音也低了下来，

小五的头一沉一沉，终于伏在膝盖上睡着了。猛然，刚刚放松入睡的小五身子一斜，倒在边上的尸体上，好不容易裹缠住死人的洋灰袋子又烂了。

哭哑了嗓子的大脑袋看到父亲的一条腿又露了出来，"噢儿"一声，又号了起来，沙哑的嗓音听起来更加悲怆。

小五坐起来，气急败坏地扯掉死人身上的破席片和烂洋灰袋子，愤愤地吼道："他妈妈的！老子就不信没有黄土不埋人的！"

小兰子和大脑袋被他的吼声吓了一跳，看着小五，不知道他要做什么。

街上的人慢慢地少了，一处处的灯光也渐渐熄灭了，喧嚣的城市也慢慢陷入了沉寂。

第二天的太阳照常升起，公平地把阳光洒到每一处街道。早起的鸟儿在枝头上低语，远处不知谁家传来一两声雄鸡的鸣叫。一辆吉普车路过，响了几声喇叭，把趴在路边一条熟睡的野狗惊醒。野狗慢悠悠地站起来，看了一眼汽车，又扫了

门洞里三个小孩和一具尸体，悻悻地呜咽了几声，终于遁远了。

喇叭声也让三个孩子抬起沉甸甸的头。大脑袋看了一眼被包裹着的父亲，一晚上，麻袋片儿、洋灰袋儿和露出来的腿上都凝了一层白白的霜。

小五搓了搓手，清了清嗓子，变魔术般地从腰里摸出了一副竹板，小五呱嗒了几下试了试，对大脑袋和小兰子点了点头说："今天能不能把老人后事办了，就看这家伙给不给力了！"

小兰子和大脑袋不解地对视了一下。

小五站起来搞笑地边打节奏边念叨：哎！说一声，老头子！老婆子！跟我走，跟我到大街拜朋友，你们俩赶紧走，千万别给我丢了丑。

说得一顿一挫，有辙有韵。竹板打得有板有眼，与嘴里的俏皮话相得益彰。小兰子被逗得莞尔一笑，大脑袋的眼睛也亮了起来。

小五迈开大步而去，边走边把竹板打得噼里啪啦震天响，大脑袋和小兰子在后面紧跟着。

小五带着小兰子和大脑袋穿过大街小巷，一路上对两侧的店铺不问不顾。

和记杂货铺的老张刚打开门，端着一盆发黑的洗脸水走出来，看到小五昂首阔步，打着竹板大步流星地走过去，后面是两个衣衫不整、目光呆滞的孩子不声不响地跟着，以为叫花子游行，吃惊地又退回到门后，摸不着头脑，兀自摇了摇头。他把洗脸水浇在门前那棵掉光了叶子的法桐根上，揣测着几个孩子的来头和去处。

狗不理包子铺在街边搭起了两条长案，胖胖的伙计端着两个笼屉刚刚摆到条案上，肉包子的香气散发过来。包子真香呀，小五往那一笼白胖带褶的包子扫了一眼，咽了口水，脚步却没停住。包子铺伙计看到小五熟练地打着快板，对刚出锅的包子不理不睬，有些怀疑地看了看包子，又看了看跟在后面的装束怪异的小兰子和大脑袋，心里嘀咕着："奇怪，解放了，叫花子都不要包子了？"

小五领着小兰子、大脑袋来到南市，在一家店铺前停住了。天还早，店铺还没开张，小小的门脸前挑出个幌子，上写"寿材"，门上横着一块长条牌匾，约半米高两米长，用毛笔工工整整写着"各省花板一应俱全"八个隶书，原来是一家棺材铺。

小五并不敲门，在棺材铺前变着花地打起了竹板，两块大板儿在手里上下纷飞。

棺材铺里听见外面的响声，打开了门。掌柜的和一个小伙计边揉眼睛边开门，一看外面的叫花子，气不打一处来："去去去！讨饭到一边去，没看见这里是什么地儿吗？"

小五不急不恼，边打竹板开了腔：

打竹板，迈大步，

眼前来到了棺材铺。

棺材铺盖得高，

摞起了棺材到房腰。

棺材棺材做得好，

一头大来一头小，

死人进去跑不了，

是活人进去受不了！

棺材铺老板姓钱，街坊都叫他钱老板，开门生意没开张却来了个叫花子添乱，他冲小五吼道："去去去！唱什么唱？滚一边去！"小五却不着急不上火，觍着脸继续唱：

叫我滚，叫我走，

我不滚来也不走。

给我钱来我就走，

我要走了空着手，

空着双手不顺溜。

…………

尽管棺材铺所在的整趟街一片狼藉，但生意还得照做，特别是棺材铺和药铺，就是吃这碗饭的，不管死人活人、好人病人，一律不吆喝招徕顾客、不讲价，越是兵荒马乱、瘟疫横行，生意越红火。小伙计不管小五在门口连打带唱，往街上搬七零八碎，成捆的纸钱，黄纸折成的元宝，摆在门口两侧。

小兰子和大脑袋站在小五身后悄悄向屋里一看，屋里摆放着各种各样的棺材，红漆的黑漆的，大的小的，长的短的，宽的窄的，各式各样。棺材下面大上面小，一个一个摞起来，大头朝外，小头朝里，有的头上还用朱笔写了个大大的"奠"字。最上面摞着的是小号棺材，边上还有成堆的纸马纸人纸楼纸钱，里面柜台上摆着几套寿衣，大红大绿，花样繁杂，老远就感到一股阴冷的气息，给人一股阴森森的感觉。

小兰子看着有点胆怯，悄悄躲在大脑袋后面。

大脑袋终于明白了小五的目的，眼圈红了起来，悄悄地从地上捡起一根白带子，系在了头上，算是戴了孝。

钱老板和伙计对小五的莲花落充耳不闻。这时，一辆卡车慢慢停在路边，车上跳下几个解放军战士，年龄稍大的驾驶员手里拿着个单子向钱老板走来。

钱老板看到来了主顾，立刻迎了上去，恰当地把做生意的喜悦隐藏在对逝者的悲痛之中。

解放军驾驶员和钱老板说话，却被小五快板声盖了过去，钱老板板着脸冲着小伙计使了个眼色。

小五继续唱着"莲花落"：

掌柜的您就给个吧，

功夫大了您省不下，

要省您从大处省，

能省十倾带八倾，

要算您从大处算，

能算十万带八万……

"叭！"的一声，还没唱完，小五脑上挨了一板凳。一个小徒弟从棺材铺里拿着长条板凳边挥边骂道："小猴崽子，没看到解放了嘛！我跟你说，这棺材解

109

放军全包圆了！你们再来这里捣乱，打折你腿！"

几口棺材被抬到了路边，解放军战士准备装车。

板凳把小五抡到了地上，快板也脱手了，脑门儿被打出一道红印子。大脑袋看见，跪在地上呜呜哭了起来，小兰子赶紧过来扶起小五，小五咬着牙，捡起竹板，忍着疼继续打，竹板耍得山响。

你要打，我不走，

老子跟你慢慢地糗。

糗到黑里你管饭，

鸡子打卤过水面，

牛肉包子蘸大蒜，

吃一口，蘸一蘸，

看你合算我合算！

"叭！"小五又挨了一板凳，额头立即肿了起来。手中的竹板腾空飞了出去，摔在一口棺材上，穿板的红绳断了，竹板彻底散了架。

"扑通！"小兰子一下子跪在小伙计面前，挡住砸向小五的板凳。已经跪下的大脑袋也两膝着地爬过来，伏在小五身上，哭得更厉害了。

掌柜的回过头来，拿起一把鸡毛掸子，抡起要打——

这时装棺材的卡车喇叭按得山响，掌柜的扭头，看见汽车楼子里的解放军司机和车厢上坐着的几个全副武装的战士对他怒目而视。

他放下手，尴尬地笑笑，指着门后边一堆被炸散架的薄皮棺板儿，对小伙计说："好好，把那块匣子给他们，也算是我钱秀德做善事了。"

"咣！咣咣"仨孩子的脑袋重重地砸在地上，磕出三声响。

就是她，

她就是小兰子！

她昨天晚上还在这里，

现在跑哪里去了？

黄昏下的天津西南郊外，人烟稀少，显得更加荒凉。周围没有一丝绿色，有的，只是零零落落的坟茔。战争让周边村子的人们四处避难，原来种植水稻的地块缺少了耕种，也荒芜了起来。疾病、饥饿、贫穷像三把刀子，割得人们民不聊生。不只老人，甚至许多妇女、孩子因为患病得不到医治，早早地死去了。荒地成为贫民随意埋葬亡人尸骨的"乱葬岗子"，周边好几里人烟稀少，不见炊烟，只有近处几包新起的坟头，在夕阳下拉出长长的影子。

　　那口讨来的快散架的薄皮棺材，被几道绳子捆得结结实实。大脑袋在小五和小兰子的帮助下将棺材下葬到刚刨开的不太深的土坑里。

　　潮湿的泥土堆起的坟头边上摆着一个缺口的盘子。小五从口袋里掏了半天，才将几块碎了的萨其马放进了盘子里。

　　小兰子看着好生奇怪，这个小五就像个魔术师，身上的零碎东西特别多，说不定什么时候给掏出个什么东西来。小五看出了小兰子的诧异，狡黠地笑了一下。

　　大脑袋披麻戴孝一头磕了下去，地面砸出一个坑，脑门上沾起一块烂泥，他咬牙道："爹，你死得太惨了，儿子我一定给你报仇！"说完伏在地上不住地抽泣。

　　小五听见哆嗦了一下，不安地看了看旁边的小兰子。

　　小兰子眼睛却依然平静，掏出根火柴，小心翼翼地划着了，把一炷大鞭杆子香烧红了头，轻轻地插在坟前盘子后面，冒出的缕缕青烟渐渐飘起，弥漫着遮住远处天边血红的残阳。

坟前的鞭杆子香越烧越短，一缕青烟随风飘散，阳光把影子拉得越来越长，夜色慢慢笼了上来。夜幕下的荒郊野外成了野猫、野狗的逍遥场所，远处，不知什么野兽发出撕心裂肺的嚎叫，三个孩子、几座孤坟，在荒野中愈发显得寂寥，甚至有些阴森。

小五望着远处天津城的轮廓，在几片灯光的映衬下，越发显得有人气，有生机和活力，仿佛在向周围的荒野炫耀着自己的繁华。繁华的城市那么大，却没有自己的家，小五叹了口气，装作老成地劝慰大脑袋："老人入土为安了，甭太伤心，人啊，早晚都有这么一天！"

大脑袋一直跪在坟前，突然膝盖在原地挪了个窝，冲着小五和小兰子作了个揖，说："多谢两位兄弟帮忙，要不，我爹——他，连埋在哪都不知道。你们俩的大恩大德，我一辈子也忘不了，我就是做牛做马，也要报答。"说完，双手伏在地上磕了个头。

小五不防大脑袋突然来这一手，愣了一下，也赶紧跪了下来抱住大脑袋说："嗨！甭客气，谁家没有老人呢？咱们遇见就是缘分，你说是不是？"

大脑袋搂着小五欲哭无泪。

边上的小兰子手足无措，一个劲儿地说："是啊！是啊！"

一阵寒风吹来，小兰子打了个冷战。小五拉着大脑袋站起来宽慰道："难过顶不了吃，顶不了喝，顶不了暖和，咱们赶紧找个暖和地方躲一躲。"

说完，把盘子里的几小块萨其马重新捏了起来，托在手里，还不忘念念有词："老爷子哎！我们就这么点贡品，您老已经享用了，这些，就填填您儿子和他伙计的肚子吧！"

小兰子扑哧一声笑了出来，但感觉不合时宜，赶紧捂住嘴。大脑袋哭笑不得，一个劲儿地说："对对！心到就行。"

小小几块萨其马哪够三个家伙填饱肚子？但大脑袋和小兰子都知道那几块萨其马的珍贵，在小五一个劲儿的催促下，腼腆地从小五手里撮了一小块，小心翼翼地放在嘴里，轻轻含着，生怕化得太早。

小五拿了一块，把其他又塞到大脑袋和小兰子手里，笑着说："你们再吃这点，我不饿，白天我已经偷着吃了几小块了，现在这里饱饱的。"边说边拍了拍肚子。

大脑袋和小兰子听他这么说，也不再客气，嘴凑在手心里，连所有的碎末都吸了个干净。小五叉着手，肚子却不争气地发出一阵鸣声。

小兰子和大脑袋对视了一眼。小五赶紧转移话题化解尴尬："走，吃饱了，咱们去找高级旅店睡觉去！"

小兰子和大脑袋一头雾水，哪儿有高级旅店？就是有高级旅店也住不起呀！

三个人在海河边转了几大圈，终于在一个拐弯处看到几截大洋灰管子，长短不一，每根直径都有半人高矮，不知是搞什么工程废弃在这里的。小五一见，高兴得哈哈笑了起来，指着说："看，天无绝人之路，终于找到高级旅店了，这就是咱们睡觉的好去处！"说完钻进洋灰管子一躺，伸了个懒腰，得意地说："你别说，真是既暖和又舒服！又不收钱，你说这旅店高级不高级？"

大脑袋也钻进来，坐下试了试，又硬又透风，好在比在外面风小些，眼下也只能在这将就一晚上了。

他拍了拍边上的空地，热情地喊着小兰子："兄弟，来，躺在这里！"

小兰子打量打量了这一截"高级旅店"，有些犹豫，就到其他几截洋灰管子边上看了看。还是小五眼尖，只有那段洋灰管子最长，其他的几段都是小半截，有的中间有大裂缝，有的只有半人长，人要坐在里面，两边露着肩膀。

没别的好办法，小兰子只好又折回长洋灰管子，却转到小五那头，在入口处坐了下来。

大脑袋愣了一下，自嘲似的咧了咧嘴角，干咳了一声，主动搭起了腔。

"我叫杨东宾，两位恩人，叫什么？"

小五把身子向大脑袋这边挪了挪，给小兰子让出更大一块。说："我呀，姓马，叫马小五，弟兄们，都管我叫小五哥，你们也叫我小五哥就成啦。"

小兰子抱着膝盖，把头放在胳膊上，从洋灰管子的圆口望出去，远处的海河在月光下漾出点点波光，天上零星的几颗星星忽明忽暗。

大脑袋等着小兰子的自我介绍，等来的却是一阵沉默。

马小五主动问起话来，以化解尴尬："我说杨东宾兄弟，你家哪里的？听口音离这儿不远。"

大脑袋哭笑不得，说："我是河北宝坻的。"

小五说："宝坻？我知道，你们家那出摇煤球儿的吧？"

大脑袋摇了摇头："三河县才出摇煤球儿的，我们宝坻那儿，出剃头的。"

小五说："出剃头的？你会剃头不？"

"咋不会？我爸爸就是剃头的，打记事起他就剃头，我就是光看也看会了。"

小五高兴地一拍大腿："你会剃头！太好了，哎，怪不得你叫杨东宾，你听听，东宾，东宾，你就应该是个剃头匠，和吕洞宾一个名字，吕洞宾不是你们剃头的祖师爷吗？"

大脑袋经小五这么一说，一琢磨自己的名字和吕洞宾真的有点像，哈了一声说："你别说，让你这么一说真像那么回事，我自己还从来没琢磨过呢！不过，我这个东宾和人家神仙可没法比，人家是神仙，我呢，娘没了，爹没了，啥也没了！"

小五叹了口气，安慰着大脑袋："可别这么琢磨，名字嘛，就是个记号！各人有各人的命，比如天津城的司令陈长捷，听名字厉害吧？长捷，常胜，应该经常打胜仗才对，可现在，不也成了俘虏？我是杨柳青的，离你那不太远，我们那出年画，杨柳青年画，就是逢年过节贴的那些门神、灶王爷啥的，你听说过没？"

大脑袋点了点头："知道，我们家还贴过。"

"你爷俩不好好在宝坻剃头，怎么穿上这么一身狗皮，大老远到天津来了？"小五说着，指了指大脑袋身上快看不出本色的旧美军夹克。

大脑袋也叹了一口气，想起刚入土的父亲，没再言语。

第二天，旭日东升，光芒万丈。

睡得正香的小五被一阵哗哗的水声吵醒，他睁开眼，天已经大亮了。他揉了揉惺忪的眼睛，左右看了看身边没了小兰子与大脑袋，便起身钻出洋灰管子。

哗啦啦的水声仍在继续，小五循着声音一看，原来是大脑袋在洋灰管子后边，褪着半截裤子哗哗地撒尿，那尿柱淋在洋灰管子上，把混凝土管壁洇湿了一大片，流下来渗到管子底下。

小五一把抓住他裤腰："你他妈的怎么在这撒尿哇？你咋不知道避人啊？"

大脑袋被他拽得立棱歪斜，甩着四溅的尿水："嘿嘿嘿，避人？避啥人呀我？"

小五闻听，怔了一下，松开手，往洋灰管子里探了探头，没看见小兰子的身影，便一搡大脑袋说："撒你的吧！你好大的尿泡！"

大脑袋悻悻地撒完尿，挽上裤腰。

小五眯着眼睛望着天空刺眼的太阳："你看见小兰子哪去了吗？"

"小兰子？他叫小兰子？一直不说话的那个？"大脑袋问。

小五急恼地一跺脚："对！对！就是她，她就是小兰子！她昨天晚上还在这里，现在跑哪里去了？"

大脑袋爬上洋灰管子，用手遮住眼四周划拉了一圈，摇了摇头又跳了下来："没看见。"

"这里前不着村后不着店的，能跑到哪儿去了呢？"小五也爬上一截管子，四处寻找。

"不会是掉到海河里去了吧？"大脑袋想了想，小声嘀咕。

"去你妈的乌鸦嘴！"小五骂了一句，"赶紧，到城里边找找去！"

小兰子却不想去，

执意要在城门口继续找人。

等俘虏队伍走到末尾了，小兰子踮起脚，

前看后看，还是没找到

天津中山门，大队的国民党士兵排成两个纵队，整队地开出天津城。士兵们脚上破烂的皮鞋将冬天冻得生硬的土地踏得尘土飞扬。

　　小五和大脑袋看到一队队的国民党士兵垂头丧气地出来，两侧押解的解放军战士气宇轩昂，吓得赶紧避在路边。

　　中山门门洞里面是孙中山雕像，城门两侧各有一个检查站，几个解放军站岗把守着，目不转睛地盯着一排排俘虏走过。

　　检查站前摆了两排长凳，上面摆着一拉溜大笸箩，笸箩里面堆满了窝头、馒头。黄色的是窝头，白色的是馒头，还有几个大笸箩里灰不溜秋的疙瘩，原来是切成块的辣菜疙瘩咸菜。

　　国民党俘虏已经适应了新身份，安静而有秩序，走过检查站时都主动停下，跟前面的照样学样，用力揪下帽子上的青天白日帽徽，扔在脚底下。两名战士负责发放口粮，其中一个戴着眼镜，30多岁，看上去像个知识分子，另一个戴着袖标，长得又高又壮。俘虏依次来到大笸箩前，每人拿两个窝头、一个馒头、一块咸菜疙瘩。

　　周围聚了一大群看热闹的，对着国民党俘虏指手画脚、品头论足，国民党俘虏几天前还是这座城市的主人，现在却成了阶下囚，一个个不敢抬头。

小兰子果然挤在看热闹的人群里，依然一身男孩子打扮，脚上却是一双红色圆口系带皮鞋。她闪在城门洞子边上，仔细打量着每一个经过的国民党俘虏。

地上的青天白日帽徽越来越多，慢慢积成厚厚的一层。

一个戴军官帽的俘虏领走干粮，边走边打量手里的窝头、咸菜，刚穿过门洞，趁两侧的解放军战士不注意，不屑地偷偷将窝头撇在地上。

看热闹的老百姓发出一阵嘘声，正在发干粮的战士听到声音，大喝一声"站住"。负责警戒的战士立刻端起了手里的步枪，一拉枪栓，城门洞子前后的俘虏队伍立刻停了下来，虽然不知道怎么回事，但一个个都很懂规矩，先把手举起来。

戴眼镜的战士走到扔窝头军官俘虏面前，怒目盯了一会儿，把军官看得不敢正视："捡起来！还以为自己还是官老爷？饿你三天就老实了！"

军官俘虏点头哈腰："是是，我捡，是……是不小心掉的！"说着，灰溜溜地把被尘土裹着看不出颜色的窝头捡起来，在衣服上擦了几下，不管有没有土，一口咬下一大半，边嚼边讨好："嗯！好吃，我……一定……爱惜粮食！"

周围群众朝这边拥了过来，一阵哄笑。

小兰子着急地前后看着俘虏，始终没找到要找的人。看到这边一阵骚乱，跟着几个群众也凑了过来，走着走着，脚底被什么东西绊了一下。原来是有两个人趁着解放军战士训斥俘虏的混乱时机，悄悄地趴到了放笸箩的长条桌底下。有一个身子进去了，脚还没收进去，恰好绊了小兰子一下。小兰子低头看了一眼，趴在长条桌下的是两个叫花子，其中有一个好像有点面熟，小兰子仔细想了想，却想不起在哪儿见过。

两个叫花子趁所有人的注意力都集中在俘虏军官身上，悄悄伸手到馒头堆里，那双黑手摩挲了几下，在白馒头上留下几个黑手印，抓起几个塞到自己怀里。

长条桌下，小兰子感觉面熟的叫花子连续抓了几把，把胸前衣服里塞得满满的，心满意足地正想开溜，看到一双双鞋在面前晃动，其中小兰子脚上的红皮鞋格外显眼，叫花子仔细看了几眼，眼里露出一丝贪婪。

两个叫花子还没钻出来，早已经被站岗的战士看在眼里。两个叫花子刚露出头，几把长枪已经顶在头上，枪栓一拉哗啦作响。俩叫花子不敢动弹，瑟瑟发抖。这一哆嗦，藏在胸前的馒头再也兜不住，叽里咕噜地滚了一地。周围的人们看着俩人的德行相——哄的一声笑了！

俩叫花子见被抓了现行，又羞又怕，吓得呆若木鸡，蜷在地上，不敢爬起来，低着头、红着脸，不敢动弹。

戴眼镜的战士审视了俩叫花子一阵，又看了看地上沾土的馒头，严肃地说："嗬！有的人不吃窝头！有的人偷吃馒头！都知道馒头比窝头好吃呀！但是，我们的粮食现在还很紧张，必须粗粮细粮搭配。"说着，戴眼镜的战士向周边的人群扫了扫，提高了嗓门继续说，"再说了，能吃上窝头就算不错了，现在，还有很多老百姓连窝头都吃不上呢！"

"你们！"戴着眼镜的战士指着军官俘虏说，"老百姓为什么吃不上饭？就是你们这些军官，养尊处优！鱼肉百姓！才导致百姓民不聊生！你们为什么失败？就是脱离了老百姓！解放军优待俘虏，你们要好好改造！"

戴眼镜的战士的话引得看热闹的百姓一阵掌声。

国民党军官嘴里还在嚼着又干又散的窝头，往嘴里塞得太多，又难以下咽，噎得自己一个劲儿地一边抻脖子，一边使劲点头表态："对！对！……我改造！……好好改造！"

"而你们两个人，"戴眼镜的战士又转过来对俩叫花子说，"也是被压迫的！但应该凭自己的双手去劳动，去创造劳动果实，绝对不能好吃懒做，更不能偷窃！现在解放了，不是旧社会了，大家可以去工厂里工作，回家种地，都能吃上饱饭！"

周围的群众交头接耳，议论着戴眼镜的战士的话，频频点头。俩叫花子两腿紧紧拢着，哈着腰不敢说话。

"你俩把馒头捡起来，到那边排队去！"戴眼镜的战士指了指城墙根儿。

其中一个叫花子打了个立正，把右手放在肩膀上，学着解放军战士打了个敬礼："遵命！"刚一说话，露出了前面两颗外突的大门牙。

小兰子突然想起来了，原来和妈妈躲在中原公司大楼里的时候，见过这个叫花子，赶紧上来帮着拾地上的馒头。地上的馒头归拢好，战士把大枪一横，将小兰子和大龅牙等一群人全推到墙根儿站好，另一个发干粮的士兵抱着一大堆窝头过来，每人塞了一个。当他发到小兰子面前时，看看这个眉清目秀的孩子，将手中的窝头换成一个馒头塞给她，还加了一块咸菜。

小兰子连连摆手，不敢接。这时，她身后伸过一只手将馒头拿了过去，小兰子回头一看，原来是大脑袋。

战士看了看大脑袋，又拿了个馒头，递给小兰子。

饿急了的大脑袋吃着馒头，别提多高兴了。小五凑过来悄悄说："走，我请客，到下三条老甄家吃猪血豆腐去！"大脑袋一听，眼睛里放光，使劲咽了口水，把咬了一口的馒头紧紧握在手里："真的！太好了，小五兄弟！走，小兰子，咱们去好好吃一顿！"

小兰子却不想去，执意要在城门口继续找人，小五只好和大脑袋一起等。等俘虏队伍走到末尾了，小兰子踮起脚，前看后看，还是没找到。

小五终于明白过来大脑袋让自己捞的宝贝

是什么，

又一猛子扎进水里。

当他再从水里钻出来时，

手里举着一支汤姆逊冲锋枪

小白楼附近饭店林立，什么鸿福楼、白楼饭庄，装修豪华，菜好价高。小五知道凭自己手里几个小钱，断然是去不起的。而老甄家猪血豆腐位于小白楼边上的海大道，虽然门脸不大，但干净卫生，特别是猪血豆腐更是一绝，一盘端上来，凝猪血和卤豆腐，块块方方、红白相间、软糯可口。来吃的多是在码头上扛大包的，拉人力三轮的，一天下来累得筋疲力尽，气都喘得不匀了，来吃猪血补血气，而且价钱不贵，荤素搭配。还有周边年龄大的，牙口不好的，硬的咬不动，最喜欢点上一盘，用勺子挖着放在嘴里，不用牙咬，上下腭扁几下就可以下肚了。

　　小五也不是这里的常客，只是常听一些年长的叫花子说起这菜是个美味，如何如何地好吃，便日思夜想，觉得要是有钱，能吃上顿猪血豆腐便是过年了。

　　天近中午，正是吃饭的时间，不大的店里连张空桌子都没有。仨孩子从饭馆端了一份猪血豆腐，蹲在饭铺门口台阶上就着窝头、馒头吃。小五吃的是窝头，大脑袋和小兰子吃的是馒头。三个人，一盘菜，大脑袋自己吃了一大半，末了端着盘子用最后一块馒头蘸蘸菜汤，塞进嘴里，摸了摸肚子，打了个饱嗝，心满意足地对小五说："我，吃饱了，谢谢你，我得回家了……"

　　小五有点奇怪："回家？你家里不是没什么人了吗？回去干吗！"

　　大脑袋一抹嘴，振振有词："刚才那个共军，不不不，那个解放军不是说了吗，咱们能到工厂里上班，能回家种地，我想回宝坻看看，就算不能种地，说不定还可以剃头呢！"

小五拾起一根小树枝，掐了一小截细的，拨弄着牙缝。

大脑袋扫了小五几眼，看中了小五的鞋，犹犹豫豫地说："我说，能不能把你脚上的鞋跟我换换，这鞋我走不到家就得耍圈儿了。"他抬起脚，指指透了窟窿的鞋底，"再说那鞋你穿也大。"

小五白了他一眼，扭过脸去。

大脑袋嘿嘿一笑，一把抄起小五的腿，不由分说就要扒他脚上的鞋子。

小五气急败坏，边挣扎边骂："我说你这个人，咋这么不要脸呢！请了你吃饭，你还想要我的鞋？"小兰子过来拉开大脑袋的胳膊，挡在小五的前面，狠狠地瞪着大脑袋。

大脑袋不好意思地看了看小兰子，松开了小五的腿，想了想，又伸手去掐小五的腮帮子："那你嘴里，还有钱吗？"

小五一翻白眼，不耐烦地从嘴里吐出一块钱来。

大脑袋接在手里，拎起破美式大夹克，又恋恋不舍地看了小五脚上的皮鞋一眼，又看看小兰子那一脑袋长短不齐的头发，顺手把那块钱塞进了小兰子的口袋："你这脑袋谁给你剃的，跟狗啃的似的，手艺真不咋地！"说罢，走了。

小五望着他的背影呸了一口："攥性！"他扭头冲小兰子："这他妈癞蛤蟆，真不知道自个儿也是蛤蟆骨朵变的了！"

小兰子把那块钱又塞回了小五手里。

小五掂着钱说："操，刚才的猪血豆腐全让他一个人吃了，走，咱进去叫俩菜再吃一顿去。"他拉着小兰子往饭铺里走。

小兰子有点惆怅，摇了摇头："不吃了，我也要走了。"

小五诧异道："你也要走？你去哪呀？"

小兰子木讷地说："我要去找我爸爸。"

小五似乎感觉到了什么："你爸爸？噢……他……你能找他到吗？"

小兰子眼神茫然地说："不知道，也许能找到吧……"

小五点点头："好吧，祝你早找到。"

小兰子感激地看了小五一眼，转头远去了。

小五发了一会儿呆，想了想追了上去："嘿，我跟着你一块找你爸爸吧，南市这地界儿我熟，到哪儿一提我马小五，没不知道的！再说了你一个……"

小兰子闻听一怔，转回身盯着小五。

小五改口道："……我是说，你一个……你一个人，没我不行……"

小兰子不等他说完，转身跑了。

小兰子拐进一个胡同，穿过一条小巷，才放慢了脚步。

但后边依然传来急促的脚步声。

小兰子没有回头，只顾往前走，嘴里不停地说："你不要跟着我，我真的不用你帮忙，我会找到我爸爸的……他就在天津，他肯定也在找我……你跟着我，要是让他看见，你肯定会挨揍，他脾气不怎么好……"

后边的脚步声越来越近，她终于不耐烦地扭回身："说你不要跟着我了，你怎么……"说到这一愣，眼前站着的竟是大龅牙，后面跟着几个小叫花子。

大龅牙："跑嘛呀你？叫我们哥几个儿撵得你呼哧带喘的，你他妈奔丧呢？"

小兰子望着他们不怀好意的脸，害怕了。

大龅牙歪头使了个眼色，旁边的几个上来薅住小兰子就要动手。

小兰子又急又气，拼命挣扎。

这时，小五不知从哪儿冒了出来，冲着这边大声叫着："大龅牙，我操你妈妈的！这是我兄弟！"

大龅牙回头一看："小五，你装嘛大尾巴鹰呀？"

"大龅牙！你动他一手指头嘿，我就开了你！"小五捡起一块砖头，冲着大龅牙发狠。

大龅牙冷笑了一声，把小五上下打量了几遍，点了点头说："行啊你！没看出来啊，你小子还有点尿性！"

小五瞪着大龅牙，又瞥了瞥后面两个不认识的小叫花子，知道实力悬殊，硬打占不到便宜，想化干戈为玉帛，堆着笑说："兄弟，咱们也算是老交情了，这个小兄弟呢，是我朋友，咱们抬头不见低头见，改天，我请你到老甄家吃猪血豆腐去！"

大龅牙又冷笑了两声："你请客？好啊！"边说边来到小五近前，突然一拳打在小五胳膊上。小五不防备，手里的砖头掉了地。大龅牙又是一拳，打在小五腮帮子上，边打边骂："去你妈的猪血豆腐，敢糊弄老子，你也不打听打听，我看中的东西，什么时候能走了空！兄弟们，给我上，打他个满地找牙！"

另外两个叫花子，一左一右，把小五围住，一阵拳打脚踢。小五被打得只有招架之功，好不容易瞅准了大龅牙的下巴，攒足了力气就是一拳头，却被左边的叫花子拦腰抱住，一个横摔扔在地上。大龅牙上来照着脸上踩了几脚，小五立马成了个乌眼青，接着小肚子也被另一个小乞丐踹了几脚。小五挣扎着想爬起来，不等起身，又被大龅牙踹倒。小五再也没了力气，吐了口带血丝的唾沫，肿得老高的嘴唇挤出几个字："快……快跑！"。

小兰子被吓傻了，哪里想得起跑来？一个劲儿地尖叫着："别打了……别打了"。不等喊完，被一个小叫花子一脚踢翻在地，硬是把脚上的鞋子给扒了下来。大龅牙得意扬扬地把小红皮鞋提在眼前向小兰子晃了晃，"哈哈，一个大小伙子，穿个女式鞋，生得一双好小脚，不管是从哪里顺来，说不定能估一个大洋。"又转过身对着小五，恶狠狠地警告着："你们俩小兔崽子好好听着，甭管他妈的谁坐江山，你们俩要想在南市这块混，每月乖乖地交上两块大洋，要不的话，见你们一次打一次！"

小五躺在地上喘着粗气，敢怒不敢言。

待他们走远了，忍不住骂几句解解恨。

大龅牙一伙拎着小兰子的皮鞋走出不远，他们回头看着骂骂咧咧的小五，突然眼睛盯住了他掉在地上的新皮鞋……

小五感觉不妙，起身，抓起皮鞋撒腿跑了。

好在，大龅牙觉着小五也逃不出自己的手心，懒得费力气追。小五如同一只没头的苍蝇一般，不知跑到哪里才好。

漫无目的地跑了一阵，小五累瘫在地上，光着的脚丫子早被磨破了，右脚大趾头还被路上的石头硌破了，一个劲儿地流血。

缓了半天，小五才有力气坐起来，为今后的生计发了愁，难道也得像大脑袋一样，回家混饭吃？

想起了大脑袋，小五猛然发现，路对面就是嘈杂的大车站，笨重的大车马达轰鸣，吐着阵阵黑烟。背着行李的，推着小车的，抱着孩子的，揣着袖子的，都步履匆匆。忽然，小五在乱哄哄的人群里，发现一个大脑袋钻来钻去。

这不是大脑袋吗？

小五忍着疼痛，一瘸一拐地走了过去，把手中的皮鞋拎到大脑袋眼前，上气不接下气地说："爷们儿，这鞋还、还、还是送你穿吧……"

大脑袋看着小五的狼狈的样子，不解地问："你鼻子咋的了？脚也流血了，和谁干上了？"

小五讷讷着："小兰子叫我把鞋子给你送来的，她、她、她说你要走，你就走吧……"

大脑袋听着他说得驴唇不对马嘴，好像话里有话，就一屁股坐在台阶上，甩掉了脚上的破鞋片子，边穿鞋边问："你让人欺负了，我这样就走，那还是人吗？说！是谁干的？"

小五眼泪快下来了，带着哭腔说："小兰子的皮鞋叫大龅牙他们抢了！我帮她要鞋的时候叫他们打的！"

大脑袋一听，起身，跺跺脚上的皮鞋："我不能白穿你的皮鞋，他们人多不？"

小五说："三个，手里还都拿攮子呢！"

大脑袋想了片刻，忽然问："你会水不？"

小五不解地："会啊！会水有什么用？"

大脑袋扭身就走。

"嘿！你丫的问了半天,不管是不是？你个尿货,穿了皮鞋赶紧开溜回家吧！"小五在后边追着喊。

大脑袋回头打了个手势,让小五跟着。大脑袋在前面不紧不慢地走,小五在后面连走带跳地跟着,边走边疼得龇牙咧嘴。

大脑袋边走边瞅,走走停停,急得小五在后面气不打一处来:"他奶奶的,我以为你有什么高招,他妈的领我在这儿遛弯呢！"大脑袋终于辨清了方向,沿着旧租界一直向北走,来到中正桥边上站住了。

小五对这座桥太熟悉了,听人说刚建起来时不叫中正桥,而是叫万国桥,大概是桥南有英国、法国、俄国、美国、德国、日本、意大利、奥地利、比利时9国租界的原因。听说由法租界工部局主持建造,花费的银两得用大马拉好几车。这座带有租界印记的钢铁桥,近百米长,20米宽,全部由比胳膊还粗的钢结构联结而成。桥身分三个大孔,中间的大孔是开户跨,可以用升降,合起来桥上可以走车,拉开来桥下可过大船。号称"万国桥下过大船",曾经是天津一景。很多外地人为了看这座桥大老远跑到天津来,特别是大货轮高高的烟囱临近,中间的桥面向两侧拉起,大船过桥的场面,看热闹的人络绎不绝,争相观看。

但日本鬼子投降后,国民政府将"万国桥"改为"中正桥"。桥还是那座桥,但桥南的租界少了,往来的货轮也少了,能看到大船过桥的机会也少了。从桥上往下跳的人却多了起来,有做生意破产的商贩,有殉情的男女,有抽大烟吸白面的瘾君。无数个清晨、夜晚,总有一些失意绝望的人,在桥上徘徊踯躅着,最后一横心一跳了之。有的尸首被打捞上来,更多的则随着海河水到了渤海,把自己的身影彻底从天津城抹掉了。

只有经受了无数次炮火洗礼的中正桥仍然静静地屹立在海河上,默默见证着这一切。

大脑袋在桥南边停下来,趴在桥头上仔细瞅着桥下静谧的海河水。小五在后边哭丧着脸，嘟囔着："你个狗日的，我以为你有什么好主意，他妈的是想从这跳海河自杀呀！"

大脑袋没说话，冲小五打了个手势，沿着栏杆下到海河边。扫了扫四周，正是中午头，桥上车少人也少，大脑袋对小五嬉笑着："不让你白跑来，但能不能报仇，就看你的水性了！这下边有些宝贝，还得辛苦你捞上来。"

小五看着平静的海河水带着暗流向下游涌去，河边和桥墩周围的冰已融化，但河中间聚集着冰块和冰凌，有些不相信。"宝贝？你怎么不捞？撺掇我去？"

"我是个旱鸭子，只能看，下不去！你捞不捞？想不想报仇？不想报仇就算了！"

激将法果然有用，小五狠了狠心，脱了个光腚溜。腊月的北风吹在身上，像小钝刀子割一样，生生地疼，很快小五身上起了小米疙瘩，不住地打着哆嗦。

想起大龅牙的狰狞样子和警告，小五背着风，憋着劲挤出一股尿来，用手接了，在肚脐周围抹了抹，"嗵！"的一猛子扎进水里。

杨柳青紧挨着大运河，村里的孩子哪个不会水？小时候一到夏天，小五和小伙伴们就泡在河里，不泡到手指头起皱不回家。从刚开始的呛水喝水，慢慢地到狗刨，一个夏天就能学会潜水，可以一个猛子扎下去，半晌从河那边浮出头来。小五最厉害的是会踩水，只凭两脚在水里上下踩动，双手及肩部以上都在水面以上，甚至可以举着衣服过河而不湿，如同水底下有人托着脚一般。

不过，再好的水性，也顶不住腊月的海河水寒彻入骨，不一会儿，小五露出头来，嘴唇已经冻青了，他拖着一个又重又长的家伙上了岸。

大脑袋从小五手里接过，原来是一支二四式步枪。大脑袋"哗啦"一下拉开枪栓，看看里边没子弹，"嗵！"又扔回水里。"这是个废品，再下去找找，我记得往这里他们扔了好多枪械！说不定还有手雷什么的。"

小五终于明白过来大脑袋让自己捞的宝贝是什么，高兴了起来，顾不得身上的伤痛，又一猛子扎进水里，当他再从水里钻出来时，手里举着一支汤姆逊冲锋枪。

大脑袋接过汤姆逊冲锋枪，退下梭子，一排黄澄澄的子弹跳了出来，高兴地拉起小五："这下行了，有了这个家伙，他们人再多也不怕！"

小五哆哆嗦嗦地穿上衣服，打着冷战看着大脑袋欣喜地用袖子擦拭着枪上的水迹，颤抖着说："想不到你大脑袋，除了会剃头，还会弄这个！"

大脑袋得意地把冲锋枪藏到夹克里："你别从门缝里看人，把人瞧扁了！你以为我在军队里是吃白饭的？没吃过猪肉，还没见过猪走？这玩意儿，不比剃头刀子难使唤，再说了，也不用打得多准，谁不老实，咱们对着他来一梭子，保证成了一个马蜂窝！"

说完把夹克往身上一夹，对小五说："走，你说的那个大龅牙在哪？让他知道知道咱们的厉害！"

短暂的快乐，

让三个穷苦孩子忘却了伤痛，

忘却了饥饿，忘却了失去亲人的悲伤。

至于以后怎么样，

孩子们不知道，也没法想

"他们抢了小兰子的鞋，肯定是换了钱吃喝玩乐去了！到饭馆找他们准没错。"小五肯定地说。

　　还没找到大龅牙，刚进天津城就碰见了小兰子。看到小五鼻青脸肿，小兰子心疼得不行。小五却毫不在乎，拽着小兰子要找大龅牙报仇，小兰子带着哭腔哀求着："求求你，别去了，他们人多，咱们惹不起，躲着他们点吧！"

　　小五拉着故作深沉的大脑袋说："嘿，这回不一样了，咱们大脑袋有宝贝！"

　　看到小五和大脑袋胸有成竹的样子，小兰子半信半疑，但也不放心两人找大龅牙，只好在后面跟着。

　　三人在南市转了一圈，终于在聚合成餐馆找到了大龅牙。五六个乞丐围在二楼一个单间，连吃带喝，正在兴头上。

　　小五让小兰子在楼下等着，和大脑袋上楼。小五给自己壮了壮胆，对着大脑袋使了个眼色，走到大龅牙身后，大声喝道："大龅牙，你们丫的把我爷们儿那鞋还回来没事，不然我大哥跟你们丫不客气了！"

　　"叭！"没等小五把话说完，就挨了大龅牙一嘴巴。

　　"我当是谁，原来还是你个傻贝儿，胆子倒不小，没找你的麻烦，自己倒送上门来了！"

"操！大龅牙，咱爷们儿可是跟你先礼后兵，让你们抢鞋的那位是我兄弟，俗话说不看僧面看佛面……"

"叭！"大龅牙甩手又给他一嘴巴。

楼下的小兰子听见抽嘴巴的声音，吓得闭眼又跳脚。

楼下的食客和伙计听见二楼的响声，纷纷抬头看，胆子大的来到单间门口张望。

"大龅牙，你骑我脖子上拉尿我就不说嘛了，你骑我脖子上蹿稀我也忍了，可你嘞拉完了蹿完了还逼着我问臭不臭，这可就是您欺负人到家了！"小五继续理论。

"呼……"大龅牙一抡胳膊，却没扇着，小五头一歪闪到了大脑袋身后。

大龅牙起身伸手捞着再打，"啪！"的一声迎头挨了大脑袋一皮带，被抽得坐回到了椅子上。大龅牙一怔，看清眼前的大脑袋个子不高，也是个半大孩子，噢的一声，抓过桌上的酒瓶子砸过来，却不想大脑袋一侧身闪了开来，挥起腰带劈头盖脸又是几下。

旁边的叫花子们看见老大吃了亏，抄起家伙一拥而上，攘子、板凳、棍子、棒子、酒瓶子一起朝大脑袋打来。

大脑袋被打急了，往后一退，背靠着墙一敞怀，露出冲锋枪！一帮叫花子快扑到了跟前，一看见真家伙，愣在原地，吓得不敢动弹了。

大龅牙看到场面对自己不利，从一个叫花子手里拿过一把攘子，解开棉袄，露出干瘦的胸膛，咬牙照自己胸脯子一划，几个血珠迸了出来，顺着口子淌出一道血流。他冲大脑袋龇牙一笑："哟嗬，来嘛！来嘛！就你那打不出火的玩意儿，还不如笤帚疙瘩呢……"

大脑袋看到大龅牙要玩命，一闭眼，扣动扳机，"嗒嗒嗒！"一串子弹将大龅牙手中的攘子打飞了，将房间纸顶棚打了个支离破碎。顶棚上多年积淀的尘土像爆炸的烟幕弹，飘洒开来，顿时，呛得人透不过气，弥漫得看不见对面的人。

听见枪响，楼上楼下看热闹的食客像炸了锅，哄的一声作鸟兽散了，急得柜

135

台后面的账房先生一个劲儿地喊："别跑，别跑，您还没结账呢！"保命要紧，食客们哪个理他？个个捂头弓身而去。账房和店小二阻拦不住，心里暗暗叫苦。

街上传来哨子声和巡逻队的跑步声。屋里跟土猴似的小叫花子们也一哄而散。小五和大脑袋满头满身尘土，只露出两只眨巴眨巴的眼睛，活像灰头土脸的猴子。他们薅住一个分不清眉眼的家伙也跑出了饭铺。

小兰子跟在三个"土猴"后边逃离了饭馆，眼见没人跟来，才放慢了脚步。

小五问没来得及跑的叫花子："你知不知道大龅牙把那双鞋卖哪了？"

看不出模样的叫花子不说话，一个劲儿地点头。

大脑袋拍了拍藏在夹克里的冲锋枪："老实带路！"

叫花子领着三人一起来到旧货小市儿，三人满身的尘土引得小商贩上下打量。小五和大脑袋边擦身上的土，边催促叫花子带路。

在拐角的一个旧衣摊前，"土猴"叫花子停下脚，冲着商贩一指，只见地摊上摆着小兰子那双红皮鞋。趁小五和大脑袋注意力转移到鞋上的工夫，叫花子悄悄溜了。"土猴"跑出小市儿，往手里吐口唾沫擦了把脸，露出本来面目，原来是大龅牙。

卖旧衣的老板三十多岁，身穿长袍大褂，留着两撇小胡子，拿着块毛巾不停地招徕着生意。看到几个人直奔自己摊子而来，以为来了买卖，赔着笑脸介绍："来瞧一瞧看一看，这里的旧衣真是全，棉袄大褂和坎肩儿，还有鞋帽和百货！"

小五盯着摊上的红皮儿皮鞋说："这鞋是我们的！"

卖破烂的不乐意了，敢情不是来买东西，是来砸场子的，"嘛？你嘞的？这鞋是你嘞的，你叫它它答应吗？你叫它一个？你叫它，它要是答应喽，这鞋你嘞白拿走！"

大脑袋往前凑凑猫下腰："它要是答应了呢？"他解开怀，露出里面锃亮的冲锋枪。

卖破烂的瞥瞥这俩灰头土脸看不出模样的家伙，又看看他们身后光着脚的小兰子，"你们要嘛？就要这鞋子嘛？"他声音有点抖了。

大脑袋把枪往他怀里一杵："不白拿你东西。"

卖破烂的赶紧把大枪塞进麻袋片儿，垫在屁股底下，不想要也不敢不要，一个劲儿地点头："您嘞！喜欢拿着穿去！"

小五接过鞋子拉着小兰子要走，大脑袋又恋恋不舍地瞥了一眼摊上的一把旧剃头推子。

卖破烂的看出门道，乖巧地把推子也递给了大脑袋。

小兰子高兴地把皮鞋套在脚上，又蹦了几下，三个人快步离开小市儿。小五也乐呵呵地看着小兰子，感觉自己脸上和脚上的伤也不那么疼了。

大脑袋欢喜地看着手里的那把剃头推子，虽然是个二手货，但品相还不错，电镀的银色闪着冰冷的光芒，两排刃齿儿细长锋利，两个把手中间是几圈圆润的弹簧。大脑袋握着把手一捏，前面的刃齿交错，"咯咯嗒嗒"发出清脆的响声。大脑袋别提多高兴了，兴奋地说："西洋鬼子造的这推子，就是比剃头刀子高级，来来来，小兰子，我给你理理发，让你们见识见识我的手艺，你那个头发像狗啃的一样，要多难看有多难看！"

正好走到和平路的鼎章照相馆，三五成群的人们观看着橱窗里摆设的照片儿。中间是孙中山一张穿着礼服、手拿礼帽，站在汽车前的大照片，边上还有几张梅兰芳、周信芳等各界名士的半身照和几张美女精心化妆后的照片。一幅幅照片无不构图完整、角度独特、用光巧妙、作品细腻，显示了照相师傅的精湛技艺。橱窗边上，几个子弹箱摆放在一边，明显是用来拍照的道具。

小兰子挤到玻璃橱窗前看了看自己的发型，长短不齐，确实难看。

在小五的鼓动下，小兰子坐在子弹箱子上，大脑袋拿起推子，开始施展自己的手艺。"你这脑瓜子剃的真二把刀，这主儿准是跟他师娘学的手艺吧！这活儿要搁我爹瞅见，非亲娘祖奶奶地骂个底儿掉不可。"大脑袋边唠叨边捏动推子，一撮撮头发楂子落在小兰子脚上的红皮鞋面上。

小兰子听到大脑袋的揶揄，气鼓鼓地掉下了眼泪。

小五赶紧打岔："嘿，我说，杨东宾大师傅，你不回家了？你啥时候走哇？"

大脑袋正推着小兰子的后脑勺："跟着你回来这一趟，我想明白了，回啥家？我爹一死，我是两手一握拳，除了攥两把指甲盖儿，啥都没有了，在城里理发不是比回去更好吗？你说是不是？"

小五点了点头，说："这就对了，俗话说一个好汉三个帮，你在这里，咱们互相有个帮衬！"

"哎，你爹是做啥的？"大脑袋问小兰子。

小兰子小声地说："我爸是当兵……"

大脑袋张口就来："当兵的都不是人造（音：揍）的！"

小五接过话口："那你算干啥的？你和你爹不都是当兵的？"

大脑袋说："我和我爹是叫他们抓来当的兵。拢共还没两天半呢。"

小兰子不禁问："那你娘呢？"

大脑袋说："唉！我娘早死了，那年家里闹饥荒，榆树皮吃多了拉不出屎来憋死了……"说着说着，大脑袋眼圈红了，眼泪吧嗒吧嗒地掉在了小兰子的脑瓜顶上。

小兰子想起了自己的亲娘，一心领着自己来找父亲，说等了十多年，这下终于可以团圆了，谁知刚见父亲的面，娘却永远离开了，至今尸骨未见，父亲也是死是活还不知道，这是什么世道啊！命怎么这么苦！小兰子越想越伤心，抽泣了起来，大脑袋抹了抹眼泪，拿着推子，不知怎么下手。

大脑袋正理着发，一群解放军战士走进了照相馆。照相馆楼上一只喇叭发出哗哗声，引起一阵喧笑。

小五闻声，走到街中间，仰脖儿朝楼上望去。

这时，照相馆橱窗里传来嗒嗒的敲玻璃声。小五一看，钻到橱窗里的照相馆老板猫着腰冲他们一个劲儿地挥手，示意他们走开。

小五和大脑袋互相看看，不明白他示意的是啥意思。

老板见他们不明其意，皱皱眉头。他把橱窗里挂着的几张漂亮女人的照片摘下，一猫腰从橱窗里钻出来。

老板来到街上说："别在这里添乱了！告诉你们，我这叫解放军号下来住宿了。你们要是吵老总们睡不好觉，出来勒你们一顿，那算是轻的！"

小五说："你嘞吓唬谁呢？告诉你说，楼上吹喇叭那位是我兄弟！不信你嘞把他叫下来瞅瞅，准是个小眼巴嚓的单眼皮。"

老板一挥手说："走人！没工夫跟你在这逗咳嗽，我告诉你说，现在解放了，现在是解放军！我看你们还能尿出丈二的尿去！"

楼上的喇叭声越来越难听，哄笑声大作。

突然，喇叭声停了，一阵激昂的唢呐声尖利地响起，是《小放牛》的曲调。

楼上的战士们粗声大气地唱起了小放牛：

天上锁龙什么人来栽？

地下的黄河什么人来开？

什么人把守三关口？

什么人出家未曾归来。

老板一扒拉小兰子说："走！都走！远远的啊，我跟你们说话呢听见了没有？"

小五不理他，掏出竹板敲起来，并扯开嗓子冲楼上高唱：

天上的锁龙，

王母娘娘栽，

地下的黄河，

老龙王开。

杨六郎把守三关口

　　韩湘子出家未曾归来。

楼上的战士们合唱：

　　赵州桥什么人来修？

　　玉石的栏杆什么人来留？

　　什么人骑驴桥上走？

　　什么人推车辗下一道沟。

　　这时，大脑袋也理完了，等到楼上的解放军战士唱完这一段，小五、小兰子、大脑袋站在街中，仰起头，高声和道：

　　赵州桥儿鲁班爷修，

　　玉石的栏杆古人把它留，

　　张果老骑驴桥上走，

　　陈世忠推车推上去辗下一道沟。

　　竹板声、唢呐声、歌声和在一起，楼上楼下沉浸在一片欢声笑语之中。短暂的快乐，让三个穷苦孩子忘却了伤痛，忘却了饥饿，忘却了失去亲人的悲伤。至于以后怎么样，孩子们不知道，也没法想。

　　对完歌，小兰子对着照相馆橱窗的玻璃看了看自己的新发型，确实比原来好看多了，头发虽然短，但整齐，棱角分明，显得既英气又精神。

大脑袋咬着牙一字一顿地说：

"冤有头，债有主，

父债子还，天经地义，自古在论！"

说罢，一拳挥过来。

小五眼前一黑，晃了晃，倒了下去

孟幽兰放下水杯，拿起镜子仔细看了看。

　　当年那个穿着红皮鞋的小女孩呢，稚气的脸呢，都跑到哪儿去了？

　　镜子里这个老妇人，又是谁呀？这张老去的脸，那么熟悉，又那么陌生。脸颊瘪了下去，眼角的皱纹密密麻麻，又黑又亮的眼睛呢，什么时候丢在哪里了呢？刚染了几天的头发，有的地方又泛出白了。孟幽兰往后拢了拢头发，哪里还有年轻时的影子？人老了，是不是就变成了另外一个人？

　　孟幽兰又摇了摇头，谁不会老呢？

　　马小五、大脑袋不也是一眨眼，从天不怕地不怕的孩子，成了拄着拐杖、走路慢吞吞的老头子了吗？不知不觉，孙子都快上小学了，要是自己还不老，那不成了老妖精了？孟幽兰边想边自嘲。

　　怎么不知道去照张相呢？当时就在照相馆边上，小兰子边想边埋怨自己，当时好像小五身上还藏着块大洋呢。那时候的马小五，身上像个杂货铺，说不定从哪儿掏出什么东西来。要是当时能留下张相，就能时常拿出来看看，看看那时自己假小子的模样。想到这里，孟幽兰又笑了起来，这个大脑袋实在太笨了，给自己理了次发，竟然没发现自己是女的。只能怪当时能吃到的东西太少了，没发育的身子又瘦又小，和男孩没什么区别。孟幽兰的思绪又回到了那一年。

唱歌不能顶饭吃。那天过了晌，三个人的肚子都开始咕噜叫了，小兰子和大脑袋一筹莫展，小五却不急不忙，又掏出了那副快板，边打边耍贫嘴："哎，我说大脑袋，你手艺真是好，剃头呱呱叫，但推不来米，推不来面，治不了肚子饿得叫，关键时候还得看咱的手艺！"

　　小五一改竹板节奏，转为了天津快板的韵律——

　　竹板打，慢板颠，
　　我给掌柜的来请安，
　　一来请安，二问好。
　　三来又把麻烦讨，
　　讨个麻烦没多大，
　　拿得起，放得下……

　　小五带着大脑袋一唱一和地从一家家店铺门前走过，冲着店铺边唱边伸手讨钱。小兰子耷着眼皮，蔫蔫地跟在后边。

　　"小叫花子，现在解放了！不兴要饭了，远远的！"茶叶铺里出来一个掌柜的吼道。

　　咳，人要讲大一般大，
　　掌柜的何必把我骂，
　　骂我出息没多大，
　　骂我出生就老傻。
　　我老傻，也能算，
　　算来算去要了饭，
　　别说要饭的奄拉头，
　　要饭的不在下九流。

河里流水上下分，

人留后事草留根，

人留后事防年老，

草留根儿等来春，

人人不留儿和女，

清明时节谁上坟……

掌柜的叫他们磨得没辙，只好掏出几张小票子丢在地上。

小兰子正欲去拾，手腕子突然被抓住，票子也被人踩住。她抬头看见是扎着皮带的警察，穿着警服，扎着武装带，戴着又圆又高的大盖帽，手里拿着巡棍："小王八羔子，嘛时候了还要饭？告诉你，现在是共产党的世界了，你们这嘞不是往共产党脸上抹黑嘛……"

小五一看吓得缩了头，平日里他们这帮叫花子最怕巡警了，远远看见巡警，像耗子见了猫一样，躲得远远的。挨打挨骂是常态，运气好的时候挨几句骂就算烧了高香了，不高兴的时候挨几棍子，最害怕的是把自己抓进去关禁闭，饭不给吃，水不能喝，什么时候看你半死不活的，才扔出去。

"你管得着吗？老子站岗放哨的时候，你他妈的还搂着老婆子睡大觉呢。"大脑袋却不吃巡警这一套骂着，从裤腰解下皮带，抢着上前要抽。忽然，警察背后冒出两个背着大枪，戴着袖标值勤的解放军，顿时他像受惊的兔子，拎着裤子掉头就跑。

巡警看见有人敢反抗，火冒三丈，看到大脑袋跑远了不好追。便想逮住小五和小兰子，把账算在他俩头上。

小五一看不妙，冲上去一头撞倒抓小兰子的警察，拽着小兰子，撒腿就跑。

巡警刚要追，被解放军战士拦住。

其中一个战士望着跑远的孩子，拾起地上的小钱票子赶上来。

仨孩子慌不择路，直到跑进一个小胡同，跑到头要撞墙了，才发现是条死胡同。他们惊慌失措地转过身，想转出去，但追来的解放军战士已经堵住了胡同口。解放军战士足有一米八，比三个人高出一大截，小五掂量了掂量，自己和大脑袋加在一起，恐怕也不是他的对手，更何况他身后还背着一杆长枪。再看大脑袋，吓得闪到小兰子身后，只露出半个头，从小兰子肩膀上看出去。小五壮了壮胆，把胸一挺，挡在小兰子前面，昂起头，瞪着巷子口的解放军。

那解放军战士看着他们害怕的样子，笑笑，伸手把什么东西放在地上，微笑着向三个人挥了挥手，转头走了。

仨孩子你看着我，我看着你，不知道这是不是大个子故意玩的游戏，他是不是躲在墙角的另一边，给他们三个人设好了圈套。足足一分多钟，三个人手紧紧拉在一起，谁也不敢动。寒冬腊月里，小兰子紧张得手心出了汗。又过了难熬的一会儿，小五故意咳嗽了一声，巷子口那边没有一点动静。小五往前探了探头，蹑手蹑脚地往前挪动，走到胡同口，侧头一瞧，哪里有大高个子的影子？再看地下，是大个子放的砖头。拿起砖头，下边压着的是他们刚讨来的那几张小钱票！

小五高兴地招呼过大脑袋和小兰子，兴奋地挥舞着手里的钱票，嘴里喊着："看！看，钱，咱们的钱，回来了！"

再也没有比饥饿时喝上一碗热乎乎的汤面更让人舒心的了。仨孩子坐在小饭摊对面的道边，就着车水马龙扬起的尘土，狼吞虎咽地把小盆儿似的大海碗里的汤面喝个盆干碗净。

小五打着饱嗝，摞着碗，拔腿过马路去饭摊还碗。

大脑袋吃得满脑袋大汗，他走到墙角电线杆子根儿，解开裤子就是撒尿……

小兰子看见他褪下了半截裤子，扭头抹身进了胡同里。

大脑袋对着墙根哗哗地撒着尿，问："哎，我说，你怎么叫小篮子呀？小篮子，哈哈，小筐子，你家不会是编筐的吧！不过我听人说，贱名好养活，管他什么小篮子、小筐子、小盒子，只要能吃上饭就是好名字！你说对不对？"

"对了，不会是叫兰花的兰吧？这是个丫头名儿呀？"大脑袋见没人理他，边琢磨着，边拎着裤子朝墙旮旯里找来，"……是不是你们家缺丫头哇？"

突然，他惊异地看见小兰子蹲在墙后边撒尿——他很是纳闷，揉揉眼睛，以为看错了什么，正欲开口，却被从后边赶来的小五一把薅开——

小五问："大脑袋，你身上还有钱吗？"

"嘿，你看小兰子他怎么……"没等大脑袋说完，小五紧接着说："我没吃饱，你还有钱吗？我想再弄一烧饼！"

大脑袋还往胡同里抻脖子："邪门儿了，嘿，你看小兰子他……"

"我问你话呢，你嘞装听不见是呗？"小五将他拽到路边，伸手上上下下把大脑袋身上的口袋全翻出来了，"把你身上的钱拿出来，你听见没有！"

大脑袋问："你要干吗？"他说着打开小五的手。

小兰子从胡同出来，看见他俩扭巴到一块，问："干什么呢？你们？"

小五赶紧搂住大脑袋的肚子，笑着说："我们闹着玩呢。"说着从大脑袋兜里翻出几张小票："噢，没，没你事儿！"

大脑袋看看小兰子，看看小五手里的小票子："对，他说……他说咱们该洗个澡了，走！洗澡去！"

大脑袋一手拽着小五，一手拽着小兰子，往南市走去。

老南市里不仅小吃、杂耍多，澡堂子也不少，什么玉清池、龙泉池，甚至还有专为女宾服务的澡堂——华园澡堂。所有澡堂子，既能单人盆洗，也有大池子泡澡。老天津人饭后不泡上个澡，浑身觉得不舒坦，直到把身子烫美了、烫热乎了，才是真正赛过活神仙。

尽管小兰子一百个不愿意，但哪里有大脑袋力气大？他们来到龙泉池澡堂门口，伙计大声吆喝着："三位！里面请！你们洗盆还是洗池？"

"我们泡大池子！"大脑袋答应着。

"不！我不想洗！"小兰子挣脱开被大脑袋拽着的胳膊，"你放开我！"

大脑袋使劲往澡堂里拽着她："洗完澡咱们十里八街吃去，来来来……"

小五一把搡开大脑袋："人家不洗，你还拽人家做嘛！你不就是想找个白搓澡的吗？走，我跟你洗去，保准儿给你搓舒坦喽！"

大脑袋不甘心，用手薅小兰子衣服，小兰子衣兜里掉出一张照片。小兰子正要伸手拾起，却被大脑袋抢先抓在手里。小兰子一使劲，大脑袋将照片从她手里撕走一半。

照片上是一个国民党军官和一个美丽女人的合影。大脑袋一时觉得眼熟，感觉照片上的国民党军官好像在哪儿见过，几天来的经历像放电影般从脑袋里过了一遍。终于，大脑袋想起来了，照片里的人就是和他们一起打仗的一个长官嘛！

大脑袋深深吸了一口气，手里的照片颤抖着："这是你爹？"

小兰子怯怯地点点头。

大脑袋眼睛红了："孙子，我说你丫的怎么老躲着我呢？连他妈撒尿你都躲着我！感情你他妈的是国民党军官的儿子啊！这个狗娘养的，原来你也知道是你爹把我爹打死了。"

他一拳将小兰子打倒，扑上去骑在她身上一顿乱擂。

小兰子被擂蒙了，脸上、身上挨了几拳，她咬紧牙关，不吭声。

大脑袋连打带骂，越打越来气："我操你妈！我和你不共戴天！我剥了你这个王八羔子！"

小五从后面揪住大脑袋后脖领，用力一拉，把大脑袋从小兰子身上拽下来："你他妈吃错药了？你欺负他算吗本事？！"

小兰子趁机挣脱大脑袋，捂住流血的嘴角，呜呜地跑远了。

大脑袋一骨碌爬起来，像头敏捷的豹子，一把薅过小五的脖领，咬着牙一字一顿地说："债有头，冤有主，父债子还，天经地义，自古在论！"说罢，一拳挥过来。小五眼前一黑，晃了晃，倒了下去。

大脑袋一咬牙，

一闭眼，啊了一声，

一砖头拍下去。

小五只觉得眼前一黑，

一道黏糊糊的血水沿着脑门淌了下来

小兰子跑过马路，但终究还是跑得慢，刚绕过一排洋车，就被疾奔而来的大脑袋揪住了后衣襟。他用力一拉，小兰子又摔在地上。大脑袋骑在小兰子身上，愤怒地撕扯着她的衣服……

　　小兰子用力护住衣领，东躲西闪，扭动着身子。反抗更加激怒了近乎疯狂的大脑袋，他用力掰着小兰子的手，边掰边往地上摔，不几下，小兰子的手背皮破血流，再也没了反抗的力气。

　　小五挣扎着追了过来，眼看小兰子要被扒光，急了，冲上来一下骑在大脑袋脖子上，用力拽着大脑袋的耳朵。大脑袋不防小五有这一手，惨叫一声，捂着耳朵滚了下来！

　　小兰子趁机钻进了路旁的一个破报亭里，蹲坐在地上，紧张得浑身哆嗦。

　　可是，这次小五怎么也打不过愤怒的大脑袋了。大脑袋忍住疼痛，不顾耳朵裂开口子，从小五手里挣脱开来。连续几天来被压抑的悲痛，让大脑袋忘却了疼痛，与小五展开了互相伤害。小五边被打边想说话，话还没说出口，就被大脑袋打肿了嘴，鼻青脸肿的小五刚想站起来跑，又被大脑袋一脚踹了出去。

　　打斗引起了周围群众的注意，澡堂子门口的伙计也不吆喝了，一个路过的小孩幸灾乐祸地喊着："噢！有人打架了！有人打架了！"

周围的人越聚越多，在报亭和大脑袋外面围成个半圈，却没人敢上来拉一把打红了眼的大脑袋。大脑袋抓起一根木棍，朝着小兰子藏身的报亭子气势汹汹地寻来。

　　这时，小五忍着疼爬起来，从地面上捡起一块青砖，拦在他面前，将砖头塞到大脑袋手里，又一把从报亭里拽出小兰子，声嘶力竭地喊着："给！你妈妈的，你他妈的要是你妈养的，你一砖头拍死她！今儿个你要是下不去手，你就不是你妈妈养的！"

　　此刻，大脑袋拿着砖头的手却哆嗦了。

　　小五吼着："瞅你那德行，你他妈也算站着撒尿的爷们儿？你打一块混饭吃的哥们儿，你真下得去手？！你爹死了，你他妈的连个屁都不敢放，还是她喊了一嗓子，才认了你爹，现在你嘞来劲了，你小子要是你爹儿子，你照这来！"他说着一把掐住小兰子的脖子，把她往大脑袋眼前一送，"来呀！"

　　大脑袋犹豫了，周围的人群低声议论开来，嗡嗡的说话声在大脑袋听来像一阵波浪，一个一个地打过来，震得自己头疼欲裂。

　　大脑袋一咬牙，一闭眼，啊了一声，一砖头拍下去。小五只觉得眼前一黑，一道黏糊糊的血水沿着脑门淌了下来。

　　小五头上的血汩汩流出来，流了一地。大脑袋呆呆地看着，手里的砖头掉到了地上。

　　他傻傻地看看小兰子，小兰子被他看得一阵恐怖，拔腿就跑。

　　大脑袋一把将小兰子薅住："快，快，快去药房，买点止血的白药来！"

　　大脑袋哆嗦着嘴唇，将一把小票子塞到小兰子手里。小兰子像不认识大脑袋一样，愣愣地盯着大脑袋。大脑袋猛地一推小兰子，大声喊着："快点去呀，听到没！"小兰子终于反应过来，拿过那几张票子找药房去了。

　　小五感觉头上热乎乎的，勉强抬起沉重的眼皮，瞥见街口过来一队值勤的解放军，突然扯开嗓门儿，用尽全身力气喊了起来："抓国民党呀！快来抓国民党兵啊！"

大脑袋慌了，语无伦次地低声安抚着小五："别喊！小兰子，药，快来了，别喊！"见小五张着大嘴还要喊，大脑袋急得把手一下杵到小五的嘴里。小五一阵干呕，终于喊不出声了，只发出一串呜呜的怪声。

小五使劲咬住了大脑袋的手指头，大脑袋疼得鼻子嘴巴挪了地方，想抽手却抽不回来，想大声喊又怕引来解放军。他忍着疼，嘴里倒吸着气，发出"嘶嘶"的声音。

解放军纠察队还是注意到了血流满地的战斗双方，持枪向大脑袋和小五围了过来。大脑袋乖乖地站了起来，原来解放军纠察队站在了他的面前。

"我？我，我不是……我不是国民党……"大脑袋不打自招地起身后退着。

"他就是国民党兵，他打过仗，他还会打枪呢，你们看看他的手指头开枪磨出的茧子……"小五咬着牙说。

大脑袋害怕了，盯着解放军那怀疑的眼睛，他胆怯了，转身就跑！

值勤的解放军"咔啦"一拉枪栓，追了出去——

小五再次醒来的时候，已经是黄昏了。小五睁眼看见自己偎依在小兰子怀里，小兰子正给他脑袋缠上最后一圈绷带。尽管血已经止住了，但伤口却疼得厉害。小五刚想抬头，伤口处像一道闪电一样把疼痛放射到整个脑袋，小五"啊"地呻吟了一声，便不敢再动了。

小兰子把最后一圈纱布从后脑勺掖进前面的纱布里，用手轻轻按平整了，轻声问小五："你说，解放军会枪毙他吗？"

小五脑袋裹着绷带，一圈绷带正绕在下巴上，说话张不开嘴，他嗫嚅着说："谁知道呢？毙了他更好。"

"可他也帮过咱们啊！我想去找找他。"

"他是国民党兵，你管他干吗？"

小五说到这儿，突然想起小兰子的父亲也是国民党，就不再说话了。过了一会儿，又说："也不是国民党不国民党的，我嘞可告诉你，你把他弄出来可对你没好处，他要是再欺负你，我可管不了啊！"小五急了，不顾一张嘴就疼的伤口，咕噜出这么一大串话。

"他生气是有原因的，要是换了你，你也生气。"

小五闭上眼睛，慢慢说着："他早晚给一颗黑枣崩了！省得他总跟你过不去。"

小兰子："他为什么跟我过不去？我怎么着他了？"

小五支吾着："嗯……反正这小子对你不怀好意……我看你别管他的事儿！"

小兰子不爱听了："我们还是把他救出来吧，他在里边肯定会挨打！他胆小，嘴又笨，他会受不了的……"

"站着躺着一般长，他爱死不死，活该！"小五捂着脑袋说。

小兰子说："他爹刚死，他现在正是难的时候……"

小五突然没头没脑地冒出一句："那你想你爹吗？"

小兰子沉吟了一会儿，低声说："想……"

"你要是想你爹，想找着你爹，你就别管这个大脑袋的事！"

"为什么不管他？他刚埋了他爹，心里有多难受……咱们不管他，那谁管？"

小五一握拳头，果断地说："叫八路管他！"

小兰子："你就忍心看着他叫人枪毙喽？"

见小兰子依然执迷不悟，小五苦口婆心地劝导着："我嘞跟你说，你还别不信，这八路军我老早就听说过，日本人、土匪、国民党都打不过这八路！大脑袋是国民党兵这没错啵？国民党跟八路打了一辈子仗，杀得是天昏地暗，血流成河，那两边死的人多了去了。你说，现在八路赢了能饶过国民党他们吗？"

小兰子让小五说得有点发毛，无言以对。

小五继续吓唬着小兰子："听我的，你可别没事找事！"

小兰子抬头看了看，马路对面的照相馆门口站着一对全副武装的解放军哨兵，一时犹豫了。

天色渐渐深了，照相馆里的灯亮了起来，映衬得橱窗里的照片更加迷人。出来进去的战士络绎不绝，照相馆门口一派繁忙。

正当小兰子拿不定主意的时候，二楼的小窗户"咣当"一声推开了，一个穿军装的战士探出头来，冲着小五和小兰子喊着："嘿，是你们俩呀，怎么找过来的？是来找我的吗？赶紧上来！"

小兰子仔细一看，原来是单眼皮！

小五紧张地站起来，赶紧将小兰子拽到身后："呵呵，没事爷们儿！没事，没事啊……"边说边拉着小兰子闪进旁边的胡同里。

小兰子考虑再三，挣脱开小五拉着她的手，返身跑回了照相馆。

大脑袋握着菜刀的手抖了起来，

抖得越来越厉害……

他举刀的手狠狠地剁了下去！

"砰"的一声，菜刀失了准头，

剁在了军官的铝饭盒上

大脑袋没死。

大脑袋不但没死，而且正在琢磨着让另一个人死。

大脑袋看着四面的围墙和上面的铁丝网，丝毫没有逃离的想法。尽管他知道这儿离天津城不远，和周围的人聊时间长了，知道几十年前这儿有个寺庙，叫海光寺，原来是游览胜地，但后来被八国联军烧毁了，日本鬼子又在这建了兵营，日本鬼子投降后这儿成了国军驻地，而现在被解放军改造成了俘虏营。

俘虏营里的日子很有规律，刚来三天，大脑袋就适应了，甚至有点不想离开，因为能吃饱饭，干的活也不累，还有教员教认字、教唱歌。

尽管每天唱的歌不完全一样，但大脑袋已经学会了一首。每天早饭前，自己都要跟在其他俘虏的后面，跑上一圈操，然后坐成方阵，在一个戴着眼镜的解放军的白教导员指挥下，高声学唱着革命歌曲。

谁养活谁呀，

大家来看一看。

没有咱劳动，

粮食哪会往外钻？

耕种锄榜全是我们用力干，

五更起 半夜眠，

一粒粮食一滴汗，

地主不劳动，

粮食堆成山。

谁养活谁呀？

大家来瞧一瞧，

没有咱劳动，

棉花哪会结成桃？

新衣裤大棉袄，

全是我的血汗造，

地主不劳动，

新衣穿成套。

大脑袋跟着唱了三遍就会了，歌词说的都是实情，一学就会。大脑袋嘴里唱着歌，心里却始终想着一件事，大脑袋觉得这件事比什么都重要。因为，来到俘虏营的第一天，大脑袋就发现了一个国民党军官，尽管那个军官半只膀子裹着厚厚的绷带，腮帮子刮得铁青，还被摘去了帽徽领章，身上的军装与周围的其他俘虏一样，但大脑袋仍然一眼就认出了他，他就是小兰子的爸爸，和照片上的人一模一样，和他当日藏在煤道里，看到的煤道口的长官一模一样。就是他，就是他把他爹打死了。大脑袋牙咬得咯咯响。

军官个子很高，每次跑步、做操都在前面，大脑袋想了好几套报仇雪恨的方案，但仔细一琢磨成功率都不高。

每天除了跑步、做操、唱歌、吃饭，自己就没机会接近军官了。所以，每次跑步、做操的时候，大脑袋总想往前挤一挤，离军官更近一些，那样报仇的机会更大一些，但每次都被后面站岗的解放军战士按回去。

到了第五天下午，白教导员又教了歌词的另一部分：

谁养活谁呀？
大家来看一看，
没有咱劳动，
哪里会有瓦和砖？
打墙盖房全是咱们用力干，
自己瓦房两三间，
还有一半露着天，
地主不劳动，
房子高又宽……

学这段歌词的时候，大脑袋又开了小差。投毒是最安全隐蔽的做法，弄一小包耗子药，偷偷放在那该死的军官稀饭里，只要他一喝，保准七窍流血就升天，还神不知鬼不觉。大脑袋想着想着，有时臆想着已经成功了，笑出了声，引得左右的俘虏用异样的眼光看着他。但大脑袋在仓库、院墙角落里找了好多遍，根本找不到耗子药。要么就偷一把枪，直接让他脑袋开花！这个想法在大脑袋脑海里涌现了好多次，甚至每次偷的枪都有所变化，有时候是手枪，有时候是冲锋枪，但解放军严谨的纪律让大脑袋明白，能偷到枪的概率比找到耗子药的可能性还要小。

尽管和小兰子吵了好几次，最终，小五还是服从了小兰子的执拗。

小五觍着脸皮和在照相馆站岗的解放军磨了几次嘴皮子，终于打听到了单眼皮的姓名和行踪。单眼皮姓吴名玉山，是尖刀排的战士，今天不在照相馆，跑到南市附近修他的宝贝号去了。

临近中午，小兰子硬拖着小五在南市找到了单眼皮。单眼皮正在小铜匠的摊子前，眼巴巴地看着那把满是枪洞的小号在小铜匠的砧子上叮当作响，被压凹的地方已经被敲得鼓起，枪眼也被补上了几块新铜皮。

单眼皮对小兰子和小五的到来毫不奇怪，眼睛看铜匠敲敲打打地铆着小号，嘴里却对旁边的小兰子说："小兄弟，你俩别再和我磨叽了，杨东宾是不是国民党，我们一定会查清楚的。"

小兰子刚要开口辩解，就被小五拽开。他上前道："嘿，爷们儿你听我说，他真不是当兵的，他脑子有点傻，小时候从炕上掉下来摔过！人家巡逻的一问他，他就结巴磕子赶大车，嘛也说不清了。"

单眼皮一个劲儿地解释着："解放军不会随便抓人，如果他不是国民党兵，没有血债，很快就放了他的，还会给他发路费，你们甭担心。"他边说边拿起修好的小号，放在嘴里吹了吹，声音洪亮悠扬。

小五赶紧奉承："嘿！这师傅手艺真巧，修得这号看不出原来有伤，听声跟新的一模一样！"

单眼皮也很高兴，边走边细心地擦拭小号上的铜锈和修补的痕迹。

小兰子和小五紧跟着，眼看再一个胡同就到照相馆了，小兰子更加着急了，额头上渗出细细的汗珠。忽然，她从贴身衣服里掏出一个沉甸甸的小布包，塞到单眼皮手里："他不会说话，性子犟，在里边准吃亏，你就帮忙托个长官把他放了吧。"

"我们革命队伍里不兴叫长官，我们都叫首长……哎哟！"单眼皮说着打开布包，突然像被火燎了一样，"你们是这干啥？不中不中！这是要犯错误的……"他像踩着蛇一样地跳开了。

掉在地上的布包里露出三根黄灿灿的金条。

小五拾起地上的金条，打着圆场："他有嘛血债？他胆子比土豆还小，这小子就是一个剃头的，你瞅瞅，小兰子这脑袋就是他给剃的……"他不客气地把小兰子的脑袋往单眼皮跟前一拨拉。

单眼皮手指着小五，呵斥着："你这是国民党军阀搞的那一套，我可告诉你们，这一套在我们革命军人面前行不通！"

小兰子有点挂不住了，紧咬着嘴唇，眼睛里含着泪水。

小五继续套着近乎："咱爷们儿不跟你瞎白话儿，你帮我个忙。完事可着天津卫我请客，吃嘛都成！"

单眼皮推开他递过来的布包，看看小兰子，问："你说，他真的是剃头的吗？"

小兰子含着眼泪紧着点头。

单眼皮把小号和挎包斜背在肩上，问小兰子："好，我去问问连队，你说的这个大脑袋，不，这个杨东宾到底在哪。"

小兰子高兴了，悄悄地看了小五一眼，跟着单眼皮走了。

小五跟在后边，悄悄把小兰子的金条塞进了单眼皮的挎包，接着他拍拍单眼皮背着的小号："嘿，爷们儿，啥时候听你这大喇叭吹一曲？"

大脑袋的第三套方案终于有了进展，为了实施这套方案，大脑袋晚上用手模仿菜刀在自己肚子上切菜，直到手腕酸软才肯罢休。

食堂里的炊事员又要跟着出去采购了，大脑袋自告奋勇进伙房帮忙，看守的解放军战士见他表现不错，便同意了。

伙房里，大脑袋耍着一把菜刀上下飞舞，切着大咸菜疙瘩。他把案板剁得山响，眼睛却不时顺着窗子上结满雪花的缝隙打量着外边打饭的队伍。

俘虏在伙房外面，一个个排队打饭。

伙房里，炊事员老李守着一大锅稠乎乎的小米粥，隔着结满雪花的窗口，舀进伸进来的一个个茶缸、饭盒、钢盔里。

一勺粥，二个窝头，一块咸菜，站在窗口里分饭的几个战士忙得不可开交。

其中一个战士显然憋着尿，两条腿不停在颠着，憋得直吸冷气。

大脑袋趁人不注意悄悄把菜刀别在后腰，然后把切好的咸菜端到窗口，殷勤地对憋尿的战士点头哈腰说："您先去，我替您一会儿！"战士看他过来，把手中的铁勺塞他手里，捂着裤裆连跑带颠地蹿出去了。

大脑袋给伸进窗的饭盒里盛着粥，发着窝头咸菜，眼睛却还瞄着模模糊糊的窗外。功夫不负有心人，大脑袋终于发现了目标，他往玻璃上一哈气，一抹窗上的雪花，果不其然，日思夜想的军官已经排到窗口前。大脑袋感觉呼吸急促了起来，嘴唇也发干，大脑袋挪了挪脚，使劲舔了舔干裂的嘴唇。

窗口伸进了那军官一只端着饭盒的手，另一只手张着准备接窝头和咸菜——

机不可失，时不再来，大脑袋伸手拔出别在后腰上的菜刀——

大脑袋握着菜刀的手抖了起来，抖得越来越厉害……突然，有人拍了他肩头一把——他举刀的手狠狠地剁了下去！"砰"的一声，菜刀失了准头，剁在了军官的铝饭盒上。

后边拍他肩膀的原来是那个上厕所的战士，他接过大脑袋手里的铁勺、菜刀说："嘿！队长叫你到队部去一趟！"

大脑袋一凛。

军官在院子里抖着被粥烫红的手，看着那个被剁成两半的铝饭盒，感到莫名其妙。

大脑袋恨恨地扔下菜刀，往队部走去。想不到大仇未报，自己今天就被处决了。大脑袋边走边难过，小雪飘在脸上，化成水珠。大脑袋眼睛红了，抹了一把脸，湿漉漉的，分不清是雪水还是泪水。

如果撒尿的士兵晚回来一步，这一刀肯定能把军官的右手齐腕斩断了，可惜功亏一篑。大脑袋头垂得更低了，不管怎么样，我尽力了，一会儿，我就能去陪你了，大脑袋心里对父亲默念着。

押送的士兵一声报告，把大脑袋从沉思中唤醒过来。

队部里有两个人。"你会剃头？"一个军队干部模样的人问。

大脑袋哆嗦着点点头，看到了屋子一边的单眼皮。大脑袋想和他说句话，但却不知道说什么好，嘴张了张，又把话头咽了回去。

干部坐下来："把我这脑袋剃一下我瞅瞅。"

警卫员给他脖子围上了毛巾，大脑袋拿起推子，熟练地推了起来。

"你今年多大了？"

"十四。"

"属啥的？"

"属狗。"

不一会儿，干部起身对着镜子照了照剃过的头发，对着镜子里的单眼皮满意地说："嗯，是个行家，你把他领走吧。"

单眼皮笑了，背上大枪，过来拉着大脑袋准备出门——

大脑袋吓坏了，挣开他："我不走！" 他上来就帮着那位干部撣着肩头的头发渣子："我不走，我哪也不去！"

"不走你想在这做啥呀？还想在这蒙吃蒙喝呀？"干部拨拉开他说。

"我要在这里学习改造……"

"得得得！你刚这么大，小屁孩一个，改造个啥，走走走！"干部往外轰着他说，"我这里没这么多粮食供你这大肚子汉吃喝。"

大脑袋无奈地跟着单眼皮走到门口，又回过头来，怯生生地说："不是说自愿回家的还有五块钱路费吗？"

"那是对国民党俘虏的政策，你不算数！"

大脑袋咧咧嘴："我不算数？我咋不算呢，我也是……"

没等他说完，单眼皮一把薅住他，冲干部说："看！我没说错吧？他就是蒙你这五块钱的路费来了！"

大脑袋还想再开口，被单眼皮薅出了门外。

单眼皮拼命挣扎，

但哪里是纠察队员的对手？

不一会儿，

被牢牢捆住，

押解走了

俘虏营的大门打开，又"咣"地紧关上。

　　门外的大脑袋回头看了看，又喜又愁又气。

　　喜的是终于恢复了自由身，他仔细琢磨了下：这个军官在窗外没看清他的菜刀，窗内的炊事兵会以为他是被上厕所回来的士兵拍的菜刀掉了下来，整个报仇计划虽然出了意外，但好在没关禁闭；愁的是这样突然失去了接近杀父仇人的机会，再想报仇不知要等到猴年马月了，也许，永远没有机会了；气的是自己关键时候掉链子，要是自己当时再冷静些，也能为九泉下的父亲出一口气。

　　"杨东宾啊杨东宾，你就是个尿包，没错，尿包。"大脑袋在心里骂着自己，回头盯着俘虏营大门。

　　单眼皮看出了大脑袋的恋恋不舍，调侃着说："嘿！杨东宾同志！这俘虏营的国民党，无论是当官的还是当兵的，没有一个不盼着出来。想不到你这个假冒的，愿意待在里边不出来！真是奇了怪了，里头有座大金矿吧。"

　　大脑袋看了看单眼皮，闷着头不说话。

　　单眼皮把挎包的背带使劲勒了勒，说："要不是你那两个兄弟，天天磨着我，让我来找你，我才懒得过来呢，害得我请了半天的假。"

　　大脑袋这才明白，单眼皮来救自己是小兰子和小五的主意。他想起前几天在街上打斗，又摸了摸被小五拽得结痂的耳朵根子，气气地说了声"谁稀罕！"

单眼皮讨了个没趣，自言自语地说："唉！我这是好心当成了驴肝肺！你要是不愿意走，再回这个六里台，我得回去了，你呀！爱上哪上哪，你那两个兄弟，还在城南门等你呢！还有两天就过年了，赶紧回去收拾收拾过个好年吧！"

说完，不管大脑袋，大步向天津城走去。大脑袋这才明白，俘虏营所在的地方叫六里台，甭问，到天津城还有六里路呢！他歪头想了想，回也回不去，就这么回家也不甘心，只好在单眼皮后面蔫蔫儿地跟着。

单眼皮竟然没背那不离身的小号和长枪，大脑袋看着单眼皮又瘦又挺拔的背影在夕阳下拉出的影子，像笔杆子一样直。大脑袋又看了看自己的影子，大大的脑袋加上被拉长的身子，活像一根火柴棍。

单眼皮走得快，大脑袋走得慢。单眼皮走一段，就得无可奈何地停下来等大脑袋一会儿。

"快点吧，我回去，还一大堆事儿呢，快点啊！"单眼皮催促，大脑袋心里有气，哼哼唧唧地应着，但脚下并不加快。他想："你有事儿，谁没个事儿？你把我的大事都给搅和了，有事儿慢慢等着吧。"

单眼皮看出他这是消极怠工，再催也没用。就不再催了，只放慢了脚步，耐着性子往前走。一路上，再不说话。

说慢也不慢，不一会儿，就到了天津城门楼了。

城门大开着，一辆接一辆的卡车满载着全副武装的士兵，向城外开拔。车轮卷起的尘土将街道弥漫得模模糊糊，汽车过去，两排士兵排队紧跟着，一个个斗志昂扬。

单眼皮赶紧拉着大脑袋闪到路边，看着浩浩荡荡的队伍，着急地问一个士兵："同志！咱们这是上哪呀？"士兵上下打量了一下单眼皮，盯住单眼皮胸前的 39862 番号看了看，边走边说："你还不知道呀？北平城和平解放了！我们去驻防！"

单眼皮一听高兴得蹦了起来，晃着大脑袋的肩膀重复道："听见了吗？听见了吗？北平解放了！北平解放了！"

大脑袋看着单眼皮的乐呵劲，噘起嘴角配合了一下，不知道自己该高兴还是该伤心。

前不久，他还扛着枪的时候，听他父亲说，说北平城是由一个叫傅作义的司令守着，听说有二三十万部队呢，当时听说只要天津的陈长捷司令能坚守天津城一星期，傅司令就能派部队与天津城守兵合围。想不到短短几天，合围没看到，自己倒投降了。

"你不高兴，北平解放了，我们打胜了！"单眼皮看着大脑袋。

"又怎么样？打胜了？会给我分钱吗？会还我爹吗？会让我吃饱肚子吗？"大脑袋无精打采。

"天哪，瞧你说的——噢，也不怨你这样说，你父亲——不过，日子会好起来的，一定会的，会吃饱肚子，你还会长大，会有个好的前程的。"单眼皮无限向往地鼓励大脑袋。大脑袋哼了一声，把头扭向一边。

他们继续往前走，突然，单眼皮想起什么似的回转身跑过去，问刚才搭话的士兵："不对呀，同志，我怎么没接到去北京的命令？"

战士边走边回头吆喝："这我就不知道了，等命令吧！"

单眼皮为不是首批进入北平城而有些遗憾，转念一想，打天津城是自己所在的尖刀排最先攻进来的，那是凭一刀一枪真本事打下来的，但这次去北平是人家敞开大门迎进去的，比起解放天津来，那差远了，想到这里，单眼皮又高兴起来。

队伍终于走完了，城门里面，看见了小五和小兰子。

单眼皮还沉浸在北平解放的喜讯中，乐呵呵地问小五和小兰子："看见了吗！看见了吗！北平已经解放了，用不了几天，全中国也要解放了！国民党反动派马上要被打倒了！"

小兰子看见单眼皮把大脑袋领了回来，高兴地冲大脑袋跑了过去，到了近处，上下打量了大脑袋几眼，却不知说什么好。大脑袋则眼睛向上斜着，板着脸不作声。

听说单眼皮是尖刀排的，"你们尖刀排打过哪些仗？"小五好奇地问。

一句话让单眼皮打开了话匣子。"那可多了去了，我进尖刀排还算晚的，打鬼子，打四平，攻锦州，还有这次的打天津，几次大战役都是我们尖刀排打头阵。"看到小五有些半信半疑，单眼皮把军装向上一撩，露出肚子上一道伤疤，"不信？……你看看，这是打鬼子的时候，两把刺刀冲我这就来了，我眼皮子眨都没眨，拔出颗手榴弹就砸了过去，嘿，一急没拉弦，结果让那家伙捅了我一刀。你们看，日本三八枪的刺刀顺着我皮带卡子下边擦着肚脐眼儿就捅到我肚子里去了，不信？你瞅瞅！"

尘雾中，单眼皮对跟在身边的小五和小兰子连说带比画，为了证明自己说话属实，还要解裤腰上的皮带——小五拦住他："得得得！不用瞅，不用瞅！您的战功我们信！"他说着拉住单眼皮胳膊就往利德顺饭馆子里进："来，咱爷们儿今天请客，想吃嘛……随便点"

单眼皮说得正带劲，没注意已经被小五领进饭馆，下意识地从饭铺台阶上又退回脚步，领着小兰子往路中边走边说："刺刀在我肚子里一搅，拔出来的时候，连肠子都带出来了……"

"天哪，是真的吗？刺刀，刺刀在肚子拔出来，你还没死？"小兰子惊奇地问。

单眼皮确定地朝她点点头："这还有假？骗你们干什么？再说，我从来都不骗人的。"

这时，几辆军用吉普开了过来，两个解放军纠察队员将站在路中间的他俩拨拉到一边。

小五则冲小兰子使了个眼色，示意她和单眼皮往饭馆里走。吉普边开过，又掀起一阵尘雾，大脑袋跟了过来，不知趣地闷头往饭馆里扎，被小五拦住，搡到一边。

尘雾中传来单眼皮颇为得意、滔滔不绝的话语："我十二岁参军到部队，参加过十六次战斗，每次战斗我几乎没不负伤的……"

小兰子仰头盯着单眼皮，入迷地听他讲着战斗故事。两人站在白花花雾蒙蒙的马路中间，全然不顾身边熙熙攘攘，车水马龙。

那两个纠察似乎听见了单眼皮说话，不屑地撇撇嘴。毫不客气地又将单眼皮搡到路的另一边。小兰子目不转睛地跟在单眼皮面前，全神贯注地听他讲着故事。

小五蹲在利德顺门口，透过开过的军车和群众队伍的缝隙，看到单眼皮对小兰子讲得眉飞色舞，小兰听得全神贯注，频频点头，心里有点不是滋味。转过头来，看到身边的大脑袋，没好气地说："看见没有？现在是共产党的天下，你这个国民党得老实点！——站起来！"

大脑袋蒙蒙地、乖乖地站起来，举起双手。小五上上下下将他翻个底儿掉："身上还有钱吗？掏出来！"

大脑袋摇摇头。

小五说："听说，你们俘虏放出来，不是发五块钱回家的路费吗？你藏哪儿去了？"道路另一边的单眼皮仍然对着小兰子滔滔不绝，浑然没注意这边的盘问。

大脑袋说："他们说那是对待俘虏的政策，我又不是俘虏！"

小五撇了撇嘴说："哎哟，你不是？……啊，好，你爱是不是！可我得跟你说啊，大脑袋，你这小命儿是小兰子托我这爷们儿把你保出来的。你知道不知道？小兰子是把她妈妈留给她的那三根金条送出去了！身上要是有钱就乖乖拿出来，我得请我这位爷们儿吃顿饭。"小五边说边用手比画着三根金条的样子。

大脑袋没见过金条，但听明白了小五的意思："我真的没钱。"

小五看他一眼："没钱？那你赶紧滚蛋，该上哪上哪去吧！"

"不！"大脑袋往饭铺门口一蹲，"我饿了，我吃完饭再走。"

小五正要发作，小兰子走了过来。

小五看了看后面，没见单眼皮的影子，问："那谁呢？他咋没来？"

小兰子说："他不来，他说要回部队，回去晚了要挨批评。"

单眼皮看着日头不早了，不管不顾地要从轰轰隆隆的坦克车行列穿过，被那两个纠察队员拦住，示意他从另一边走过。

168

单眼皮瞪了他们一眼，一扭身，又窜进了行进的队伍中。

纠察队员毫不留情地把他拽出来，狠狠地甩到一边。单眼皮一屁股栽到地上。他恼羞成怒，爬起来要急，突然，一个纠察眼睛直了，看到地上有一块明晃晃的金条。

纠察捡起金条，疑惑地看看单眼皮。

单眼皮看着他手中的金条不知道该说什么，龇牙一笑，转身要跑，另一个纠察截住了他，三下五除二地就从他的挎包里翻出了另外两根金条。

"小子，当兵日子不长就学会捡洋捞儿了？"

"胡说，这不是我的东西……"

"不是你的东西怎么在你挎包里？！"

单眼皮有嘴说不清了："你问我？我还想问你呢！"

一个纠察突然一声厉喝："把他的胸章摘了，回队里接受处理！"

单眼皮一下捂住胸前的番号："你敢？！"

两个纠察队员哗啦一下拉开了冲锋枪的枪栓！

单眼皮眼睛一转，突然想起了什么，打了个敬礼："同志，噢，我知道这金子是谁的了！"他说着，伸手就要抓回纠察手中的金条。

纠察一闪躲过："是谁的？还敢狡辩？就是你的！跟我们走！"说着两人分别站在单眼皮两边，就要押解单眼皮。

单眼皮急了，用力把拿金条的纠察推倒，夺过那两根金条撒腿就朝利德顺小馆跑来。

"啪啪"，纠察队员向天鸣枪示警，另一名纠察队员端着冲锋枪瞄了单眼皮几下，但街上人来人往，怕一不小心误伤了群众，只好一前一后追了上来。

好在小兰子、小五和大脑袋还在利德顺饭馆里。

单眼皮顾不得后面端枪瞄准的纠察队员，一口气跑进饭馆，气急败坏地把托在掌心的三根金条举到小兰子面前，气喘吁吁地冲着小兰子大声问："这是不是你的？怎么跑我包里去了？"

小兰子一脸恐慌，看了看小五，张口结舌说不出话来。

这时，两名纠察队员追了进来，用枪指着单眼皮，单眼皮手举过头顶，三根金条在手里闪闪发光。

"别急，他们可以给我作证明！"单眼皮梗着脖子，斜睽着眼，不服气地用眼神扫着小兰子。

两个纠察队员大口喘着粗气，瞪大眼睛盯着小兰子，"这，是……你，的吗？"一个纠察喘着粗气，朝单眼皮手里的金条一努嘴，问小兰子。

小兰子和小五望着荷枪实弹的解放军纠察，感觉空气都要凝固了，不知道该怎么回答。

单眼皮感觉马上就要水落石出，托着那两根金条，斜睨着纠察，不在乎地一脸得意。

小兰子犹犹豫豫，正要开口，小五拦住她的话头，结结巴巴地说："这，这，这不是我们的东西！"

话音未落，单眼皮急了，眼睛一瞪："嗯？你，说……啥呢？"

纠察抹着淌下脖子的汗水，也厉声对单眼皮道："唉？你说……啥，呢？！别乱动！"

小兰子更害怕了，连连摆手。

小五看到枪口已经顶在了单眼皮的头上，坚定道："不是，不是我们的！"

他话一出口，那俩纠察立刻抓过单眼皮手里的金条，把他按倒在地，双手拉到背后，就要捆上。

单眼皮连蹬带踹，从他们裆下钻出，抢回起掉地的金条："你们他妈的把东西还给人家！……解放军有纪律……不拿……一针一线……"

单眼皮拼命挣扎，但哪里是纠察队员的对手？不一会儿，就被牢牢捆住，押解走了。

饭店老板和店小二躲在柜台后面，不敢出声。直到三个人远去了，方才出来

170

收拾。

　　小兰子、小五对瞧了几眼，不知如何是好。大脑袋不知道已经躲到哪里去了，大概是纠察队员一进来就开溜了。小五和小兰子也没精力找他，坐在地上，默默地不说话。

　　饭桌底下，有一个长方形布片，小兰子默默拾起来，认出来是单眼皮胸前的部队番号，硬质布底，上面的中国人民解放军和 39862 几个数字，格外显眼。小兰子摩挲着，想去追单眼皮，小五一把拽住，说："别去。"

"我想去北平，我想找到我爸爸。"

小兰子回过头说。

小五看看她倔强的眼神，

问："你是想找到单眼皮吧？"

单眼皮被带走后经历了什么，若干年后，孟幽兰曾经问过，但始终没得到正面回答。

孟幽兰认为单眼皮应该是被关禁闭，甚至是遭到严刑拷打了，但吴玉山都摇头否认，笑着解释说："共产党不是土匪，对待问题不是用野蛮的态度，而是做思想工作，让你查找自身存在的问题，并加以改正，这样才能改正错误。"

孟幽兰为这事不止一次埋怨马小五，更多的则是自责："当时，要是主动承认那三根金条是我的，他就不会被带走了，也不会被处分了，唉！按他那样的资历、功劳，怎么也得提干吧？不说师长，团长肯定是没问题的。现在呢？打了那么多仗，负了那么多伤，最后大兵一个转业了，都是被咱们害了呀！你说我……我当时胆子怎么那么小，那么怕事呢？"

每当这时，马小五一个劲儿地苦笑着，一句话也不敢搭，说什么呢？送黄金的主意是小兰子拿的，但是自己偷偷放进吴玉山挎包的。事后小兰子想主动去解释清楚，是自己拦着不让去。怨谁呢？马小五每次喝点酒后都反复琢磨，怨小兰子的爸爸给了三根金条？当爹的给闺女积蓄再正常不过了。怨单眼皮？人家自始至终没想收那三根惹事的金条。怨自己？对！怨自己更应该，但自己也不是存心想害单眼皮的，只能怪自己不熟悉解放军，不明白共产党的政策，以为凡事都得

174

钱开路，最后呢？让单眼皮老实人吃了亏。唉！也许这就是命吧！

单眼皮被调查处理的时候，大脑袋也没闲着，连续几天，大脑袋都在南市逛着，东瞧瞧，西转转，搞得小商贩弄不清这人什么来头。

转了几天，大脑袋连转带打问，终于找到了原来卖旧衣的小商贩。旧衣摊老板还是那副打扮，坐在一个破木头箱子上，嘴里不停地吆喝着。大脑袋远远地看着，发现旧衣摊老板不论有没有顾客，眼神总盯着当座位的木头箱子，心里有了底。

大脑袋悄悄捡了根小木棍，藏在袖子里，转到后面，用棍子顶住旧衣摊老板的腰，低沉地命令道："不许动！"旧衣摊老板搞不清什么情况，头也不敢转，小声地答应着："不动不动！你老千万别走火！"

"那天放你这儿的那把枪呢？"大脑袋问。

"什么……枪？哪天？"旧衣摊老板明显装糊涂，但他的眼神出卖了他。不自觉地，他又向箱子瞟了一眼。

大脑袋哼了一声，掀开木头箱子，里面有包麻袋片，大脑袋飞快地抽出那支汤姆逊冲锋枪，揣进怀里。

老板着急了："你就这么拿走了？说嘛你得给我撂下俩子儿吧？"

大脑袋瞪了一眼："想要钱？走！跟我上军管会拿去！"

老板不敢言声了，望着大脑袋的背影骂了一句："土匪！"

失而复得的枪，让大脑袋有了复仇的底气。这几天，大脑袋把复仇计划想了又想，认为最彻底的办法还是用枪解决。小兰子的爸爸是凶手，这笔账只能算在他爸爸头上，冲着小兰子复仇不算好汉。

趁着夜晚，大脑袋仔细端详着手里的汤姆逊冲锋枪，这真是一把好枪，木制手柄光滑顺溜，黝黑的枪筒在煤油灯下闪着冰冷的光芒。大脑袋仔细用袖子擦拭着枪杆，边擦边端起来凑在眼前瞄几下，再放下擦几下，又端起来瞄准，吓得坐在前面的小五一阵阵发毛。

"嘿！这枪擦得可真亮！还有多少子弹？"小五没话找话。

大脑袋好像没听到，继续擦枪、瞄准。

小五自讨了个没趣，便不再搭腔了。

第二天一早，小五刚睁开眼，便发现边上的大脑袋不见了。小五一骨碌爬起来，仔细看了看，这是一个破旧仓库，又长又宽，不知原来是什么厂家，战争期间停产跑路了，设备拆的拆，剩下的除了被拆烂的破零件，就是一些破箱子。大脑袋睡觉的纸壳子还在，上面的破棉絮被胡乱扔在一边，人却不见了。

小五围着仓库前后转了转，听见前排旧厂房里传出一阵阵锯木头的声音。这个大院共有两排房子，一排就是小五和大脑袋睡觉的仓库，一排是旧厂房，里面油迹斑斑，满地都是些破工具零碎。主人为了避战乱，两排房子都被木板钢钉密封了门窗，但哪里能防得住小五？小五趁着天擦黑，找来一根长棍子，从窗户边撬开一个小洞钻了进来。尽管条件有些艰苦，但能避风避雪，算不错了。更何况还有些生产剩下的破木箱、旧棉布头和破棉絮，可以用来铺盖，再加上人迹罕至，简直是落魄人的好去处。

小五从窗户探头一看，大脑袋不知从哪里找来一个近半米长的管钳子，夹住那把汤姆逊冲锋枪，正用一根断锯条，吃力地锯着木头枪把。

小五不明所以，悄悄坐在对面的一个破工具箱子上看着大脑袋。

看样子大脑袋已经锯了一段时间了。那锯条虽然又短又钝，来回推拉不见能锉下几撮锯末，但已经深深钻进了枪把下方。大脑袋咬得腮帮子的肌肉鼓了起来，手里锯条来回更快了，终于，枪把掉了下来。

大脑袋从管钳上拿下枪，比画了一阵，撩开大夹克，把冲锋枪挂在里边。被锯短的冲锋枪，藏起来更不易被发现了。小五上前看了看，硬堆起笑脸说："你找死呀？你最好把这东西扔喽，闹不好走火再把你撒尿的家伙打掉……"

大脑袋瞥他一眼，掏起枪，用枪口按住小五那肥大的裤裆。

小五脸白了，俩腿死死地夹在一起，紧紧地抵住屁股底下的工具柜子，用手使劲向外推着枪管子。

大脑袋扣动扳机，几发子弹轻松穿透了小五的裤裆，把他屁股底下的工具柜子门儿击开，里面滚出吓得缩成一团的小兰子。

小五抄起大管钳子，喊道："操你姥姥的大脑袋，你真以为他妈的没人管得了你了！告诉你！我他妈的把你报告解放军去！叫他们抓你丫的！"

他抡着大管钳子似乎很勇敢，大脑袋面无表情地又举起手里的半拉冲锋枪。小五知道了厉害，拉着惶恐的小兰子跑了。

小五拉着小兰子跑出旧厂房，悻悻地埋怨道："你要是不拉着我，我一下子打死他！"没等说完，回头一看，大脑袋从仓库门冒出头来。

小五扛着大管钳子，拉起小兰子又拼命地跑了起来。漫无目的地跑了一阵，小五发现，自己不自觉又来到了照相馆附近。小五和小兰子对视了一眼，一起向照相馆楼下跑去。与往日不同的是，照相馆外墙上新画了一幅宣传画：一个小解放军战士吹着大喇叭行进在冲锋的队伍中。旁边是一行"解放北平！解放全中国！"的黑体大字。

门口两个站岗的哨兵也不见了，小五焦急地问照相馆贾老板："咦！老板，这里驻扎的解放军呢？"

贾老板挥了挥手："开走了，说是去北平了！"

小兰子惆怅地望着空荡荡的照相馆，怯生生地问："楼上有一个背着小号的大兵，东北的，好像是姓吴，叫吴什么山，你这两天见过吗？他也去北平了？"

老板摇了摇头："你说他呀，我还记得呢，前几天一直在这，老抱个小号当宝贝，可前几天出去就没见他回来，不知道去哪了。"

小兰子一阵失望。小五嗫嚅道："呃，这下没管得了大脑袋这小子的人了！"说着，手中的大管钳子"哐当"一声掉在了地上。

没可去的地方，小五和小兰子只好慢慢往回溜达。沉甸甸的大管钳子成了负担，小五走一阵、歇一阵，磨蹭到旧仓库时，天已经黑了。尽管外面月亮正明，仓库里面却是黑咕隆咚，不知大脑袋躲在哪里。小五让小兰子在外面等着，自己悄悄爬了进去。为了壮胆，小五紧紧握住大管钳子，贴在墙边站着，待到适应了屋里的光线，小五发现大脑袋已经在两个破箱子后面睡着了，一堆破棉絮盖在身上，随着鼾声有规律地忽上忽下，那件旧美军夹克裂着缝子，露出那把锯短了枪托的冲锋枪。

小五屏息听了听，大脑袋的鼾声悠长而自然，显然是睡熟了。小五正待爬出窗外，大脑袋的枪让他有了个大胆的想法。

小五蹑手蹑脚走过去，轻轻地蹲下去，大气不敢喘一口地握住冲锋枪露出来的枪托，轻轻地往外抽。但枪管在大脑袋身子底下压着，只抽了一下，大脑袋若有察觉地哼了声，鼾声也停了下来。小五吓得呆若木鸡，好在大脑袋只是打了个哼哼，翻了个身，又打起了呼噜。这下半个夹克服和枪都露在了小五面前。小五一阵狂喜，轻轻地抽出枪来，慢慢托着回到窗口。左手提着的冲锋枪，和右手攥着的大管钳，感觉长短轻重差不多，小五心生一计，把管钳悄悄塞回大脑袋的夹克内口袋里。

爬出窗户，小五拉着小兰子没命地向城外跑去，边跑边忍不住乐。到了海河边，小五把手里的家伙一亮，显摆着："小兰子，你看看，这是啥？"小兰子一看惊得张大了嘴："你，你怎么拿到的？他知不知道？"小五得意地摇摇头："他呀，睡得跟个死猪一样，把他搬走了也醒不了。"说着，把冲锋枪往海河里一扔，"没了这破枪，看他还神气吗？"小兰子扑哧一声笑了。

尽管偷走了大脑袋的武器，小五和小兰子也没敢再回去睡，只好在城门楼里找了个旮旯将就了一晚上。

第二天，天刚放亮，城门就大开了，浩浩荡荡的大军迈着整齐的步伐开出了天津城。小五捅捅小兰子："快醒醒，解放军又要出城了！"小兰子和小五赶紧闪到路边，挤在欢送的人群里，观察着一排排出城的士兵。

排队出城的不仅有解放军战士，还有一队是被俘虏的国民党官兵。大脑袋裹着沉甸甸的美军夹克混在路边的人群中，突然，他终于看见那个日思夜想的国民党军官，穿着一身崭新的军装，排在解放军的队伍中，一道开出了城外。

大脑袋眼睛里充满仇恨，疾步往前跑出很远，飞快地爬到道边一棵树上，眺望着军官所在的队伍走近。军官越来越近，大脑袋解开怀，手伸进扯开夹克里子，只待那军官走近便开枪射击。

那国民党军官所在的队伍越走越近，已经快到了树底下了，大脑袋一咬牙，从怀里拽汤姆逊冲锋枪，可万万没想到，握在他手里的竟是——那把沉甸甸的大管钳子！大脑袋一下子愣住了，等反应过来，军官早被后面的士兵挡住了。大脑袋气得牙痒痒，把管钳扔在地上，出溜下来直奔旧厂房而去。

人群里的小兰子突然用胳膊肘顶了顶身边的小五，小五顺着她的眼神望过去，只见单眼皮背着一口黑黢黢的大行军锅，胳膊上拴着一根小绳，满头大汗地跟在一溜炮车后边。

小兰子不顾一切地追赶过去。炮车上的战士们身上撒满鲜花，个个满面春风，意气风发。紧跟在炮车后边背着大锅满头大汗的单眼皮一溜小跑，小兰子终于看清他胳膊的小绳牢牢地拴在炮车的车架子上。

小兰子被挤出了人群，她踮脚望去，只见单眼皮跟着炮车——愈走愈远。直看不到军队影子了，欢送的群众也都散去了，小五和小兰子坐在城门外，没了精神。找了好几天的单眼皮终于见着了，但几天不见，单眼皮好像变了很多，具体哪里不一样了，小五想了又想，一拍大腿："我想起哪儿不一样来了，他没背那把带刺刀的长枪！"

"还有那把明晃晃的小号！"小兰子补充着。可是除了枪和号，好像还有什么地方不一样，总感觉少了点什么。到底少了什么，小五和小兰子也说不上来。

小五正琢磨着单眼皮呢，"嗵！"的一声，小五被谁一脚踹了出去，仰面朝天倒在地上。大脑袋上来薅住他的头发，骑在他胸膛上把小五压得喘不过气来。"我的枪呢，你个杂种，你个小偷！把我的枪放哪去了！"小五一个劲儿地摇头不说话，大脑袋抡起拳头，照着小五脸上就捣了起来，不几下，小五脸上开了花。小兰子从后面扳住大脑袋，使劲往一边拉，但大脑袋早有防备，掐着小五脖子用力一甩，小兰子"啪"地一声摔在地上，小五也被大脑袋掐得咳嗽不止，鼻涕、眼泪、血水一齐流了下来。

眼看着小五快翻白眼了，小兰子急得泪流满面，边双手轮流拍打着大脑袋的头，边哀求着："求求你，快松手，他快死了！"大脑袋任凭小兰子的巴掌在头皮上拍打，就是不松手。小兰子跪在地上，一头磕到地上："你的枪扔河里了！你饶了他吧！"

大脑袋拖着小五的头发来到海河边，被松开脖子的小五终于喘回一口气。大脑袋薅着小五的头发往河水里按："你他妈的给我捞上来没事！你捞不捞？"

小五倔强地就是不吐口，脑袋扎进水里，冰冷的河水呛得小五手脚抽搐，拔出来的时候，河水立马把头发冰成一绺一绺。

小兰子急得拉着大脑袋："你放开他吧，大脑袋，我求你了……"

小五瞪着小兰子："小兰子，人不求人一般高！你凭什么求他？你让他打，他今儿个不打死我，他就不是他妈妈养的！"

大脑袋闻听更是火冒三丈，连踢带打，小五顿时鼻青脸肿。

这时，只听"扑通"一声，俩人扭头一看——不见了小兰子的身影，小兰子跳河了。

大脑袋和小五傻了眼，两人谁也不动手了，呆呆地盯着河面，看着河面泛起的阵阵涟漪。

许久，河面冒出一串水泡，小五急了！"我操你祖宗大脑袋！今儿个我就是个臭鸡子儿也跟你丫的磕了！"他骂着扑上来，连咬带抓，抄起块大石头，朝着大脑袋砸过去……

突然，河面一阵沸腾，小兰子忽地冒出水面，手里举着那支断了把的汤姆逊冲锋枪。

大脑袋盯着小兰子被湿漉漉的衣服紧裹出的苗条身段，眼里露出异样的神情。

浑身湿漉漉的小兰子，差点被冻成冰棍。小五脱下上衣包在小兰子头上就往旧仓库跑。

小五从旧机床下掏出一堆油棉丝，丢进燃烧的火堆。火苗腾地蹿起老高。小五飞快地将架在火堆上烘烤着的险些被燎着的棉裤掀走。他拿在手里来回搓搓，头也不回地递给蹲在他身后缩成一团的小兰子。

小兰子半裸着身子，接过棉裤蜷缩着身子伸出腿来蹬上。小五又拿起半干的棉袄翻着个儿在火上烘烤。突然，一个东西从棉袄里掉出来，落进了火堆，没容他反应过来，小兰子探身从后边扑过，一把将那东西从火堆里抓了出来。

小五见她光溜溜的上身只穿着一件短坎花褂儿，脸一红，赶紧递过棉衣让她捂住身子。这时，他看清楚了，小兰子手里攥着是单眼皮的布胸章，尽管已经湿透了，但部队番号清晰可见。

俩人默默地看着那胸章，又不约而同地想起了单眼皮，陷入一阵沉默。

一阵喊里咔嚓拆卸枪械的声音传来，小五的脸色顿时紧张起来，他隔着一排机床缝隙，看见大脑袋坐在破仓库的旮旯里，把那支泡过水的汤姆逊冲锋枪拆成一堆，稀里哗啦地擦着。

"妈妈的，这要是单眼皮还在天津卫，没这小子香饽饽吃！"小五悻悻地说。

"他要那把枪到底要做什么？是要杀什么人吗？"小兰子挤过来，与他头挨头地往大脑袋这边看。

小五听她这么一说，赶紧岔开话题："我不是跟你说过嘛，他小时候从炕上掉下来，脑袋摔坏了，疯了！"

小兰子从他手里接过那个胸章："你说单眼皮会有事吗？几天不见，他好像老了好几岁，也没以前精神了。他不是尖刀排的吗？怎么还被拴在炮车上？想不到那三根金条，给他添了那么大麻烦。"

"这还不都是为了这兔崽子？悔不该救他出来，让八路军收拾了他多好！"小五盯着大脑袋恨恨地说，他接着一蹙眉头："要说这事也怪，没见过当兵不稀罕金子的，日本人、国民党、美国大鼻子我都见过，可是到共产党这就邪门儿了……你说他怎么就被捆起来了呢？"

小兰子还扒着机床缝儿看着擦枪的大脑袋，又追一句："他不会被枪毙吧？"

小五说："这谁知道啊？八路军的规矩好像是什么，坦白从宽、抗拒从严，他们对国民党俘虏还挺客气呢，对自己人应该不会枪毙吧！"

突然，小兰子惊吓地闪到一边。小五不知怎么回事，赶紧拉开小兰子，扒着机床缝儿，看见大脑袋端着拆卸下来的枪管冲着这边瞄准！

小五冲大脑袋一翻嘴唇无声地骂了一句，转身拉起小兰子绕开机床，跑开了。

大脑袋好像感觉听到了什么响动，赶紧将摊在地上的撒满枪械零件的布包一兜，站了起来。小五拉着小兰子绕开一排旧机器，直奔车间大门而来。

"他妈妈的，这家伙真是疯了，咱俩一出这门儿，他就甭想再见着咱俩影儿了。这小子还跟我绕脖子，喊！我就不信他还能尿去丈二的尿！"小五一边跑一边嘴硬。刚到门口，不想大脑袋早堵在了这里。

"我要跟小兰子说点事！"大脑袋盯着小五说。

"嘛事儿？你跟我说吧！"小五勇敢地上前挡着小兰子。

"你一边去！"大脑袋用力一拨拉，小五被推出一跟斗。大脑袋则拉着小兰子拐进一道机器后边。

小五的后脑勺重重地磕在地上。他急了，昏头昏脑地爬起来，抓起一根铁杠，大叫："大脑袋！操你祖宗大脑袋！爷们儿跟你拼了，你他妈的出来！杨东宾，你个狗日的，躲哪里去了！"

小五围着厂房转了几圈，却始终找不到大脑袋拉着小兰子到哪里去了。小五抡着铁棒一通乱砸，转悠许久，终于在厂房的一个边角，砸塌了一块隔板。黑黢黢的隔板后边影影绰绰地露出一个人影，小五努力地扩大瞳孔，当他看清正是大脑袋时，便不管三七二十一，上前薅出要打。

突然，门口方向传来几声巨响，本来乌黑的视野变得大亮，一片白花花的阳光射进来，刺得小五睁不开眼。原来封闭的厂房大门被打开了。朦胧中，小五看见一群工人兴高采烈地走进来。

大脑袋被小五甩了一个趔趄，手中的包袱掉了下来，枪械零件撒了一地。大脑袋眼疾手快，赶紧把那支长枪筒子裹进了大夹克里。

进来的工人们有十来个，一打开门，就七手八脚地收拾起杂乱肮脏的厂房来，丝毫没留意到有人捷足先登。

三个人谁也没敢跑，大脑袋紧张地注视着掉在地上的枪械零件和进来的工人，趁工人不注意，悄悄地拾起一件。

小五眼睛盯着工人们，挪着脚步与工人保持着距离，可是他脚下却故意将枪械零件踢得到处都是。

专心干活的青年女工看见了小五："嘿！那孩子，你们是怎么跑到我们厂子里来了？"

小五话来得格外快："咋了？我咋就不许来？这是你们家地儿呀？"

女工爽朗地说："这不是我们家地儿，可现在这是国家地儿，人民是国家的主人翁，所以，这其中也有你的一份！"

"您要这么说，我还真不敢当了。这么大的厂子打死我也不敢要，有口吃的，香了嘴臭了屁股我就知足。"小五大咧咧地甩着膀子说。

女工笑了，她边收拾着机器旁边的破烂边说："小弟弟，现在是新中国了，我们人民当家做主了，你们也学习学习再学习，争当国家主人翁。"

大脑袋见她要把一个枪械零件划拉进废物堆，赶紧佯做帮助打扫的样子，趁机捡回那个零件。

"学吗？"小五说，"三年零一截，我早出徒了，我有手艺，我是钳工！"他说着一脚将另一个大脑袋正要拾起来的枪件踢到女工手边的簸箕里。

"你当过钳工？你这么小？啥时候学的钳工？"女工对小五的话信以为真。

大脑袋发现了小五踢走了正在找的一个冲锋枪零件，赶紧过来，从女工手里接过簸箕——

"跟大龅牙学的，他手艺比我的还好呢，这钳工活我都做四年了……"小五说着，又装作不小心，故意碰翻了大脑袋手中的簸箕。冲锋枪零件混进了废物堆。

大脑袋急得在地上废物堆里扒拉着，一件件地寻找着枪的部件。

"车工怕车杆，钳工怕打眼，你钳工技术达到几级了？"女工逗着小五问。

小五不明白了，"吗？怕打吗眼儿？咱干的这钳工讲究的是贼偷一眼。"他说着伸出二指做了一个夹钱包的动作，"俗话说行家一出手，就知有没有，咱这行练的就眼睛，一眼先得看准喽，一看他衣服兜里有没有货，二看身边有没有警察，这就是叫贼偷一眼！"

"啊？感情你小子是个宵哩（小偷）呀？三只手？"

"小偷？谁是小偷？！"旁边一个小青年搭嘴道。

小五急了："我们可是有规矩的小偷，我们有三不偷，四不动……"

女工来情绪了："哦？偷东西还有规矩？"

小五煞有介事地说："没规矩不成方圆，我们一不偷老人，二不偷小孩，三不偷大肚子娘们儿……"

他正说到这，突然旁边有人大叫："哟，这里还有个人呢，吓我一大跳！"

众人围上去一看，原来是小兰子呆呆地蹲在隔板后边的小工具间里，她两眼发直，一动不动，死了一般。

那个女工说："嗨，你在这里干吗？……你死了吗？"小兰子看到自己被发现了，忽地一下站了起来，把跟前的女工吓了一大跳。小五突然吼道："你才死了呢！"他上前拽起小兰子飞快地跑出车间。

大脑袋看见他们跑了，急得想追上来。小五又一脚将一个枪械零件踢进门外的臭沟里，大脑袋急得趴在臭沟边费劲地掏起来。

小五趁机拉着小兰子跑出了工厂大门。

厂房被工人们征用了，小五和小兰子也没了去处。两人在天津城转来转去，又来到鼎章照相馆附近。照相馆门口橱窗里灯火通明。照相馆老板把一张长长的解放军战士合影，端端正正地摆放在橱窗中间，替换下原来的一张美女照。

小兰子缩在橱窗前，呆呆地盯着橱窗里的照片，在上边寻找着单眼皮的身影，但合影照片人挨人足有上百个，一时半会儿哪里找得到单眼皮？再说，照片上有没有单眼皮还不一定呢！

小五看出小兰子心里惦念着单眼皮，赶紧转移话题，问道："在厂房里，大脑袋拉着你跑了，是干吗了？欺负你了吗？"

小兰子摇摇头，说："没欺负我，只是跟我拉了几句话。"

"跟你说的嘛？"

"他说我爸爸当解放军了，跟着单眼皮开北平去了。"

"你就信他的话？别听他瞎咧咧，你爸爸是国民党，怎么可能成了解放军呢？"

"他说是我爸爸改造得好，所以……你是不是也看见我爸爸了？"小兰子突然问。

面对小兰子的突然发问，小五有点措手不及，吞吞吐吐地回答："没有，我没看着呀……"

"我想去北平，我想找到我爸爸。"小兰子回过头说。

小五看看她倔强的眼神，问："你是想找到单眼皮吧？"

小兰子好像看出了小五的心思，默默地盯着橱窗里的照片："小五，我还是要去北平找我爸爸！我走了，你以后别老和人家打架。你个子小，也打不过人家。还有，以后别在大街上满地撒尿了，你也不小了，该知道啥叫寒碜了。我走了以后，你别总和大脑袋较劲儿……等我找到我爸爸以后，我再回来看你。"

小五斜了小兰子一眼，没吭声。

"你知道怎么去北平吗？"小兰子没去过。

小五沮丧的脸舒展开来："这北平啊，听说比天津城还大呢！最快是坐火车呀！你坐过火车吗？"

小兰子摇摇头。

"那你问我可问对了，这个坐火车呀！有花钱的法，有不花钱的法，你想听哪种？"小五卖开了关子。

"你愿意说就说，不想说就算了，我去问别人！"小兰子看出了小五油嘴滑舌。

"别别别！我直接说不就结了吗？咱都不是有钱人，花钱的法子就甭说了，我就直接说这不花钱的法子吧！"小五打开了话匣子。

按照小五介绍的法子，小兰子两人沿着火车道出了天津城，从城外沿着铁轨回到天津站里。看见奔北平的火车停下来，俩人终于钻上了开往北平的火车。

这是一辆运饲料的火车，有木条挡板的车厢很容易攀爬，小兰子刚钻进来，火车又徐徐开动了。坐在装满饲料的闷罐子车里，透过敞开的车厢缝，看见田野两旁的大树拼命地向后奔跑，咣当咣当的车轮声，让两人说话得扯起嗓子。突然，与另一辆火车错车，两车同时鸣笛，呼啸而过，让小兰子大开了眼界，好奇地透过车厢缝打量着外面的一切。

小五从饲料麻袋堆里翻出几块白薯，过来挤在她身边："这样也好，离丫大脑袋远点，省得他老害你，咱到了北平见着单眼皮，我请客，我这还有点钱呢……"

他说着去掏身上的口袋，不想屁股底下的麻袋一阵蠕动，小五吃惊地站起来。麻袋又是一阵蠕动，从口里钻出一个人头，小五和小兰子吃了一惊，仔细一看，原来是大脑袋！

小五看见是他，骂道："你这孙子咋跟来了！"说着往前一冲，想撞翻大脑袋，不想火车刚好拐弯，没撞到大脑袋，自己反被晃了一下，头撞在车厢板上，眼冒金星，一趔趄，险些跌下车去。

小兰子在车门口一把搂住他。小五捂着撞疼的脑袋，只见大脑袋披着麻袋片，端坐在车厢里，夹克被风吹开怀，露出了那支组装完好的汤姆逊冲锋枪。

火车呼啸着前进，吹进车厢的风雪卷起散碎的饲料，将三个孩子埋住。

满屋只剩下一个人坐在桌边，

没事人似的端起汤盆，

只见汤尽盆干，

盆底露出了那个珠子串的钱包。

小五趁放汤盆的机会，

悄悄把钱包顺进了袖子里

在路上停了几站，三个孩子终于进了北平。

　　北平那么大，想找一个人简直是海底捞针，好几次小五找到站岗值班的卫兵："从天津城来的解放军在哪里？" 有时候拿着单眼皮被撕扯掉的胸章打问，但每次回答不是不知道，就是被人用怀疑的眼神打量，还有几次差点被当作国民党特务抓起来。

　　一天一天过去，好在大脑袋也不再闹事，有时候远远地跟着，有时候跟着一起讨点饭吃，倒也相安无事。

　　大脑袋在身边，小兰子不在乎，但小五却感觉不自由，整天被人盯着的滋味不好受，更可怕的是盯着自己的人衣服里藏着一支枪，说不准什么时候拿出来就给你一梭子。小五越想越怕，多次劝小兰子偷偷甩开大脑袋，但一来不敢太明显，二是大脑袋始终把两人保持在视线范围之内，好几次都没成功。

　　暗的不行就来明的，小五打定了主意，自己偷偷向卫兵举报，就说大脑袋私藏武器，意图杀人。主意好打，但实施起来却很难，有一次，小五装作瞎溜达，走到持枪卫兵附近想检举，但回头一看，大脑袋离自己远，从不到卫兵跟前，但离小兰子却很近，手还始终揣在夹克兜里，小五就胆小了。万一揭发了，恐怕大脑袋不等被逮住，小兰子身上就多几个窟窿，只好作罢。

甩也甩不掉，大脑袋像影子般地粘住自己，小五别提多烦了。言语间也带了刺。"小兰子，你说苍蝇烦不烦？"趁大脑袋在边上，小五故意问。

"苍蝇？"小兰子不明所以，朝四周看了看，"哪里有苍蝇？现在河里的冰才刚开始化，怎么会有苍蝇？"

"怎么没有？"小五用眼神瞟了大脑袋一眼，故意抬高声调，"好大一只呢！一只大头苍蝇，整天围着人转，你说烦人不烦人！"

小兰子这才明白小五说的是大脑袋，便不再搭话了。大脑袋仿佛没听见俩人的谈话，不动声色。

大脑袋为什么好心告诉小兰子她爸爸的去向？难道是良心发现？恐怕不是这么简单，小五越想越怀疑。大脑袋跟着小兰子来北平，肯定也是想找小兰子的爸爸，还藏着枪，肯定是想报仇。为什么不自己来北平报仇？想来想去，小五终于冒出一个答案：大脑袋不方便寻找仇人，让小兰子找更方便，更快。想到这里，小五把自己吓出一身冷汗。不行，得赶紧告诉小兰子，转念一想也不妥，小兰子始终不相信大脑袋要杀自己的爸爸，自己这样解释，小兰子不一定信，说不定还会引起大脑袋的怀疑，杀自己灭口。

连续几天苦思冥想，小五终于想出个好办法，继续陪小兰子找她爸爸，但不是真找，每天领着他们俩瞎转转，长时间找不到，大脑袋也就死心了。

俗话说：人算不如天算。刚过清明第一天，小五的心就提到了嗓子眼。那一天，小五例行拉着小兰子"找爸爸"，专门挑不太可能是兵营的地方转。刚转到东总布胡同，没想到在胡同里的几间坐落在柳树冬青之中，莺鸣柳绿，黑瓦红墙的平房，竟然有一支军乐队。军乐队有三十来人，正排着整齐的队伍排练演奏，在胡同来回练着走方阵。小号、圆号、双簧管和大管、小军鼓、大军鼓、镲和三角铁，排列有序，紧盯着前面的总指挥，一人一声部，正在吹奏着《骑兵进行曲》，整个乐队充满朝气，吹奏出了解放军的军威与士气。错落有致、愉快活泼的管乐节奏里，仿佛有一队骑兵们在马背上颠簸，挥舞着马刀急速前进，气势磅礴，让人激昂振奋。

军乐声吸引了观看的人群，胡同里、树上、房顶上都挤满了人。军乐雄壮，声震屋瓦；军乐队员踏着节奏走过，一排排锃亮的铜管乐器在阳光的照耀下闪着刺眼的光芒。其中，一把小号上的几块钉上去的铜皮早被擦得锃光瓦亮。

看到修补过的小号，大脑袋的眼睛一下子亮了，加快了向前的脚步。

"嘿！你们看嘿！他真在这呢！"小五看到大脑袋已经发现了，也跳着脚，指着队列中那把打着补丁的小号喊："小兰子，咱们还真没白跑腿儿，你看那大喇叭，我认识！"小五兴奋地拉着小兰就往人堆里扎，"单眼皮这小子行嘿，当上吹鼓手了！"

话音未落，脑袋上却挨了一下子。小五抬头一看，只见树上一个十来岁的孩子，坐在树杈上，一手端着碗炸酱面，一手夹着双筷子，边吃边欣赏着军乐演奏，显然是对小五打扰了自己而生气，把一个黄瓜尾巴扔到他脑袋上。"那孩子，你他妈哪的？去一边去！"小五白了他一眼，直奔队伍中那把打着补丁的小号追去。

在一旁值勤的一个战士看见了他，背着卡宾枪追了上来。

"爷们儿！"小五终于钻进队伍，追上抱着那把打着补丁小号的战士，一拍他肩膀："可想死咱爷们儿，你看，小兰子找你来了……"

吹奏旧小号的战士回过头来，小五和小兰子一怔，不是单眼皮！而是一个戴白眼镜的大脸蛋子小伙儿，只不过从后面看，和单眼皮个子有些相像。

追上来的值勤战士将他俩薅出了方阵队列。军乐队丝毫没受到两人的干扰，随着指挥棒一挥，军乐声变奏成《人民解放军进行曲》，虽然没有人领唱，但熟悉的乐章让几个群众不由自主地跟着节奏哼哼：

向前向前向前！
我们的队伍向太阳，
脚踏着祖国的大地，
背负着民族的希望，
我们是一支不可战胜的力量。
我们是工农的子弟，

我们是人民的武装，

从无畏惧，

绝不屈服，

英勇战斗，

直到把反动派消灭干净，

毛泽东的旗帜高高飘扬。

听！风在呼啸军号响，

听！革命歌声多么嘹亮！

同志们整齐步伐奔向解放的战场，

同志们整齐步伐奔赴祖国的边疆，

向前，向前！

我们的队伍向太阳，

向最后的胜利，

向全国的解放！

　　大脑袋一看被小五拍肩膀的人不是单眼皮，意识到自己也认错人了，立刻向外撒了几步，看着小五和小兰子的动静。

　　待到军乐队结束了排列，小兰子立刻跑到乐队指挥跟前，掏出珍藏的胸章，客气地打听。值勤的战士保持着调度警惕，手搭在枪上，保持着军姿站在一边。

　　"是有这个人。"乐队指挥接过小兰子递过的部队胸章，边看边接头说，"这个人是在我们这里，可他不是乐队的，他是我们伙房里打杂的。"

　　"打杂的？那不对呀！他小喇叭吹得可好了，他应该就是你们乐队的呀！"小兰子担心指挥弄错了。

　　"你们是他什么人呀？"

　　"我们是他朋友。"小五和小兰子异口同声回答。

　　"哪来的朋友？"乐队指挥狐疑地瞥了他们一眼，觉得有些可疑。

还没等小五回答，一阵嘎嘎吱吱的声音从胡同里传来，乐队指挥也把目光挪到外面。小五和小兰子闻声跑出院门，远远地看见单眼皮挑着两只水桶，摇摇晃晃地从胡同口外拐了进来，两只盛满水的大铁桶把肩上的扁担压成一张弯弓，随着脚步上下颤悠，发出有节奏的吱吱声。

小五和小兰子对乐队指挥解释说："对对，就是他，我们的朋友，我们就是找他。"边说边激动地迎上去。

单眼皮扫了他俩一眼，没有说话，直奔水缸而去。院子里靠墙边一拉溜十几口大缸，两桶水倒进去，刚刚没了缸底。

小兰子看了看，近一半的水缸已经满了。"这几口缸的水都是你挑满吗？"小兰子心疼地问。

单眼皮怔了一下，点点头："乐队的同志们练完队，回来得洗个澡。"

小五说："操！真拿咱爷们儿当小力笨儿使唤了？走！北平哪个馆子最好，你领个道儿……"

单眼皮没理他，拎起水桶又要出门挑水，边说边撂下一句话："你们还想害我呀？"

小五说："嘿，你这叫嘛话？我是说咱们找地儿先去吃个饭，肚儿有粮，心里不慌。"

小兰子见单眼皮出了院门，他四下望望，看到墙角还扣着一副水桶，上前抓起来，追了出去。小五傻了眼，愣愣神，也追出了院外。看到小兰子挑着担子赶上来，单眼皮冷冷地说："不用你帮忙，我自己挑就行！" 小兰子不顾单眼皮的拒绝，倔强地挑着一担水往回走，但终究力气太小，两只水桶在扁担两头晃来晃去，没走几步，水倒洒出来不少。单眼皮挑得既满又稳，不一会儿，拉下小兰子好长一段，小兰子又气又急，小五赶紧上来接过担子，晃悠着追赶着单眼皮。

一桶桶晃晃悠悠溢出来的水，洒在胡同的地面上浸成一趟。水缸渐渐地满了，终于满得溢出缸边，淌了出来。单眼皮放下水桶和扁担钩子，又要到厨房忙活，但小五和小兰子像块狗皮膏药一样，粘在边上不走，他只好无奈地向队长请了个假，赶紧把中间的曲折理一理，把这两块狗皮膏药打发走。

单眼皮想在胡同里把话说完，小五和小兰子软缠硬磨让单眼皮到饭馆一坐。单眼皮拗不过，也看见了不远处的大脑袋，苦笑了一下，一起来到边上的丰惠餐馆。

酒杯满了，满得溢了出来。桌上摆了米粉肉、麻豆腐等几样菜。小五和小兰子劝了又劝，单眼皮筷子不拿，酒杯不端。

小五再一次端起酒杯："爷们儿，要我说你嘞别干了，咱给他来个猪八戒摆手——不伺猴（候）了！"他喝得面红耳赤，把酒递到单眼皮面前，"来！我们好话说了一大堆，你一口没喝，真不是爷们儿。"

单眼皮对小五递过来的酒看也不看，眼睛盯着小兰子问："你们打天津来就是找我来了？你怎么不回家呀？"

小兰子嗫嚅着，没说出话来。

大脑袋插话："小兰子专门跑来找你，她说有事求你……"

单眼皮问："有事？正好！来得正好，你们要是不来，我还没地儿找你们去了呢！你说，上回，那金条是咋回事？"

小五闻听，赶紧拨开大脑袋，上前道："嗯，我说爷们儿，我们大老远的找你来，是惦记着你嘞。反正你现在也没仗打了，我一来就看出来这儿没你香饽饽吃，你也别受那份洋罪了，还是跟着我们干吧！兄弟我有手艺，短不了你吃喝。"

单眼皮轻蔑地看了他一眼："手艺？你有啥手艺？"

小五："兄弟学的是钳工呀！你嘞弄四两棉花上天津南市访访（纺纺），没不知道我八级钳工马小五的！"

"你是钳工？啥钳工？"

小五伸出两指比画着夹钱包的动作："钳工……嘛……就是钱工！"

单眼皮听得云山雾罩。

小五起身，走到大脑袋身边，比画着："我这玩意儿讲究眼到手到，手比眼快。"说着，没容大脑袋反应过来，手指一挑，大脑袋胸前衣襟开了。"行家一出手，就知有没有，你要看有没有，列位，你往这儿上眼哪！"

大脑袋低头一看，身上美军大夹克的衣扣儿叫他解开了还全然不晓。他明白了小五的意思，借着演示手技，实际上是想让单眼皮看自己夹克里藏的短冲锋枪，索性大敞开怀，露出光光的肚皮。

小五定眼一看，不见他日夜不离身的汤姆逊冲锋枪，很是失望。

大脑袋一脸得意："现眼了吧？你这是窝头掉个儿，有多大脸，现多大眼！"

单眼皮恍然大悟："原来你练的是偷东西的手艺活儿呀？我看你没大起子。你这是好逸恶劳、不劳而获的二流子行为！"

小五不爱听了："嘛？嘛二流子？我靠手艺吃饭，人不求人一般高，站着躺着一样长。爷们儿，我跟你说啊，肩膀齐为兄弟。咱今后穿兄弟衣，护兄弟妻，马小五碗里有口干的，就不能让你碗里稀汤寡水……"

他说着拍了单眼皮肩膀一巴掌，单眼皮一捂肩膀，疼得吸了口冷气。

小兰子看他痛苦的样子，上来撩开他的领口，看到他肩膀被扁担压得全肿了。

小五说："瞅瞅，瞅瞅！我说嘛来着，我嘛都不说了，你嘞自己说说，你受份这洋罪做嘛？好铁不打钉，好男不当兵，好男不挣有数钱，好汉子娶花枝，你要是跟着我们嘿，保你样样好……"

小兰子不言不语地接过小五手里的酒杯，把酒倒进手心，轻轻地给单眼皮揉起红肿的肩膀来。

单眼皮很瞧不起小五，学着他的口吻："你见过两面芝麻的大烧饼吗？"

小五一蒙："嘛？"

单眼皮嘲笑道："你知道康拜因是做啥用的吗？"单眼皮的话引起来旁边饭桌人们的注意力，身子不动，都竖起耳朵都想听听单眼皮说说康拜因是什么。

单眼皮得意地瞥了虚头巴脑的小五一眼，故意卖个关子。

这时，一个身裹旗袍、梳着一菊花顶的妖艳女人走进了饭馆。

小伙计立即迎上去："绣春姑娘，我们掌柜的不是跟你说了嘛，你以后没事别到我们这来了，现在都解放了，这儿没您生意……"

菊花顶眼睛一瞪，扬起调门："我他妈吃饭来也不许呀？"说着把手中一个串珠儿编的钱包扔到桌子上。串珠以白色为基调，点缀上红色的珠组成几个抽象的图案。小五斜眼看见桌上的钱包咧开口，露出塞得满满的钞票。

伙计翻她一眼，不言声了。绣春姑娘的话吸引了几个食客的注意力，但待她一落座，更多的人又把目光转移回单眼皮这边。

单眼皮清了清嗓子，声高八度："苏联，是世界上第一个工人农民当家做主的国家，那里的老大哥们都用康拜因收庄稼了，康拜因也叫联合收割机，有了康拜因就用不着镰刀了。康拜因在前边一走，地里的麦子就齐刷刷地割完了，麦穗进了康拜因后就开始打穗、脱粒、磨面，机器到了地头，康拜因后边就蒸出整屉整屉的雪白的大馒头来了！"

大脑袋和小兰子听得云里雾里。店里的客人也都侧耳入神。

菊花顶听了单眼皮的康拜因介绍，好奇地打量小五一眼，一字一顿地点了一桌酒菜，眼睛却环顾四周，勾人的眼神一个个扫过，显然是醉翁之意不在酒。

单眼皮瞥着小五："现在进入新社会了，我们马上要建立一个由我们工人农民当家做主的新国家了。你，我，"他拍了拍小兰子，继续说，"还有你，都是这个国家的主人翁。"他看看小五，又说，"可是这个国家不养不劳而获的寄生虫！"

店里吃饭的人都听得有点入神儿。

这时，那个被称作绣春姑娘的梳菊花顶的女人拎着珠子串的钱包过来，打量了单眼皮一眼，单眼皮的衣裳被褪到肩膀上，尽管肩头红肿，但胸肌发达。绣春姑娘伸手就在单眼皮赤裸着的胸脯子上掐了一把："这位哥的身子膀还真瓷实，瞅这身腱子肉，一条一条的。"

小五起身，瞪眼："滚一边去！"

大脑袋一解裤腰带，露出兵痞相："你他妈的！欠抽？"

单眼皮腾地站起来，护在菊花顶前边，冲着大脑袋和小五吼道："你们要干啥？我可告诉你们，现在是新社会了，把你们流氓无产者那套收起来吧！新社会人人平等，谁也不许欺负谁！"

小五和大脑袋看着单眼皮愤怒的样子，僵住，不敢动了。

单眼皮说："欺负人是地主老财的本性，你们也是受苦人，再这样对付自己受苦的姐妹，那不成狗腿子了吗？"

菊花顶一听，乐了："瞅瞅，这回碰着吃生米的了吧？这位八路军先生说的和话匣子里的一样儿，来！"她把那串珠子钱包塞进腋下衣襟，一扳单眼皮胳膊，骗腿就往腿上坐："让姐疼疼你，姐今天也解放一回，不收你银子，回头姐戴着你这帽子，你陪姐上建华照相馆留个影儿……"

她说着戴上单眼皮的军帽，拨拉开小兰子，抬手在单眼皮胸脯上摩挲起来。

单眼皮没见过这阵势，这才感觉不对，慌得手脚无措，脸腾地红了。他双手向外张开，一动不敢动："你别摸我啊，大姐，你别摸我……"说着，才发现绣春姑娘穿的旗袍，到处露着肉，不敢用手拨拉，僵在那里，动弹不得。

小五绕过桌子，一把从单眼皮腿上拽起菊花顶，随手甩了出去。

大脑袋抡起皮带抽过去，却不料抽在了上前挡住的小兰子身上。

小兰子说："不许打人！小五，大脑袋，把皮带放下！"她夺过大脑袋的皮带。

菊花顶到底是见过世面，从地上爬起来，坐在凳子上，望着昏头昏脑的单眼皮面含笑容，一撩旗袍，把褪到脚腕子的玻璃丝袜子捋到白花花的大腿根儿，低声自语："日本人我侍候过，美国人我侍候过，国民党我侍候过……"突然，她猛扑上来，抱住单眼皮一口咬住，"今儿个我也翻身做回主人，我还就不信八路军能让我饿死……"

单眼皮措手不及，被扑个正着，俩人栽倒地上。

馆子里的人们愤怒了，叫骂声，扑打声，拉扯声，砸碎的碗筷声响作一团。

许久，只听得"嘭"的一声门响，店门牢牢地关上，原来是菊花顶被推出店门，老板顺手把门关死了。

单眼皮坐在地上喘着粗气，他脸和脖子上左一块右一块地印满了口红印子。

人们纷纷指责着菊花顶的放荡！

小兰子用袖口给单眼皮擦着脸上的红印子。

突然"嘭"的一声门响，单眼皮如惊弓之鸟般弹起来，闪到小兰子身后，原来是掌柜的把菊花顶掉在地上的绣花鞋扔出了门外。

他捽上门，悻悻地说："这号人？就欠把她们都抓起来送东北配给煤黑子去！"

小伙计上前说："掌柜的，那娘们儿吃了饭还没给钱呢！"

掌柜的说："算了，算了，这号人不来找事就烧高香吧，还要饭钱？喊！"

"嘭！"门又被撞开，单眼皮又是一惊。掌柜的也被弹开的门顶出老远，险些栽到小伙计身上，他们定眼一看，是菊花顶又冲了进来！

小五，大脑袋，小伙计和顾客们一拥而上，准备再将她撵出去。不想菊花顶一把扯开衣襟，紧绷绷的怀里扑棱出大半子乳房，她一仰脖，声嘶力竭地喊："你们他妈的谁偷老娘的钱包了？"

店里所有的人一怔，他们感觉到了问题的严重，都闷声回桌吃饭去了。

掌柜的和小伙计看着她要撒泼的样子，也不敢言声了。

大脑袋看着单眼皮，单眼皮心有余悸地盯着菊花顶，一劲儿地往小兰子身后闪。

这时，只有小五不慌不忙，不紧不慢拿调羹一勺一勺地喝着桌中间盛在一个大海碗里的菜汤，从容自得。

菊花顶怒了，一把扒开上衣，白兔子一样的乳房露了出来。

有的顾客赶紧别过眼神，有的顾客趁机多看了几眼，好几个怕事的，想溜。菊花顶堵在门口，发狠地扒着自己身上的衣服。

"砸不砸要饭的碗，坑不坑婊子的钱，谁拿了她的钱包，谁给人家拿出来！"一个顾客似乎很仗义地脱下长衫，讨好地抖落着，边抖落边翻袖子，让菊花顶检查过后溜出了店门。

吃饭的人们刚才的英勇都不知去向了，他们纷纷翻出自己的口兜向菊花顶献着殷勤，企图离开这是非之地。

菊花顶得理不让人，肆意地翻弄着顾客们的钱袋、衣兜，并随手从一先生的烟盒里拿出一根烟叼在嘴上。当她点着烟卷准备把打火机还给那先生时，却发现那男人目不转睛地盯着自己裸露的乳房，她一瞪眼，将打火机塞进了自己的胸口，那男人赶紧溜出了门外。

众人拥在店门口，任凭她翻弄着。突然，她不耐烦了，看见店堂里一直护在单眼皮旁边的小兰子，便抄起一条长板凳，戗住店门，然后推开人群，奔小兰子而来："小子，把钱包拿出来吧！"

小兰子害怕地说："我？我、我可没拿你的钱包！"

菊花顶二话不说，上来就扒她的衣服："我看就是你偷的。"

众人为了早点开脱，哄道："那孩子，你没拿就让她翻翻，她一翻没有，就死心了。"

"就是嘛，脚正不怕鞋歪……"

"呃！真是的哎，你还别说，刚才还就是这孩子跟这小姐扭巴到一块的，说不定钱包就在他身上呢！"

小兰子受到侮辱，脸憋得通红。

大脑袋眼睛一转，像是想起了什么，别有用心地假装和事佬："小兰子，你脱个光屁溜让她搜搜，搜不出来咱再跟丫的没完！"

菊花顶迫不及待地要扯开小兰子的上衣，小兰子狠狠地咬住她的手。菊花顶疼了，拿起桌的一把茶壶要砸小兰子。

单眼皮愤怒了，他挡住小兰子："你检查我吧！他刚才根本就没碰着你，是我和你掐在一起了，你冲我来吧！"

菊花顶看着单眼皮雄赳赳的样子，色眯眯地说："这可是你说的？那我可不客气了，姐姐手重，你可别说姐我占你便宜……"她说着，把单眼皮翻出来的口袋里子一个个儿地塞回去，却一把解开了单眼皮腰上的皮带，接着一个一个地解开了他的上衣扣儿……

单眼皮咬着牙闭上眼，任凭她的手伸进自己的怀里一通乱摸。

小五看着他痛苦的样子，窜上来："我说婶子，打酒的你得找提溜壶的要钱呀。你钱包丢了，你找我呀！"他说着跳到板凳上，顿时，裤子褪到了脚脖子上。

"啊——呸！"菊花顶冲他的裤裆狠呸一口，顺手把茶壶塞进了他裤裆里。

大脑袋从小兰子手里抢皮带，抡过去："你这臭婊子，欺负我兄弟？！"

单眼皮趁机拉小兰子踹开店门，跑了出去。

店里的顾客一哄而散。

菊花顶捂头躲闪着劈头盖脸的皮带，可她却死追着单眼皮不放："臭当兵的，死嘎锛儿的，叼着个屎巴橛子给你个麻花你都不换！老娘跟你这挨千刀儿的没完……"她叫嚷着追了出去。

店里的人终于走了个精光，"嘭！"的一声，掌柜的撞上了店门，疲惫地倚在门上叹息。

小伙计拿着那碎茶壶问："掌柜的，这壶记谁账上？"

掌柜的喘着粗气，蹙着眉头，一脸官司。本来好好的生意，却被这个做皮肉生意的给搅了个乱七八糟，他巡视着狼藉的店堂，掂量着这次的损失，却听到有人吸溜吸溜喝东西的声音。循声望去，满屋只剩下一个人坐在桌边，没事人似的端起汤盆，咕咚咕咚喝个痛快，汤盆几乎扣在他脸上。只见汤尽盆干，盆底露出了那个珠子串的钱包，小五趁放汤盆的机会，悄悄把钱包顺进了袖子里。

单眼皮的"哈拉少"

虽然和苏联军官说的最后一句不完全一样,

但有几分相像,

大脸蛋对单眼皮的敬佩之情暗中多了几分

单眼皮气急败坏地回到东总布胡同，越想越生气。看来这两个家伙是专门来害自己的，在天津就弄了三根不知真假的金条，害得自己背了处分，从尖刀排战士成了军乐队的炊事员。金条的事还没弄清楚，两个人又来到北京，害得自己差点被一个不正经的女人讹上。

　　生气的单眼皮不愿意休息，回到宿舍便蹲在地上发呆。

　　忽然，前面演练场上传来一阵调音的小号声，单眼皮知道排练又开始了。这些勤奋的军乐队员，为了达到完美的演出效果，连续一个多月了，除了正常的工作时间排练，周末主动加班加点训练，没一个人叫苦叫累。

　　随着一阵急促的鼓槌敲击声，军鼓开场了。小军鼓鼓面上的拉簧震颤出轰隆的声响，声若穿透云层的雷鸣，震耳欲聋，摧枯拉朽，整个操场都在颤抖。

　　不一会儿，前面静了下来，单眼皮又待了一会儿，估摸着人走得差不多了，才转到前面去，感受一下军乐队演奏的气氛。演练场上，一边地上甩着几只空白漆瓶子、漆碗和油漆刷子，勤快的鼓手趁着太阳正烈，把所有的军鼓都刷了一遍。小军鼓被白油漆漆成白色，整整齐齐地在被阳光晃得白花花的，操场里白花花的晒了一片。单眼皮扫了一眼周围，没人注意自己，便慢慢地从几排小军鼓中踱起步来。太阳晒得漆皮有些刺鼻，但他并不在乎，他喜欢这个味，喜欢两腮努着，两边鼓声充斥着耳膜的那种充实感，浑身肌肉随着节奏颤动。他边想边走，不自觉地两脚踏起鼓点来，嘴里往外吹着气，发出嘻嘻的声音，手也不自觉地跟着节奏模仿着按键。

走了约莫半支《小放牛》的工夫，有人陆续从宿舍里出来，有拿小号的，有拿簧管的。单眼皮知道又要训练了，怕见人似的赶紧跑回宿舍。

宿舍里早有个人在等他，床头上放着那把打了补丁的小号。一进门，单眼皮先拿起小号，稀罕地摩挲了几下，对阴沉着脸的大脸蛋子说："你也下来了？"

"这号太破了，影响军容，没资格参加开国大典，我就是受你这破号的连累，一块被军乐队刷下来了。"大脸蛋子垂头丧气地说。

"快拉倒吧你，不说你吹得跟放屁似的，还赖我这号？亏你说得出嘴！你要是吹得好，乐队会把你刷下来？"单眼皮根本不信。

"我吹得不好？你吹得好？你就会两句《小放牛》，连谱子都不识，人家也得要你呀？再说了，你可是背着处分的！你私藏两根金条的事到现在也没交代清楚呢！"被呛了几句，大脸蛋子脸上挂不住了，一着急把金条的事说了出来。

单眼皮本来就为说不清道不明的三根金条懊恼，但自己写了检查，还在调查处理阶段，让战友这么一说，像泄了气的皮球，喃喃地说："我还会两句《小放牛》呢，你会啥？你要是会两句《小放牛》也不至于叫人家轰出来吧！"

"嘁！就是因为这号太破，你可知道这可是开国大典！是毛主席要检阅的，你让我扛着这么个打着补丁的小号去参加游行？那让毛主席看见喽，不是给他老人家添堵嘛！"大脸蛋子一脸的无奈。

俩人望着开出院子的乐队一阵发呆。

单眼皮有点惆怅，抱起久违的小号，又吹起了《小放牛》。单眼皮很快沉浸在乐曲声中，开始摇头晃脑、扬扬得意了。

突然，远处厨房里探出一人的头来，冲这边喊："吴玉山，你又玩上了！那是你动的东西吗？马上就要开饭，等水和面呢，快挑水去！"

单眼皮狠狠地朝伙房那边瞪了一眼。

"瞪啥眼呀你？别忘了你可是带着处分来劳动的！"

被人戳中了软肋，单眼皮悻悻地挑起水桶，在嘎吱嘎吱的声响中——挑起挑子去担水了。仿佛只有劳动，能让自己疲惫下来，累了，就不胡思乱想生气了。

东总布胡同再往北，就是北总布胡同。街上，手举彩旗、鲜花的学生和工人组成的群众队伍，进三步退两步地在几个穿军装士兵的指导下排练着大秧歌，边上几个老人敲锣打鼓，还有一个吹着唢呐，演奏的曲目是东北民调《小拜年儿》，虽然不如军乐队的管弦乐声势浩大，但唢呐声音尖锐高昂，锣鼓镲钹配合热闹，整条街一派喜庆气氛，人们脸上洋溢着幸福的笑容。

北总布胡同临近胡同口北侧是一进四合院，坐北朝南，院内面积一亩多地，苹果、海棠、槐树等绿植点缀其中。苹果花期已过，葡萄大小的小苹果占满枝头。院内散置石观音、石狮等雕塑摆设，地面上有石刻圆形龙纹，显示着宅家主人非富即贵。门楼四角攒着尖顶，但眼下却大门紧闭。小五和小兰子从贴着南墙的一根电线杆爬上去，坐在黑压压的门楼顶上，一人啃着一个煮老玉米，津津有味地看着房下扭得像模像样的排练队伍。

"他们练跳舞要做嘛？"小五有一搭没一搭地问。

"要庆祝开国大典，你没听单眼皮说嘛，要建国了！"

"建国？咱们现在不是就是中国吗？还要建嘛国？"

"建立一个新中国吧！"

"新中国？嘛样儿？"

"新中国……应该……就不会打仗了吧！"小兰子深情地向往着说。

街上的秧歌伴奏在唢呐高声的带领下，敲锣打鼓更加有劲，一下子掀起一股东北民俗风的小高潮，鼎沸的乐器声瞬间盖住了他们的说话声，两人只好闭上嘴巴，观赏起下面的秧歌队伍来。

蓦然一抬头，小五看见胡同拐进一个人，东张西望，仔细一看，原来是大脑袋。小五赶紧把啃了一半的玉米叼在嘴里，拽着小兰子顺着房边的电线杆子往下出溜。

也许是太紧张，跑得太急，小五嘴一松，玉米掉在了地上，口兜也被电线杆子上的几根倒刺儿刮破了。急于摆脱大脑袋的他哪里顾得上这些？他拉着小兰子，借着秧歌队伍的阻挡，飞快地从胡同另一头溜了。

大脑袋边走边四处看，像是在寻找什么。走到电线杆下，看见掉在地上的玉米棒子，站住了，看了看周围没人注意自己，捡起来就啃，边啃边往前溜达。

小五拉着小兰子闪身躲进一家大门道，俩人喘着粗气，"嘭"地一声撞开院门。

小兰子打量了一下院子，小小的四合院虽然很小，但很干净，里面的几个门都上着锁头，院内却没其他人，大概也出去看热闹了。

小五心思却不在院里，他一直地扒着门缝往外瞄着。小兰子感觉小五对大脑袋的戒备太过了，可能是小五瘦弱的身体，被大脑袋欺负怕了吧。想起小五和大脑袋打架的情形，小兰子仍感到不寒而栗，这样拼个你死我活、打来打去有什么意思呢？最后不过是每人脸上、身上多几处伤疤，既伤人又伤己。

想到这里，小兰子心疼地上下打量着小五，发现了小五的口兜被刮破了一个大口子，里面鼓鼓囊囊，从撕裂的三角形口子里，露出一个白色包包。她一把掏出来，白色的珍珠中间串着几颗红珍珠，就是饭馆里菊花顶要找的钱包！

小兰子顿时气得语无伦次："你，你——原来真是你偷了人家的钱包？"

小五却不以为然："是又怎么样？老天爷饿不死瞎家雀儿，这点钱够咱俩在北京这几天的嚼谷儿了，要不，这几天咱们吃嘛？喝嘛？"说着，伸手抓回了钱包。

"下流！我就是饿死，也不吃你偷来的东西！"小兰子态度坚决。

小五始终没忘从门缝里瞄着外面，压低嗓门说："你瞎叫唤嘛，小心叫大脑袋听见！" 透过门缝儿，他看见大脑袋坐在街上的一块石碾盘上，贪婪地啃着自己掉的那半截玉米。他头也不回地说："你看这小子，吃得多，他追上来咱们又多一张嘴，再说他一直想害你……"

小兰子根本听不进解释，她倔强地命令着："你把钱包给人家送回去！"

小五慢条斯理地说："送嘛？我费劲巴拉地炒好一盘菜，给别人端回去？没听说过！"

小兰子生气地抓过钱包，拉开街门就向外跑。小五没防备小兰子突然来这么一手，探身一把没抓住，只好跳出大门道，追到街上。

大脑袋看见小兰子，明显有些不好意思，扔掉啃得干干净净的玉米棒子，觍着脸问："小兰子，你在这呢？嗯，你还有吃的吗？我一天没吃东西了，都快饿晕了。"

没等小兰子搭腔，小五一个箭步跑上来，抢回了那个钱包。

大脑袋看见鼓鼓的钱包，眼睛直了，这哪里是一个钱包，分别就是一个刚出锅的大馒头，甚至是一个煮得烂乎乎的大肘子。大脑袋幻想着，感觉更饿了，狼一样地扑上来，与小五扭在一起，俩人抢开了那个钱包。

小兰子急得在一旁直跳脚。

小五和大脑袋为了钱包争得头破血流的时候，单眼皮正坐在开往永定门火车站的货车里，心情格外的好。因为刚刚把水挑好，队长就安排他和大脸蛋子一个光荣的任务，去搬运苏联送给新中国国庆的礼物！

多么神圣的任务啊！尽管不能为新中国的成立吹响军乐，能为新中国的成立接收礼物，也是无上的荣光。特别是苏联送的礼物，一提起苏联，单眼皮心里充满了好感，不但因为苏联是社会主义老大哥，在那艰难的抗战日子里，帮助我们从日本鬼子手里夺回来了四平故乡，也不仅仅因为长得帅气的"小白桦"和风情漂亮的"喀秋莎"，还有那成群的飞机、大炮、坦克和雄壮的康拜因，还有美味的大列巴、牛奶、牛肉罐头和伏特加。

车厢里，单眼皮和大脸蛋子不顾汽车颠簸，兴奋而热切地讨论着即将接收的礼物。虽然只是搬运而不是接收礼物，自己能比别人早看见礼物并且能亲自摸到，就是值得炫耀一辈子的事了。大脸蛋子猜测着问："你说苏联送的礼物是什么？"不等单眼皮回答，大脸蛋子已经迫不及待地自问自答："我猜一定是先进的大炮，帮着咱们保家卫国！"单眼皮撇了撇嘴，说："大炮？要真是大炮，会只派咱们两个人去？累杀咱们也搬不了啊。"大脸蛋子感觉有理，边点头边琢磨，说："对，对，不可能是大炮，那么我猜肯定是钱，对，肯定是钱，成捆成捆的，成箱成箱的钱。"

单眼皮也没猜出什么更靠谱的东西来，却不愿意让大脸蛋子先猜着，模棱两可地说："我觉得不一定，你说为什么一定是钱来？"

大脸蛋子非常得意，伸出两只手比画着说："你想啊，苏联是老大哥，咱们新中国就是弟弟，对不对？"单眼皮点点头回答："弟弟家有喜事，哥哥要送礼，对不对？送什么礼最实惠？当然是钱了，恁说是不是？"

单眼皮感觉大脸蛋子说得有点道理，但还要故意挑刺，难为难为他。

"那你说，这送的钱是什么钱？是苏联的钱，还是咱们的人民币？或是黄金、白银？"

大脸蛋子一下被问住了，感觉送哪一种都有可能、都有道理，又怕说错了掩盖了自己的聪明，含糊地说："具体哪种钱，我说不好，反正不可能是袁大头、金圆券，不管送哪种钱，都是我先猜出来的，这你得承认吧？"

单眼皮看到大脸蛋子一脸认真样，心里想："这山东人就是实诚，再和他闹个小玩笑乐和乐和。"

"你猜送的是钱，我觉得不是，要不，咱俩打个赌？"

"打赌就打赌！"大脸蛋子正好感觉自己猜得正确而没赚到什么便宜，一听说打赌，来劲了，"你说赌什么？"

飞驰的货车把两人颠得向车尾挪动。单眼皮向前挪了挪身子，想了一会儿说："咱们赌小号吧！要是你猜对了，我那把小号给你。要是没猜对，乐队要是新发了小号，你送给我，自己用那把旧的，怎么样？"单眼皮耍了个心眼，要是赢了，能赚个新小号，即使输了，那把旧小号早就不让自己用了，给不给大脸蛋子一个样。

大脸蛋子隐隐约约感觉赌注不太公平，但又说不出哪儿不公平，转念一想，反正都是自己赢，管他怎么赌，伸出指头说："行，一言为定，拉钩上吊！"

"好！"单眼皮笑着说，边笑边哼着小曲，"哎呀！为了庆祝我即将吹上崭新的小号，我先教你一句苏联话吧，就是俄语！万一碰到苏联老大哥，说句俄话显得咱有文化懂礼貌，不是？"

"哟哟哟！"大脸蛋子上上下下打量着单眼皮，"你还会说苏联话？蒙谁呢？"

"不信拉倒！没去过苏联就不会说俄语了？你忘了我哪儿的？东北的！四平的！咱听过俄语！懂俄语，你就说学不学吧！不学拉倒！"单眼皮装作不耐烦。

"学，俺学还不中？不过难不难？太难俺可学不会！"大脸蛋子问。

"简单得很！我先教你句'你好'，你听好了，'哈啦少'，你说说我听听！"

"喝了啥？你蒙人吧你？苏联人能这个样说话？难听杀了！"大脸蛋子感觉上了当。

"不信拉倒，待会儿见了苏联人，你听听我是不是这么说的！"单眼皮有点恼火。

看到单眼皮有点急眼，大脸蛋子感觉有些不好意思："不是不信，是我学得不像，你再说一遍，什么什么拉少？"

在大脸蛋子一遍又一遍的重复声中，货车已经停在了永定门火车站货场里。从莫斯科发来的一列货车，静静地卧在铁轨上。最后一节闷罐车厢门被打开，里面印着俄文的木箱整整齐齐地装了满满一车皮。

一队卸车的战士拥上前，扛着木箱装到汽车上。

单眼皮和大脸蛋子争先恐后地挤到车厢跟前，车上的战士把一个木箱推过来，扶至单眼皮肩上。尽管早做好了准备，但箱子的重量显然超出预料，单眼皮一下子被压趴下了，箱子滚落到地上。

一个高鼻蓝眼的苏联军官走过来，关切地扶起单眼皮，嘴里叽里咕噜了几句俄语："Осторожно, мой мальчик, это товарищ сталин подарил Китаю праздничный подарок."

单眼皮迅速爬起来，感觉有些不好意思，红着脸说了句"哈拉少！"

苏联军官没想到搬东西的大兵还能说句俄语，笑着也说了一句"хорошо"，跟在苏联军官后边的中国军官赶紧过来，帮他把摔开口儿的箱子搬起来，放在单眼皮肩上嘱咐着："留心呀！小同志，还没到大喜的日子呢，可别再把你天女散花似的蹦上天空！"

大脸蛋子好奇地听着单眼皮和苏联军官的对话，听出单眼皮的"哈拉少"虽然和苏联军官说的最后一句不完全一样，但有几分相像，对单眼皮的敬佩之情暗中多了几分，但忖量了忖量，始终没好意思和苏联军官对上一句"哈拉少"，赶紧扛起一大箱往汽车上搬。

单眼皮已经把箱子放在货车上，摔下来的箱子裂开了一道缝，他好奇地从裂缝儿向里看，发现里边的东西黄澄澄、光灿灿，难道真是黄金？他伸手一掏，掉出来一颗铜钱粗的、金光闪闪的大信号弹。

大脑袋抱着汤姆逊冲锋枪，

蜷缩在井盖下，

听着头上的井盖被追赶的人群踏得砰砰直响。

想了想，

用洋灰袋子把锯短了的汤姆逊冲锋枪包裹好，

抠下井壁几块松动的砖头，

把冲锋枪塞了进去

回程的时候，车厢里的话比来时少多了，因为打的赌谁输谁赢已经很明白了，苏联的礼物既不是现金，也不是黄金白银，只是几十箱信号弹。

　　"我相信你说话算话，兄弟！不过，你也别难过，我那把号虽然旧了点，那音色还是很亮的！"单眼皮赚了便宜还卖乖。

　　大脸蛋子"哼"了一声，沉默了一会儿，感觉自己这样有点小气，"你放心，俺山东人说话算话，等发了新小号给你用，俺用那个旧的！"说完，心里还是不舒坦，伸腿蹬了边上的箱子一脚，嘟囔着，"他奶奶的，这苏联也太小气，连钱都舍不得送，就送些破东西！"

　　满载而归的货车驶进军乐队驻地大院，队员们早就等着了。车刚停稳，战士们连抬带扛，不一会儿，所有的木箱被搬进了仓库。印着俄文的木箱被撬开，揭开层层的油纸，露出一把把崭新的大信号枪。队长拿起一把在手里掂了掂，"嗯！还挺有分量！"又打开一箱信号弹，取出一颗装进去，比画了比画，高兴地说："这些礼花弹一放，咱们新中国成立的节日气氛就更浓了！聂总把燃放礼花这个光荣的任务交给了咱们，是对咱们军乐团的信任，咱们军乐团就承担了国庆军乐和礼花燃放两大任务，大家一定好好学习，好好练习，一定圆满完成任务！"

　　"啪！"仓库内的军乐队员、战士齐刷刷地来了个立正。

"哦，这些信号枪原来是准备当作礼花来放的？！"

"听说是苏联老大哥专程送来的，一水儿崭新的信号枪。"

几个战士小声议论着。

"听苏联专家说，这批礼花弹有红、黄、绿、白、紫五种颜色，标在箱子外头了，队里谁认识俄语？给大家说说，指导着大家分开！"队长拍着一箱子礼花弹问。

大脸蛋子不顾搬箱子累得汗流满面，激动地站起来，一指单眼皮："报告队长！吴玉山会说俄语，他认识苏联字！"

"噢？你认识苏联字？"队长赞许地看着单眼皮，期待他的回答。

几十双眼睛一齐盯过来，单眼皮的脸"唰"的一下红了，他扭扭捏捏地站起来，不敢正视队长的眼睛，吞吞吐吐地说不出话来。

大脸蛋子见单眼皮蹦不出个豆来，急恼地戳了一下单眼皮："哎！你咋不说话？在火车站的时候，你不是和苏联人说'喝了啥'吗？"

哗的一声，仓库里的其他人都笑了，有一个人笑着喊了起来："我还会一句'贺列吧'呢！那我不成了苏联专家了！"又是引得一阵哄堂大笑。

队长双手向下压了压，笑着说："别笑了，我们再咨询咨询团里的翻译，大家好好准备，随时准备着承担礼花燃放任务！"

单眼皮当众出了糗，晚上躺在床上不愿意动弹。

一会儿，大脸蛋子兴冲冲地跑进来："玉山，我被批准参加开国大典的礼花射放队了！"

单眼皮有些不服气："你能参加？你要是能参加，那我也能参加！参加军乐队咱们不行，可是射放礼花我行，不就是开枪嘛！"

大脸蛋子安慰着说："你是行，我也知道你行，可是你的问题还没有跟组织交代清楚，我替你跟队长都说好几遍了，他一直没吐口。恐怕队长不会批准你参加。"

单眼皮急了："你怎么也不信任我呀？金条的事你又不是不清楚……"

大脸蛋子说："我清楚管屁用，关键得组织弄清楚！"大脸蛋子顿了顿，坦诚地说："咱们打赌的事，是我输了，现在我也不在军乐队了，新小号是没有了，你看怎么办吧，要不，那把旧小号你先吹着吧。"

单眼皮蔫着点了头，掐着手指头算了算："离开国大典游行只有十天了吧？"

大脸蛋子点了点头说："现在是全员准备，具体时间得等命令，怎么？"

当天晚上，单眼皮来到队长办公室，再次向队长表决心。

"我从小跟着解放军，从四平到锦州，从东北打到华北，打天津我是第一拨进城的，负伤不下20次，连命都差点丢了，可硬从尖刀班把我调到军乐队，我服从安排，来了，吹号是我的特长啊，不让我吹号，我也听命令。可这次放礼花，你可得让我上啊！谢队长，我可是神枪手啊！整个尖刀班的人都知道！"单眼皮说得慷慨激昂。

谢队长透过眼镜仔细盯了单眼皮一会儿，叹了口气说："你的情况我很清楚，在这里的表现也很好，这些我都积极向团部汇报争取了，但你得理解，现在还处在调查处理期，不调查清楚，恐怕不能参与开国大典的活动，隐匿金条和对抗纠察这两件事，既不能听你一个人解释，也不能一棍子打死。实事求是是我们党的光荣传统，你要相信组织，会把这件事调查清楚，我们既不会冤枉一个好人，也不会放过一个坏人！"

回到宿舍，单眼皮想来想去，这些事的根儿，还是在那两块金条上。明天，无论如何，也得找到那俩兔崽子，单眼皮边想边恨得牙痒痒。

功夫不负有心人，转了大半中午，单眼皮终于发现了小五的行踪。小五沿着护城河沿儿没命地逃，兔子似的跑得飞快，单眼皮在后边拼命地追赶。小五终究个子小、腿短、力气弱，双脚渐渐不听使唤，步子慢了下来，身子也开始晃了起来。单眼皮一跃将小五扑倒，俩人在地上滚得暴土狼烟。

"说！你为啥把金条塞我挎包里？……你他妈的给我说清楚！"单眼皮终于骑到了小五身上。小五累得上气不接下气，不停地喘着，一句话也说不出来。

这时，一支巡逻队排着单队走了过来，为首的军官看到两人异样，停住脚步观察着两人的动静。单眼皮赶紧起身，顺手拽起小五，俩人没事似的坐在一大台阶上。小五讨好地拍着单眼皮身上的尘土，巡逻队看了一会儿，转身继续巡逻了。

巡逻队一走，小五"嗖"地一下窜了出去，单眼皮继续追。

城里胡同曲里拐弯，不像城外视野开阔。单眼皮追进一条胡同，前面转眼就不见了小五的踪影。阳光把街筒子晃得白花花一片，静谧无声。这是一条死胡同，巷子尽头墙头很高，显然不容易翻出去。

挨着胡同尽头，有一个公共厕所，北京人又叫官茅房，单眼皮走进男厕看了看，只有一个老头蹲在坑上抽烟，冷眼看着急匆匆跑进来的单眼皮。

单眼皮赶紧跑出来，向巷子内外扫了几眼，除了一个肥硕的女人趿拉着鞋子匆匆地进了官茅房，看不见其他人影。

又让小五溜了，单眼皮非常失望，垂头丧气地扭身走出胡同，望着大街上车水马龙的人流，脑海里骤然响起军乐队《游击队之歌》雄壮的演奏声：

我们都是神枪手

每一颗子弹消灭一个敌人……

可惜的是，以后再也没机会演奏了，纵使是神枪手，也没机会发射礼花弹子了。单眼皮惆怅地闭上眼睛，为不能参加开国大典的阅兵懊丧着。

忽然身后传来一声女人的尖叫，回身一看，只见刚才的胖女人拎着裤子从茅房里窜出来，一群女人揪着已经被打得鼻青脸肿的小五从女茅房里拥了出来。

"打死这小流氓！"

"把他送段上去！"

"大白天的就敢往女茅房里钻，你胆子不小哇！"

单眼皮见状，赶紧冲进愤怒的人群，幸灾乐祸地护住小五，帮他遮挡着没头没脸的拳脚，《游击队之歌》的旋律又回响在耳边，声音更加洪亮，单眼皮忍不住哼了起来：

待到最后胜利日

世界的和平见曙光

　　单眼皮身上的军装让这群逮住流氓的妇女相信了自己的话，因为自己也没说假话："我是解放军（虽然目前是炊事员），认识这个臭流氓（化成灰也认识），今天是特地来抓他的（就是想逮住他），一定会把事情查个水落石出（重点是三根金条的事），给大家一个交代（包括给自己）。"

　　单眼皮拉着满脸抓痕的小五，摁在台阶上开始审问："说！你到底是说还是不说？"见小五不答话，狠狠地把两个纸卷塞进他流血的鼻子眼儿。

　　"哎哟哟，那真不是我的，金条是小兰子的，真不是我的！"小五脸上被挠得为火辣辣的，为刚才慌不择路而后悔。

　　"小兰子的？他哪来的金条？"

　　"那是他爸爸留给他的……"

　　"他爸爸留给他的？他爸爸是做啥的？"单眼皮步步紧逼。

　　"他爸爸是……"说到这，小五似乎有了底气，"他爸爸跟你一样，也是当兵的！"

　　"胡说，我们共产党人都是苦出身，哪来的金条？是国民党兵吧？"单眼皮想了想，认定小五是想嫁祸于人。

　　"你还不信？不信你自个儿去问小兰子去！"小五拧巴着。

　　"那小兰子哪去了？他现在在哪？"

　　"回天津去了。"小五痛快地回答。

　　"你少跟我胡咧咧，你们刚来北京，他怎么自个儿又回去了？带我去找小兰子！"单眼皮有点急了，又使劲地把那两个纸卷往小五流血的鼻子眼里捅了捅。

　　小五疼得杀猪似的叫起来，"哎哟喂！她真回天津去了……大脑袋总跟她过不去，所以她就回去了！"

"大脑袋跟她过不去？……走，你先带我找大脑袋去！"

尽管小五和大脑袋挂了免战牌，但还是互不说话、不相往来。尽管不相往来，但都知道彼此的行踪，因为中间有个小兰子。

一说要找大脑袋，小五领着单眼皮直奔火神庙。火神庙位于地安门外、什刹海边上，由于年久失修，昔日殿堂庄严、流光溢彩的火神庙已经变得满目疮痍、梁朽椽烂了，只有一些逃难的人暂避于此。

"他没回天津！"大脑袋见着单眼皮张口就说，"小兰子就在北京呢！他还有事正要找你呢，怎么可能回天津呢？！"

"找我？他现在在啥地方呢？"单眼皮追问。

大脑袋看了冲他悄悄做手势的小五一眼："这你得问小五了，是他把小兰子藏起来了。"

小五狠狠地瞪着大脑袋。大脑袋得意地对单眼皮说："我知道他把小兰子藏哪了，我带你找去！"

有大脑袋带路，单眼皮又来到护城河边。无处可去的小兰子躲在一根水泥管子里，水泥管子歪在河边，在里面可以呆呆地望着管口前淌过的河水。

突然，管道口探进了单眼皮的脸。两人对视着，不约而同地笑了，都想起了两人的第一次见面，和这次非常像，只不过那次小兰子是在天津，在煤槽子里，脸上、身上黢黑，被单眼皮救了；而这次小兰子是在北平，水泥管子里，被单眼皮押着回军乐队了。

大脑袋刚回到火神庙，等在这里的小五扑了上来，一口咬住了大脑袋肩膀头，嘴里含混不清地边撕咬边咒骂。大脑袋强忍着疼，用力推着小五的嘴巴，使劲用肩膀顶小五的头，小五的牙被震得酸疼，大脑袋趁机抽出肩膀。

"大脑袋我操你姥姥！你丫的为嘛出卖小兰子？！"小五骂着，张开嘴又扑上来还要咬，大脑袋顺手摸起一块碎砖头塞进他嘴里，顺势跑开了。

小五被砖头硌得满嘴喷血沫子，高喊："来人呀！抓国民党！"

大脑袋吓得抱着枪跑出屋，抓起个洋灰袋子裹住汤姆逊冲锋枪，一溜烟地跑了。

小五在后边大喊："抓国民党！这里有个带枪的国民党！"

大脑袋如丧家之犬，没命地跑。呼喊声引来了热心的群众，追赶的人们把大脑袋堵在前门外一条小街上。大脑袋只顾四处找路，不料脚下一空，踩翻一个下水道井盖，绊了大脑袋一个跟头。眼看后面的追兵越来越近，大脑袋急中生智，掀开井盖跳了下去。

好在窨井不深，大脑袋抱着汤姆逊冲锋枪，蜷缩在井盖下，听着头上的井盖被追赶的人群踏得砰砰直响。他想了想，用洋灰袋子把锯短了的汤姆逊冲锋枪包裹好，抠下井壁几块松动的砖头，把冲锋枪塞了进去。

大脑袋把耳朵贴在井盖上，听到脚步声越来越远，自己暂时安全了。但从底下向上看，井盖周围一圈光亮，依然是白天，出去实在太危险。大脑袋决定先眯一觉，天黑以后爬出去。

还没合上眼，就听见一阵马蹄声由远及近，一个牲畜"吧嗒吧嗒"踩过井盖，还打了个大大的喷嚏，晃得脖铃"哗啦啦"响个不停，后面是一辆胶轮大车，在车夫的"吁吁"声中，毛驴停了下来，又宽又硬的轮胎不偏不倚，正好压在了井盖上。

尽管是男孩打扮，

但小兰子紧贴着胸脯凸出的"果实"，

让大脸蛋子以为自己看花了眼，

愣了一下，方才反应过来，

"哇"的一声，

也逃出了水房

军乐队驻地大院内，军乐队正演奏着《新民主主义进行曲》。他们踏着整齐的脚步在操场来回走着方阵，军乐声整齐而雄壮，响彻北京城东南。

　　雄壮的乐曲声中，大脸蛋子和另外 15 名战士开心地接过一把把油光锃亮的信号枪，心爱地摩挲着。一个个印着俄文的木箱子被安置归类到仓库的不同位置，箱盖一个一个被打开，黄澄澄的信号弹从木箱里倒出来，散落一片，闪着金属的光芒。

　　厨房里，几个伙食兵正忙碌着，大铜水舀子嗖的一下被抓了起来，几勺水被舀进大锅里，大锅盖再次盖上，底下的炉火正旺。

　　水房里，一只铁桶被"咣当"一脚踹到墙角，单眼皮抓着铜水舀子恶狠狠地冲缩在墙角的小兰子吼道："你说不说？那金条是从哪来的？"他威胁着举起了铜水舀："你只要跟队长证明，金条是你塞我背包里的就没你事了，是不是你放进我包里的？"

　　小兰子望着单眼皮的凶样，吓得说不出话来，瞪着大眼睛不知如何是好。

　　"你害我是不是？……好，你不跟我们队长把三根金条的事情说清楚，你就甭想出这个门儿，啥时候你把金条的事说清楚喽，你啥时候再走！"单眼皮急得在水房里踱来踱去。

话音刚落，窗外一哑嗓门儿声音传来："吴玉山，要开饭了，该揭锅了！"单眼皮听出是老荆的声音，只好把手中的铜水舀扔进水缸，"当"的一声，从外面挂上锁，赶紧去揭锅了。

老荆已经四十多岁，又黑又瘦，负责军乐队的全部人员的吃饭问题，虽然没什么职务级别，但一是年龄大，二是来得早，三是掌勺手艺好，整个炊事小组，包括采购的、切墩的都听他的。来的时间不长，单眼皮就摸出了他性格，人好脾气暴，有事找他帮忙二话不说，但就是一样，他要是感觉出了你哪怕一丁点儿的不尊重他，就会跟你急，马上翻脸不认人。一急就吵吵，吵吵起来那哑嗓门儿谁也摁不住，比敲起乐队的破锣还让人难受。所以，单眼皮对他说的话、下的指令，马上办，一点都不含糊的。

操场上一排排雪白的小军鼓演奏出排山倒海的声响，指挥棒不断挑起冲天的声浪。单眼皮飞快地穿过院中操练的军乐队的方阵，却迎面撞见队员把信号枪整齐划一地迎面举起。他一怔，看见大脸蛋子在礼花射放队列中操练着，队伍不时变换队形。单眼皮脸色羞红，头一低，飞快地绕过去，一脑袋钻进了厨房。

看着厨房里一座座小炮楼似的大笼屉，单眼皮心里难过极了。连大脸蛋子好歹都参加了庆祝礼花队，他号吹得那么好，却——都怪那个小子。想到这儿，单眼皮气起来，心里堵得不行。

不一会儿，干粮快熟了，厨房空气里弥漫出一股窝头的清香。食物总是让人愉悦的。单眼皮麻利地揭开一个个笼屉，蒸气氤氲，一片金黄的窝头被用屉布兜着放进大簸箩里。单眼皮把所有的笼屉里的熟窝头收拾干净，急急忙忙穿过操练的信号枪的队列和军乐队明晃晃的铜管乐器，又一脑袋扎进小水房。

他得把这三根金条的事情说清楚，必须说清楚，他算是想明白了，这事儿要说不清楚，甭说军乐队，说不定，以后，有他受的。这可是个大事儿。

单眼皮打开锁，推门进去，"咦？"单眼皮刚纳闷人哪去了，定睛一看，小兰子抱着双臂，缩在墙角里。他走过去两步，冲小兰子吼道："想好了？想好了我就带你去见我们队长，你只要把问题交代清楚，说明那三根金条是你硬塞给我的，就没事了。老天呀，我是不是上辈子欠你的呀，你来讨债来了，想起一出是一出，尽祸害我！"

小兰子缩了缩脖子："你，我，我饿了。"

"饿死你！"单眼皮恨恨地说，"你还饿，饿算什么？你要不说清楚，我就完了！"

"吴玉山，哎，吴玉山呢，哪儿去啦？哎呀，你是蚱蜢呀，转眼就看不着，这是蹦跶到哪儿去啦，吴玉山——"

单眼皮哎了一声，快速退到门口，朝外面喊："哎，这就来喽！"回头对小兰子说："我忙得很，但有的是时间和你耗，说不清楚，饿死算了。"

老荆的哑嗓门儿又响了起来："吴玉山，要烧干锅了，快舀水下锅，要熬粥了！"单眼皮一缩脖子转身又跑出了水房。几个箭步窜进厨房，冲到水缸前边拿舀子往木桶里添水，添满一桶，提起来，走到一座座山包样的笼屉前往锅里加水。

"瞅见没，都快烧干了，烧破了锅，就犯错误了，脑子是住姥姥家了吧，唉——"老荆很烦，单眼皮不敢说话，只埋头往锅里添水。有几口锅真的烧干了，倒进凉水后，刺啦刺啦响着，冒出大股大股浓浓的蒸雾。单眼皮真担心锅要炸裂。

添完了水，单眼皮抬起袖子擦了把汗，转身出了厨房，又往水房赶。

操场上军乐队不断变换着队形，《人民解放军进行曲》节奏欢快明亮，单眼皮停下脚步，一会儿看呆了，他在想象着自己站在队列中，替换了一个吹着小号的士兵的位置。想象自己穿着漂亮的礼服，随着指令变换着位置，吹出一串串高昂欢快的音符——那个美呀。

但很快，单眼皮又回到了现实，他转头，沉重的脚步迈向水房。

"吴玉山——"

单眼皮听见大脸蛋子的声音了，原来是礼花射放队走过来了。礼花射放队列边走边变换着队形，一会儿变成方的，排列整齐，走到他跟前时又变成圆形的，整齐划一，好看得很。大脸蛋子脸上洋溢着骄傲的微笑，动作轻盈熟练，俨然已成为核心人物。走过单眼皮身边时，冲他使了下眼神儿，真把单眼皮气坏了。

他低下头，装作没有看到大脸蛋子的样子，往北边转，远远离开礼花队，有些狼狈地窜回了小水房里。

"哼，你倒好心情！"

单眼皮进了水房，看到小兰子正手把着木头窗棂，着迷地看着院子里操练的礼花队和军乐队。单眼皮走到窗前，把小兰子拉开："瞧见没，要不是你，站在中间那个，那个，看见没，那本来是我的位置，都是你害的，我参加不了军乐队了。"

单眼皮又生气又伤心，下手重了些，小兰子猝不及防，后退了几步后，一个趔趄摔向后面，"咔嚓"一声，她屁股不知压到了什么东西上，生疼。她往旁边一躲，刺啦——

小兰子裤子划开了个大口子。小兰子咧了咧嘴，但忍住了，没哭。

单眼皮不知道发生了什么，向前逼近一步，低头朝小兰子喊："你想好了没？想好了去说清楚情况，快走吧，我忙得很。"

小兰子不回答他，双手支着地面蹲起来。单眼皮这才发现，他原来放在墙边的那个小号被小兰子坐瘪了。

"我的天哪！"

"你，你，你，我的天哪！"单眼皮火冒三丈，气得说不出话，一把抱起小号，"这，你——"

单眼皮气得好长时间说不出话，小兰子知道自己又闯祸了。但又不是她要摔到小号上的，都是他推了她。小兰子又害怕又委屈，咧开嘴，哭了起来。

单眼皮左瞅右看，开始着急："别哭，你别哭啊，你一哭，别人还当我欺负你。别哭啊。"

小兰子不哭了。单眼皮抱着小号在小兰子面前一晃："你别哭，但你别以为我不敢揍你，你爹就是那个国民党军官，是吧？你别看我好心，就欺负我，我现在去告你，你这是公报私仇，陷害革命战士，啥后果，自己知道吗？少说，得坐个三年五年的，别没数。"

小兰子想哭，拿手捂着嘴，努力憋着。

"哼，你还委屈，你有我委屈吗？我好好的，招谁惹谁了？一心想帮你们，到头来呢——好了好了，不跟你说了，但是，我不管你为啥，反正你得把往我包里掖金条这事跟我们队长说清楚，说清楚了你走人，说不清楚，哼，别怪我不客气。今天，今天，我，我豁出也要把这个错误犯喽……"

单眼皮说着放下小号，四下寻摸着家伙，似乎真要动手。小兰子一只手背在后边捂着破了的裤子，一不小心，白里带红的珠子钱包掉在了地上。单眼皮眼疾手快，赶在小兰子之前迅速捡起来，打开一看："天哪，你们，好哇，好哇，原来你们是小偷，不但偷人东西，偷了还偷偷放我包里，嫁祸于我，太祸害人啦，你们，你们，实在是——太毒了！"

"吴玉山！"

单眼皮刚揪住小兰子的后脖，突然，老荆的声音又响起来。

"哎呀，吴玉山，你又跑哪儿去了？今儿是怎么啦？跟丢了魂似的，快，快把水缸挑满，厨房等着烧水呢，排练的同志吃完饭也要洗澡了！"

老荆有点生气了。

"哎，这就来。"单眼皮应了一声，把珠子小包扔地下，想了想又捡起来，揣口袋里转身跑出去。一溜儿小跑进厨房拎出桶，拿起竖在门口的扁担挑子，挑水去了。

从胡同口的水管子到水房门口的第一口水缸，一共是708步，到最后一口，732步，这几个数字太熟悉了，单眼皮甚至不用看路，光低着头数步数，就知道走到哪口大缸了。

单眼皮心里有事儿，脚下不由自主地快起来，去时挑着空桶一溜儿小跑，回来挑着满担的水拼命迈着大步疾走，两只水桶摇晃着，把胡同口到大院门口的路面淋得湿透透的了。三担水后，单眼皮就开始大口喘气，额头渗出豆粒大的汗珠，不一会儿，单褂、背心，全湿透了。

"快，再快点，快！"

单眼皮在心里催促着自己。再有六趟，水缸就全满了，单眼皮一边心急火燎地放水，一边算计着。

"哗！"水管子喷出来的水把铁水桶砸得山响。满满的水桶被扁担钩子挑起，单眼皮还没拾起扁担钩子，小五"哧溜"一声钻了过来，一咬牙挑起满满的水桶晃晃悠悠地走了。

单眼皮愣了一下，看着小五耸着肩膀吃力地挑着水桶，抹着额头的汗，不禁有点乐了："干啥？你吃饱了撑的？来义务劳动？又想耍什么花样？"

"我，我，是来和你说实话！"小五身子板单薄，两桶水挑得吃力，他说话时，不得不两手攀住扁担，腿都要发抖了。

"实话？"单眼皮哼了一声，"痞子，小偷儿，坏蛋，有什么实话可说？狗嘴里还能吐出象牙来？"

"哎，信不信由你，小兰子他爸爸跟你一样是当兵的，解放军，还是个官呢！"小五故作神秘。

"你说什么？她爹是我们解放军？不，不，不是国民党少校吗？"跟在后边的单眼皮纳闷地问。

"什么少校，是八路，她是专程来找她爹的，她没告诉你吗？"小五梗着脖子，挑着水桶吃力地往前走。

"是中国人民解放军！"单眼皮纠正着。

"没错！就是中国，中国，解放军。他爹，解放军。不信你问大脑袋，他亲眼看见的。"小五终于挑不动了，把水桶放在地上，喘着粗气。

"不会吧？我们解放军个个都苦出身，哪里会有金子？"单眼皮摇了摇头，"我再也不能听信你们的话了，对，那个小包，是你偷的吧？坏事儿干绝啊。""哎哟，你提这个干吗？什么偷不偷的，都解放了，都是好人民，谁跟谁嘛。"小五只好油嘴滑舌了。

"你就实话说吧，这三根金条，哪儿偷来的？"单眼皮把胳膊抱胸前说。

"哎哟，我的大爷呀，我哪有恁大本事？那是人家小兰子妈留给她的，我亲眼见的，她是救大脑袋心切，把所有家底都送给你了呀。为救大脑袋，这傻丫头，你说——让我说，我才不救他，我早揣着金条逍遥去啦，打了一仗，把这丫头吓傻啦。"小五痛心疾首地说。

"她妈留给她的，你亲眼见的？"单眼皮撇了撇嘴说，"人家给孩子留点东西，让一个小偷当见证？你的意思，她妈八成也吓傻了吧？"单眼皮想起了什么似的，挠了挠头皮："对呀，她妈呢，人呢？"

"哎哟，真是大爷呀，她妈死啦！"小五痛心地说。

"死了，你也亲眼看见了？"单眼皮不太相信。

小五说："我怎么跟你说你才信呢？这不就前不久的事儿吗？你不也在吗？那啥，就是你找我们领着去修号的那个大楼，就在那儿，咱们去的前一天，那天你们八路——不不，你们解放军，正攻打天津城呢，小兰子他妈让楼上塌了的墙砸死了，那会儿，我也正在那楼里。你想想啊，要不然，咱们能遇见，我要当时在城外，打着仗呢，死着人呢，我专门跑到那地儿去？为了和你见面？她妈死了，就剩下她一人，所以就来北平找你了，想求你帮忙找找她爹。"

单眼皮若有所思地跟在小五后边："对对对，前一天，就是我们尖刀班先攻进的那个大楼，你看见她爹了？真是解放军？也开北平来了？"

"看见了！跟你一块开来的，我可告诉你，他爸爸可还是官呢，比你官大，我看见他肩膀上的牌牌就有三颗星呢。"小五开始扯虎皮做大鼓，连哄带吓唬。

单眼皮本来对小五的话就将信将疑，听到这里恍然大悟："你跟我扯犊子吧，我们解放军肩膀上哪来的牌牌？你说的是国民党吧？小兰子他爸是国民党吧！"

小五还想分辩，单眼皮跑到前面拦住他，说："别走了，说实话你们是来干什么的？"

小五眼睛打了几个转，盯着面前的水桶说："我就是来找小兰子。"

"找小兰子？仅仅是找小兰子吗？怕是搂草打兔子，主要是找这个吧？"单眼皮掏出从小兰子身上没收的那个珠子串儿的钱包，在小五面前晃着。

"不，不是，不是找这个。"小五有点傻眼，结结巴巴话都说不成句。

单眼皮板起脸来说："这个是你偷的吧？手段挺高啊？不愧号称八级钳工！"单眼皮一把抓住准备撂挑子的小五，拖着就往大院走，小五拼命挣扎。

日头快落山了，操练过后军乐队开始收拾工具，汗流浃背的礼花队员脱下湿透的军装，钻进沐浴房冲凉。所谓的沐浴房，不过是在水房山墙边用席子围了一个圈儿，里面就是光溜溜的水泥地面和战士光溜溜的身子。之所以用席子围着个圈，主要是为了防止被院外的群众看见，影响不好，要是军乐队大院的战士，几十号的老爷们，一个锅里摸勺子，谁胖谁瘦哪个不知道？哪用得着掖着藏着？冲凉，就是用水桶舀那十二口大缸的凉水，边冲带洗，尽管简陋，但炎热的夏天和秋老虎天气，能用凉水冲冲，你给我搓搓，我给你搓搓，已经不错了。

大脸蛋子光着屁股擦了一身的肥皂沫儿，惬意地把手巾搭在后背上来回锯拉几下，眯着眼抓过旁边的水桶就往自己头上浇。边上的李胖子也被肥皂沫裹着呢，肥皂泡正辣着眼睛，摸了几下没摸着水桶，看见大脸蛋子正举着自己的水桶冲得正欢呢，李胖子急了，脱口而出："龟儿子，快给老子水桶！"伸手就往回抢。小李虽然胖，却是四川眉山人，平日里说话张口老子闭口老子，大伙感觉被占了便宜，但也不便翻脸。今天一句"龟儿子"，让大脸蛋儿很不舒服，"嗵！"大脸蛋子生气地把水桶扣到了那李胖子头上。

李胖子急了，也抓起旁边的半桶冲他迎面泼来。俩人的水桶争夺战，成了全体的狂欢，席子圈里的一群光腚，你争我夺，你推我跑，闹了起来。嬉闹的战士们拎着水桶追来，水瓢泼似的将大脸蛋子冲得东倒西歪。大脸蛋子躲闪着，跑出席圈儿，连蹿带蹦地逃进了水房。

占了优势的李胖子不依不饶，领着俩人提着水桶追了过来，准备再给大脸蛋子来个"泼水节"。水房内躲无可躲，大脸蛋子朦胧中看见一个身影，一把抓过来，挡到自己身子面前，赤条条的战士们几只水桶"哗"地泼来，小兰子顿时被浇成了落汤鸡。小兰子被浇蒙了，迎头泼来的水呛得她打嗝。

尽管没泼中大脸蛋子，但水房里多出个小伙子，不管是谁，泼中了就让人高兴，李胖子几个乐不可支。但笑了没几下，李胖子笑不出声了，笑纹在脸上僵着，慌不迭地用水桶挡住大腿根，倒退着往外跑。因为他们惊讶地发现，眼前这个被水浇透的小伙子，湿漉漉的衣服裹出一个曲线优美的女孩儿样的胴体，胸前鼓鼓的，分别是个女的。

躲在小兰子身后的大脸蛋子，把头趴在小兰子身后，还不住地拖着前面的"盾牌"左右晃着，边晃边笑，说："来啊，哈哈，继续呀！"

看见李胖子和另外俩人突然变了脸色，一时不知咋回事，难道自己扭住的是位领导？大脸蛋子疑惑地扭过小兰子的胳膊，探过头一看，呀！尽管是男孩打扮，但小兰子紧贴着胸脯凸出的"果实"，让大脸蛋子以为自己看花了眼，愣了一下，方才反应过来，"哇"的一声，也逃出了水房。

单眼皮左手扶着扁担钩子，右手薅着小五往院儿里拽："别跑！跟我进去，我一猜钱包就是你偷的！你要说不是你偷的，那就是小兰子偷的，走，你们俩去对对质……"

小五使劲往后撤着身子，但被单眼皮拖着在地上出溜："你听我说！爷们儿，不是，不是小兰子偷的，那是大脑袋那丫的……"

李胖子和几个战士头上顶着肥皂泡，红着脸，提溜着裤子从水房里往外跑，后面紧跟着大脸蛋子，光着膀子，边跑边扎腰带，其余正在冲澡的战士搞不清怎么回事，面面相觑，一个小东北咋呼着："咋的了？跑啥呀？"从席子后面探出头问正在跑的大脸蛋子。

大脸蛋子红着脸不说话。

单眼皮看着几个人衣衫不整地跑出来，吓了一跳。冲着大脸蛋子吆喝："咋的了？跑啥呀？着火了？"

大脸蛋子听见是单眼皮喊，气不打一处来。对着单眼皮劈头就嚷："着个屁火，我看是你小子心里有火！"

单眼皮被训得丈二和尚摸不着头脑，但觉着事情不简单。急忙扔了肩上的扁担钩子，抓住小五的手也松开了，抓住大脸蛋子的胳膊："到底咋回事？"

被松开的小五见机会难得，立刻往院外溜。

"咋回事？你装什么糊涂？弄一个小闺女藏在水房里？你胆子不小啊！"大脸蛋子脱口而出。

单眼皮一头雾水："小闺女？哪来的闺女？在水房里？"

小五一大半身子已经出了大院，听见大脸蛋子说什么"小闺女"，心里暗叫一声不好，掉过头来往水房跑。

席子圈里的其他战士也明白了怎么回事，急急忙忙地穿着衣服，乱成一团。小五飞快地挤过去，终于看见了水房里缩成一团的小兰子。

单眼皮一看小五不但不逃，反而去水房找小兰子，想起大脸蛋子说的小闺女，心里咯噔一下，完了，被这几个家伙害惨了。但感觉没做亏心事，不怕鬼敲门，直着脖子吼了句："你说啥呢？谁是小闺女？谁是小闺女啊？"

大脸蛋子把裤子穿好后，慌乱害臊的心情也慢慢地平复了："吴玉山，水房里有个女的，你不知道？"大脸蛋子边说边左右看了看，压低了声音："搞什么搞！"

小五拉着小兰子从院里出来，小五光着脊梁，身上的衣服搭在小兰子身上，两个人低着头快步往外走。

单眼皮瞪大了眼睛，奇怪地盯着湿淋淋的小兰子，不相信地指着问大脸蛋子："你说他？小闺女？开什么玩笑？他叫小兰子，分明是个男的嘛！"

大脸蛋子看单眼皮一脸真诚，心里也有点发虚，难道是刚才打水仗让胰子呛了眼，真是自己看错了？小心地问走过身边的小兰子："我说，你到底是男的，还是女的呀？"

小五上前挡住，没好气地吼道："你管得着吗？！"小兰子更不说话，红着眼圈跟在小五后面。

单眼皮张大嘴巴，呆呆地看着小五悻悻地拉着小兰子走出了胡同口。

大脸蛋子看着发蒙的单眼皮说："我服了你了，吴玉山，你金条的事正被调查呢，又弄出个女的来！这下好了，我看你军乐、礼花两边都没戏了。"

单眼皮感觉整个事情乱七八糟，就像一团乱麻，不知从哪找个线头，唉了一声，蹲在地上不知说啥好了。

单眼皮一蹲，裤兜子珠子钱包掉在了地上，大脸蛋子捡起来看了看，肺都快气炸了："我一个劲儿地帮你说好话，你看你弄了些啥？这东西又是从哪弄来的？你还想参加开国大典的检阅队伍？我看你快卷铺盖回家吧！"说完，把珠子钱包往单眼皮眼前一扔，回宿舍了。

单眼皮攥起拳头挥了一下，想骂两句解解气，张了张嘴，却什么也骂不出来。单眼皮一屁股瘫坐在地上，沮丧到了极点，现在恐怕是跳进黄河也洗不清了。

这一夜的遭遇，

留给大脑袋一个坚定的信念，

就是，

做一个干净的人

大脑袋又试着推了推头上的井盖，被胶皮轱辘压着的井盖纹丝不动。大脑袋彻底没了力气，半蹲在没到膝盖的污水里，筋疲力尽，又渴又饿，连站着的力气都没有了。外面天已经黑了，窨井里更是透不进一丝光亮。窨井的空间实在是太小了，站都站不直，只能往前半站着或往后半仰着。大脑袋倚在井壁上，尝试着挪了挪快麻木的脚，脚有点不听使唤，大脑袋用手摸了摸，泡了半下午，小腿以下已经全肿了，比平时粗了一大圈。混浊的污水又脏又臭，摸了脚的手沾了一层黏糊糊的污泥，想擦擦鼻子，又恶心得放了下来。

　　大脑袋仰着头，绝望地看着头顶的井盖，掉下来的时候井盖没这么沉啊？肯定是被人从外面压死了，想把自己活埋在这里。大脑袋摸了摸塞在井壁里的汤姆逊冲锋枪，难道要被活活憋死在这里吗？大脑袋不甘心，与其饿死憋死，不如给自己来一枪，那样还更痛快点。唉！大脑袋又想，早知道这样，还不如被他们逮着呢！总不至于被枪毙，最多判个几年，最起码还能躺下，还能吃点窝头喝口水，而现在，大脑袋干咽了口唾沫，嗓子早干得冒烟了。有水不能喝的滋味，比光渴着的滋味更难受。

　　前门小街上，车夫把剩余不多的柿子拢了拢，拉过拴在一边的毛驴，套上大车，甩了几下响鞭，"驾，驾！"两声，胶皮轱辘在毛驴的拉动下，不情愿地吱吱了几声，终于走远了。

井里的昏沉沉的大脑袋听到了头上的响动，费劲地起身想顶上来，却怎么都站不起来。完了，他想，出不去了，也许，会死在这个臭烘烘的井里了。他越想越害怕，想哭，咧了咧嘴——突然听到头顶上有动静了。

有人往这边走过来，不一会儿，他头顶上的井盖被掀起来，大脑袋终于看到了外面的光亮了。"嗵"的一声，井盖往边上挪出一大半，在大脑袋感觉突然有了希望，想喊一声的时候，一桶大粪忽地兜头浇下。

井盖是被两个背着大桶的淘粪工撬开的，他们也很忙，再说，谁会想到井里头藏着个人呢？没等大脑袋喊出声，清洁工打开了背着的大粪桶，里面是从近处官茅房里清出来的大小便，哗！两桶大粪汤子一起浇了下来，井盖又重新被盖了上去，路面又恢复了原来的模样。

进入八月，夜晚下长安街道路清洁如洗。华灯初上，秋风送爽，风里传送着阵阵醉人的花香。虽然没有月亮，但几颗星星在夜空竞相闪耀，为临近大典的首都增添了浓重的节日气氛。尽管已经入夜，前门大街上依然人头攒动，摩肩接踵，大小店铺里里外外挂满了琳琅满目的商品，人们一方面欣赏美丽的夜景，一方面为即将到来的开国大典和新中国成立后的第一个中秋购置生活用品，无论是添件新衣裳，还是买点稻香村的月饼，都是生活中的喜悦。

距前门外熙攘人群不远的肉市胡同，四周一片寂静。一排排长条肉案摆在胡同两侧，肉案上的肉、骨头早被商贩撤了去，街上被落下的骨头引得两只野狗互相争抢，残留的肉渣和血腥味，使这里成为苍蝇的天堂。

小兰子与小五躲在右边第二个肉案子底下，小兰子望着寥廓的天空问："我爸爸到底是不是像大脑袋说的那样还活着？"

小五翻了翻眼珠说："别听他胡说，他骗你来北平就没安好心。"

"你说，解放军吴哥哥，他会知道我爸爸的下落吗？"

"他？你没瞅他那德行，在部队里根本就没他香饽饽吃！他知道嘛！"小五嗤之以鼻。

"那，你说我爸爸真的死了？"小兰子带着哭腔。

"嗯……可能吧！……谁都得死，你说是不是？"

"那大脑袋为啥要骗我来北平？"

"他坏呗，他就是想……"小五沉吟了一下。

"想什么？"小兰子着急地问。

"他就知道想他爹呗。"小五说完，感觉说跑了嘴，赶紧弥补道，"我叫你不要来北平，你不听我的，我看赶明儿，咱们还是回天津去吧。在天津讨生活比这里强多了。"

"不！"小兰子摇了摇头，"大脑袋可能说的是真的，他说亲眼看见我爸爸了，我要找他去问问。"小兰子说着起身从肉案子底下钻了出来。

"你上哪找他去？眼不见，一大片，他死了才好呢。"小五对大脑袋没有好感。

"啊？你，你把他弄死了？"小兰子吃了一惊。

"我倒是想弄死他呢！不弄死他，他老跟你没完。"小五咬着牙说。

小兰子着起了急："你把他弄哪去了？他是不是被抓起来了？"

小五斜她一眼，没言声。小兰子急了，起身朝街上跑去。

小五没料到小兰子会突然跑，赶紧从肉案底下钻出来，撵了过去，边撵边喊："快停下！深更半夜的你上哪去？"小兰子不搭理他，毫无目的地乱跑一气。跑到大栅栏街，小兰子实在跑不动了，弯下身子，双手扶在膝盖上大口喘气。小五终于追了上来，"你找他干吗！他死不死关你嘛事……"

小兰子坚定地回答："不，我一定要找到他。他嘴笨，他会饿死的。再说，他爹……"

小五打断了小兰子的追忆。他说："别光琢磨这些了，大人那些事，咱们也没办法。"街上的人渐渐多了起来，俩人不知不觉地裹进了拥挤的人群，好奇地观赏着两侧装饰一新的店铺。张一元、同仁堂、瑞蚨祥等老字号店里顾客络绎不绝，紧俏商品柜台前，排起了长长的购物长队。

毕竟是小孩子，不一会儿，热闹非凡的场面让小兰子暂时忘却了找大脑袋的急迫想法。小五和小兰子感觉眼睛不够使的了。人来人往，随着人群走走停停，忽然间，小五发现小兰子不见了。小五张口喊了两句"小兰子"，但淹没在店铺里的喇叭声、店伙计的吆喝声中。小五脑子轰的一下，小兰子是自己走丢了，还是被拐跑了？焦急的小五像个没头的苍蝇，从大栅栏茶馆跑一步瀛斋鞋店，挨家挨户进去看了看，始终没发现小兰子的行踪。

正失望的时候，小兰子被从瑞蚨祥绸布店门口排起的长队中推了出来，"那孩子，你不要加塞儿啊！"小五正要上前拉住小兰子，小兰子却被人一把又拉回到了队伍里。一个戴白眼镜的女学生将小兰子拽到了自己身前，温柔地说："不要欺负小孩子嘛，庆祝解放是每一个公民的高兴的事情，来，小弟弟，排在我这里。"

小五好奇地向瑞蚨祥里面望了望，不解地问："你们这是买嘛呀？"没等那女学生回答，小兰子前面排队的一个穿蓝旗袍的胖妇女回过头来："我给你讲讲。"说着，把手里的一块红布一抖落，红光一闪，引得队伍前面后面的目光全部集中在旗袍妇女手里的红布上。"大家都是来买红布的，你们看，今天话匣子里一播放政协会议通过了五星国旗，我就先做了一个小样儿。"旗袍妇女得意地向排队的人们展示，一边说一边把手里的布前后翻了一遍，"我说赶紧做一面大的吧，可是跑遍了东西四牌楼，红布全脱销了，现在全北平的布店红布都不好买了……"

小兰子和小五踮着脚，终于看清了她手中的五星红旗是一面长方形的红布，正中贴着一颗大黄五角星，旗子的四角是四个小黄星。小兰子不明白一块红布有什么好稀奇，还用排着队买，但看着周围热情洋溢的人们，没敢张口问。

戴眼镜的女学生笑了："大姐，你的旗子做错了，上边的五星不是这样摆放的。"她摘下贴在旗上的黄五角星，重新摆放着，"你没听广播里说吗？大星象征着中国共产党，大星引导于前，小星环绕于后，如同众星拱北斗，四颗小五角星要各有一尖对着大星的中心点，表示人民大众紧紧围绕着共产党的周围。"买到红布的人们都兴奋地围上来，听着她的讲解。

小五好奇地问周围一个戴眼镜的中年男人："大叔，这五星红旗是做嘛用的？"

中年男人打量了一下小五，自豪地介绍："这是我们人民当家做主的旗帜，是我们新中国的旗帜。"

小兰子忍不住问："我们当家做主？那上面有我吗？"

"有！这四颗小星就象征着毛主席在《论人民民主专政》一文中写到的，即工人阶级、农民阶级、城市小资产阶级和民族资产阶级。"戴眼镜的女学生流利地介绍着，"小伙子，你？还上学吗？"

小兰子摇了摇头。小五问："我是个要饭的叫花子，那上边有我吗？"

"你和工人农民一样都属于无产阶级，不过现在解放了，你不会再要饭了，你以后要去上学，毕业以后做一个工人。"戴眼镜的女学生的一句话，让小五高兴了起来："咦？你咋知道我一直想做一个钳工呀？"

听到小五又开始耍贫嘴，小兰子狠狠瞪了他一眼。小五赶紧解释说："我是说我以后要当一名真正的钳工，一个好工人。"

买布的队伍向前拥着。小兰子被小五拉出了队伍："别排了，咱没钱买呀！现在我兜里连个毛票都没有了，这两天，又得讨着吃了，要不，连西北风都没得喝了。"

小兰子说："我有钱，上次你给我的，我没舍得花，我们也做一面五星红旗吧。"

"嗯——"小五看小兰子兴奋的脸，不忍心拉走她了。

他们排着队，看着买到红布的人们兴高采烈，抖落着手中鲜艳的红布，比对着颜色和大小，纷纷过来和眼镜女学生手中的红旗比量着五角星的位置。

在小五和小兰子买红旗的时候，那条静谧的小街，终于过了一辆大卡车，大卡车车轮轧到了那只沾着粪便的井盖，旧井盖不堪重负，一边翘起来，在卡车过后，变形了，边上露出块两指宽的缝子。

井里的人，终于又一次看到了希望。

那个井盖，艰难地动了一下，两下，慢慢地，被挪到一边，一个脏兮兮的大脑袋慢慢探了出来。

啊——大脑袋探出头，张开嘴，呼吸了一口新鲜的空气。然后双手扒住井盖，狼狈不堪地钻了出来，躺倒在地上，一口又一口，贪婪地呼吸着地面的清新空气。

街面上很静，但远处仍有车声，大脑袋歇了口气，机警地往旁边滚了几下，在人行道上舒舒服服再次躺下，慢慢恢复着体力。他头昏脑涨，不知道自己在井下待了多长时间，只感觉恶心头晕。他想，要能喝点水，缓缓气儿也好啊。

大脑袋在人行道上躺了好长时间，直到感觉胸口不再那么闷了，他才想要找个地方，找个水管子，哪怕一个水洼也行啊，冲冲身上，把衣裳洗洗。要不，这样，怎么见人？他挣扎着爬起来，开始沿着大街朝灯火稠密的地方走。前面一个院子，他避着人悄悄贴着墙钻进去，找了一圈儿，没见水管。院子里一座朝西的楼，一、二、三楼都有灯亮着。"楼里一定有水龙头啊。"大脑袋想着，却鼓不起走进去的勇气，他太脏了。

太脏太乱没尊严。

大脑袋想，一定找到个水管，把头上脸上身上冲得干干净净，一定把衣裳洗得干干净净。

这一夜的遭遇，留给大脑袋一个坚定的信念，就是，做一个干净的人。事实上，大脑袋往后的人生，也坚定地履行着这个晚上自己陡然生出的信念。

终于，在第十一个院子的西南角，大脑袋摸到一个角门钻了进去，在后院找到了水龙头。不是一个，是一排，十几个水龙头一溜儿排开。大脑袋一下子打开五六个，清水哗啦哗啦欢快地流出来，大脑袋跳进洗刷池，平躺在水龙头下。真痛快呀，大脑袋不停地翻身，任由清水冲洗着头脸，冲洗着身体。他想尖叫，想呐喊，但是，没有，他怕惊动四面楼里的人。这样的夜，人们都太开心啦，如果突然看到这么脏的一个人，躺在他们的水池子里，该赶他走啦，说不定，还要挨揍。

大脑袋躺在水龙头下，尽情地冲啊冲啊。他看着天空，找着熟悉的星星，找不见啊，噢，阴天了。大脑袋又一次想起他爹，想着不要下雨呀，一下雨，就把他爹的棺材泡烂了，棺材一烂，他爹，也就……

大脑袋难过了，刚刚得到的快乐，消失得无影无踪。他挪了挪脑袋，闭上眼，屏住呼吸，让水流把脸上的泪水冲走。

他听到"嗖——"的声音。

他睁开眼，看到西南方夜空中，一颗猩红色的信号弹尖叫着，带着长长的耀眼的光芒，腾空而起，划破了夜空。

大脑袋坐起来。

"天哪，又要打仗了。"

大脑袋机警地翻下水池，伏在水池下，顾不上身上冲洗干净了没有，屏住呼吸——

大街上，小五也紧张地拉起小兰子往旁边院子里躲，他指着夜空中信号弹划过的痕迹："坏了，坏了，你看，又要打仗了！"

街上的人都不明白怎么回事，吃惊地望着夜空。很快，有人跟着小五跑向街边，紧接着，更多的人向街边跑。

"怎么回事？怎么啦？"

有人问。

"要打仗了，要打仗了。"人群恐慌起来。

他们不知道，这是信号弹，是庆祝的仪仗队在排练。

这颗信号弹，是从不远处的辅仁大学操场上发射升空的。

在他们慌忙往街两边跑的时候，辅仁大学操场上，大脸蛋子和礼花队的其他队员，正在排练。就要上阵了，他们排练得尤其认真，一个个汗透了衣裳。队伍不断变换着队形，一会儿变成菱形，一会儿变成箭头状，一会儿又围成同心圆。教练拿着尺子，严格地纠正着每个人的站位和距离，比如同心圆队形，里边一圈十个人，外边一圈二十个人，每个队员之间间隔1米，前后相距3米，全部背向圆心、面朝外站着。

"再往前五厘米，对，五厘米，严肃一些，角度，不能超过一度，快速，准确，对，快。"

同圆心内的指挥员看了看表，沉着地指挥着。大脸蛋子站在里圈12点位置，紧张地听着指挥官的命令。

"预备！"

每个人立刻检视了一下自己和周围人之间的距离，轻微调整着方向，两个圆圈更圆了。

"装弹！"

大脸蛋子迅速又拿起一枚红色信号弹，熟练地装进发射枪里。所有人的动作整齐划一，手中的枪对准操场主席台上方。

"发射！"

一声令下，队员们齐刷刷持枪举向空中，一束束信号弹按着双圆的队形飞向空中，形成一簇簇绽放的花群。五颜六色的"礼花"在暗灰色的天幕上竞相绽开，为临近大典的首都增添了浓重的节日气氛。

有个戴眼镜的女学生停下脚步，扯着裙摆望向天空："不，不是打仗，是礼花，是礼花呀！"

她大声高叫着："礼花，快看，多么漂亮！"

正向街边建筑拥去的人群停下脚步："噢，是礼花呀，不是打仗，快，快看礼花，多漂亮呀！"

人们再次回到街上，抬起头，看炫目的礼花在空中炸开，把他们头顶的夜空映得红彤彤一片。很快，周围的人群响起了兴奋的赞叹声、欢呼声和热烈的掌声，手托着红布的人们脸上洋溢起红光。

小兰子和小五站在街上，望着美丽的夜空。小兰子喃喃地说："你看，你看，是礼花呀，好漂亮，不是打仗，礼花好漂亮呀！"

小五望着兴高采烈的小兰子，开心地笑了。

辅仁大学的操场上，礼花队员像听到了街上人们的欢呼和赞叹一样兴奋起来："成功啦，我们成功啦，试射成功啦！"

队员们激动地抱成一团，一片成功的喜悦。每一个人，脸上都泪光闪闪。

夜空中的礼花，像懂了他们的心思，努力地绽放着，变幻着图案和颜色，一会儿是丛丛花朵，一会儿是星光闪闪，一会儿像一条瀑布，一会儿像雪花漫天。

躲在水池底下的大脑袋终于明白了。

"天哪，不是打仗，这是烟花吧？"

大脑袋看着绽放的礼花，站起来，一个个拧上水龙头，然后就着最后一个水龙头开始洗脸洗头。最后，一拳捣在水池边上："妈的。"

小兰子看了看小五，说："唉，不知道大脑袋看没看到，好漂亮啊。"

小五说："他爱看到不看到，他懂什么漂不漂亮，一个浑蛋。"

"不要那样说他。"小兰子说。

单眼皮和老荆，也站在院子里看礼花。

"真好。"

老荆说。

单眼皮突然很懊恼，说："好是好——"

一句话没说完，在老荆不解的目光中，单眼皮回到水房，关上了门。

每个人都兴高采烈，只有他心里堵得慌。单眼皮感觉好累啊，只想一个人静静。

这天傍晚，大脸蛋子得意地告诉他，晚上要去辅仁大学进行礼花燃放演练，到时候从院里好好看看，多提宝贵意见。

单眼皮嘴里嗯嗯的，他不愿让大脸蛋子看出自己在赌气，更不愿意让人感觉在这么大喜的日子，自己却不高兴。他不愿让人感觉自己不合群，甚至很怪。

"哼，得意劲的，不就是放个信号弹吗？有啥了不起？老子当年一枪一个，连续毙了三个国民党，都是五百米开外！"单眼皮气得自言自语，把手里捏着的一只搪瓷缸子重重地墩在桌面上。

添满了水，洗干净锅，单眼皮这里瞅瞅，那里看看，哪儿哪儿都不得劲儿。他在厨房转了一圈，在老荆不解的目光里出了厨房门，钻进水房。在角落的木箱子上拿起那把小号。

本来，就是坏的，后来一修补，就更难看了，现在，好好的圆喇叭口，被小兰子一屁股压瘪，看起来，不像小号。借着灯光，看起来，不过一卷被踩过的黄铜板子。

"我招谁惹谁了，这是！"单眼皮气得嘀咕一句，把小号举在嘴上，试着吹了一下，没出声。

单眼皮重新拧了拧号嘴，压了压阀键，又试着吹了吹，好在还能出声，却像发情的驴叫唤，又直又响，单眼皮赶紧停下来，尴尬地听了听周围，没什么反应。单眼皮仔细看了看，原来有个阀键透风撒气，使再大的劲吹，一半以上都漏了。单眼皮干咳了声，在水房里找来找去，找不到件趁手的工具，没办法，单眼皮只好拿起菜刀，用刀背轻轻地压了压阀键周围的裂口，仔细地在水缸沿儿上敲平喇叭口。

经过一番修理，小号发出的声终于像是件乐器了。

单眼皮坐下来，闭上眼小心翼翼地吹了起来。曲调悠然响起，还是那熟悉的《小放牛》，慢慢地，心里的烦恼也随着气吹了出去。单眼皮越吹越舒坦，越吹越带劲，号声越来越响亮。

吹得正过瘾呢，炊事员老荆的哑嗓门儿又吼起来："谁呀这是？都吹熄灯号了！"

单眼皮沮丧地放下小号，郁闷地一屁股坐到水缸沿儿上。

大脑袋冲洗干净，再一次来到大街上。他找来找去，在街边找了张长长的椅子，躺下睡了过去。后半夜，开始做梦，梦到在阵地上，跟着他爹躲炮弹，炮弹从四面八方飞过来，在他们眼前身后爆炸，血肉横飞，他们跑啊跑啊，突然，一枚炮弹，远远地朝他们飞过来，一下子，在他爹头上爆炸了，"轰隆隆——"他也被炸得飞了起来，他一下子吓醒了。

"轰隆隆——"

一阵响雷，从头顶滚过。

原来是要下雨了，大脑袋看看四周，夜太深了，大街上空空荡荡。大脑袋翻下椅子，顺着街想找个避雨的地方。可是，每一扇大门，都是锁死的。没办法，他又回到那张长椅子旁，在淅淅沥沥下起的秋雨中，藏到了椅子下面。

"阿嚏——阿嚏——"

一阵冷风过后，大脑袋喷嚏一个接着一个。可能，刚才水龙头下的一阵猛冲，衣裳不干，睡梦中，受了凉了。雨越下越大，大脑袋冻得哆嗦起来，只好钻出椅子。他想，跑跑吧，他爹说过，人只要活动着，就冻不死，到明天太阳一出，就什么都好了。

大脑袋在街上跑起来，渐渐不再害怕冷雨了。他张开双臂，让雨水尽情冲着，好痛快呀。大脑袋想，明天太阳出来晒干了他的衣裳，他身上就不会有一丝一毫的臭味了吧。

他冲着跑着，没一会儿，就感觉腿发酸，胳膊也抬不起来了。他心想，坏了，真是要病了。

他突然开始想小五，想小兰子了。想要是他们在，起码会拖着他走，不会让他死在大街上。大脑袋想着想着，就一头撞到了小五身上。

小五和小兰子，在街上跑着寻找避雨的地方。

世界就是这么小，有时候你不想见的人，抬眼就看见了。看到大脑袋的时候，小五心里很恨自己，恨自己带小兰子走这条路，要是换条路走，就看不见又臭又脏、半死不活的大脑袋了。

可是没办法，这就叫"冤家路窄"吧，小五心想。小五想扭头拉着小兰子走开，但看大脑袋竟然摇摇晃晃几下，倒在地上了。

雨越下越大了，小五拽着小兰子："快走，白眼狼，不要管他。"

他们走出几步，小兰子回头看看大雨中窝在地上的大脑袋，再不肯往前了："他要这样淋一夜，就活不成了。"

小兰子退回来，蹲在地上："大脑袋，大脑袋你这是怎么啦？起来，起来，跟我们到前边市场那里吧，也许能找到地方，避避雨。"

大脑袋早就看到小五和小兰子了，但他不好意思叫他们，特别是在这个时候。

"你们想好咯，

不管你，还是你，不管是谁，

藏着枪，罪过就大了，

谁都保不了你们，想死想活，

你们自己拿主意"

　　大雨滂沱，小兰子的声音潮湿而低沉，大脑袋迷迷糊糊的，好像躺在他们村头沟边的水蓼丛中。他小时候，经常到那里蹚水，摸鱼，有时候，有水蛇受了惊，在水面上昂起头，飞一般地划过水面，有时候，会摸到河蚌，很大，但肉煮不烂，咬不动。

　　后来，成年后，大脑袋想起雨夜的这一幕，心想，一开始，听到小兰子说话，他想起了他们老家院子里二月末的杏花，白白的，又单薄又小，在尚未暖和起来的春风里瑟瑟发抖。雨夜的那一刻，他听到小兰子说话，却想起了水蓼，紫长穗，开得好时，一嘟噜一嘟噜的，压斜了花秆儿。也许，是这些天不堪的经历，让小兰子不再轻盈了。每次想到这里，大脑袋心里都发酸。当年雨夜的一切，街边花草的苦味，马路上的沥青味，自己身上残余的臭味，一切，都回到他鼻孔里。雨水的冷冽，饥饿的眩晕，面对小兰子的惭愧，一切，又回到了他身上。原来，一个人，经历的一点一滴，都不会擦去。在时光中，时远时近，时刻跟随着你。

　　那年之后，大脑袋先是流浪到河北、河南、山西，而后在陕西北部一个叫子长的地方落下了脚，先是跟着一个叫郝万全的剃头师傅做学徒，而后郝师傅将女儿郝梅花和店面一起给了他。后来，郝梅花嫌男人剃头没出息，在一次延长油田招工时让他报了名，成了一名石油工人，养大了两儿一女。再后来，郝梅花在理发店割破了手，没当事儿，那只手却越肿越大，最后比大腿还粗，到西安的医院去看，说是败血症，半年人就没了。那时候，孩子也大了，也早就给郝万全养了老送了终，大脑袋就盘了下家业，变现的变现，变不了现的就送给街坊邻居，收拾一下回了河北宝坻老家。

很偶然，大脑袋在一个晌午念报纸，看到一篇题为《解放》的连载小说，里面写的是解放天津的事儿。好像啊！对呀，这个大脑袋，大脑袋呀，大脑袋对着镜子，晃着自己的大脑袋想，这不就是我吗？

他扔了报纸，到镇上给报社的编辑打电话。历时一个多月，终于找到了在天津市公安局工作的马小五的孙女马千里。三句话不到就说穿了，然后，马小五、孟幽兰、吴玉山——全找到啦。

小五嘴里的白眼狼大脑袋，背着满满一蛇皮袋大红枣，到天津，到北京，一个个找到老友。

……

那时年少，

未经风霜。

懵懂浑蛋还轻狂，

当年少年，

一心报仇，

初识世事可笑荒唐。

那个夜晚，

大雨滂沱，

少年卧在街中央，

来吧，伙计，

来吧来吧！

跟我在大雨中徜徉，

是朋友吗？

还是仇人？

该拥抱你，

还是该给你一枪？

…………

这是马千里为那个雨夜，为她的祖辈们写的题目叫《那时年少》的诗，后来，她的小说《解放》改编成电影，用了这首诗做了主题曲。

当马千里给爷爷奶奶们念自己写的诗后，闭着眼等着夸呢。好几分钟听不到有人说话，睁眼一瞅，都在抹泪呢。

"我的天哪！你们，你们——也太煽情了吧！"

马千里说着，迅疾掩上自己的嘴。她意识到，这些爷爷奶奶，真不是在煽情。机灵的马千里，觉察到这是多么珍贵的瞬间，抓紧举起自己的手机，把在座的每个人都录了一遍，远景近景，全景特写。后来，这段视频，被编辑成电影《解放》的片后纪录，收到了相当好的效果。电影排片后，越来越多的老人走进影院，看着电影中的小五、小兰子、大脑袋，想起了当年的自己，又开心又难过，百感交集。

旧时光，从不曾褪色。

旧情感，像酒，从浓烈，到醇香。

老友啊，愿你快乐、健康。

愿花常开，月常圆，人长寿！

愿岁月静好，愿天下太平，愿祖国兴旺。

电影首映，马千里接了爷爷的老友们看片，老友们，看着自己当年的一个个镜头、一张张脸，不时张开嘴，他们心里，有太多太多话想说。

就像当年那个雨夜的大脑袋，他躺在街上，躺在雨里，第一次，迷茫了。他不知道该怎么对待小五和小兰子，他们救过他多少回，连他自己都说不清了，可是，他心里为什么这么多恨？为什么？大街、楼房、蓝天、鸽子、人群、草木，为什么，他看什么都心里来气？

"大脑袋，大脑袋，你这是怎么啦，起来呀！"小兰子蹲在大脑袋身旁，喊他，拍他的脸。

　　大脑袋睁开眼，借着雨中微弱的路灯光，看到小五在旁边几步远的地方，扭着头。感觉头又一阵眩晕，重新躺倒了。

　　小兰子急得哭起来："小五，小五哥，你快来看看，大脑袋，大脑袋是要死了吗？"

　　小五走过来，架起大脑袋的肩膀扶他坐起来："吓，怎么这么臭？"

　　小五把头扭向一边，说："是掉粪坑里了吧，臭死人啦。"小五一只手举在鼻子底下闻着。

　　小兰子生气："你走，你走开，挑三嫌四的，还不稀罕你呢。"

　　小兰子拉起大脑袋的胳膊往自己脖子上一搭，想把他背起来。但小兰子力气太小，身板太弱了，一使劲，大脑袋没起来，她自己被坠到地上了。她再次爬起来，使劲架着大脑袋的肩膀再扶他坐起来。

　　"大脑袋，你醒醒啊，醒醒啊，听话，起来呀！"小兰子边哭边搂着大脑袋的腰企图把他拉起来。大脑袋有点清醒了，但感觉一点力气都没有。

　　"小，小兰子——"大脑袋想说不用管我，却没有说出来。

　　小五在一边终于看不下去了，走过来把大脑袋架起来，两人一人一边架着他，往市场方向走去。

　　这个市场，并没有顶棚，两边商店的屋檐，也很窄，根本找不到避雨的地方，小兰子和小五架着大脑袋转了好几圈儿，终于看到个卖猪肉的木案子。

　　"这里吧，到下面去。"

　　三个孩子钻进去，终于找到了块巴掌大的没雨的地方。

　　大脑袋和小五不一会儿就睡着了。小兰子睡不着，她坐在肉案底下，望着外面的雨，想不是解放了吗？不打仗了吗？要建立新中国了吗？要过上好日子了吗？为什么？为什么我们还是没房子住？吃了上顿没下顿？为什么还是找不到避雨的地方？好日子，在哪里呢？

小兰子又想起她父亲，这么大的雨，他有处避吗？他吃得饱吗？是死了，还是活着？

女孩的多愁善感让小兰子一直清醒着，直到雨变成细毛毛，直到东方露出了鱼肚白，直到街上重新人来人往，直到卖肉的人过来把他们赶了出去。

大脑袋看上去还是很虚弱，小兰子表示很担忧，小五鼻子里哼了一声："你放心吧，他死不了，一顿大肉包子，就活蹦乱跳了。"

小兰子祈求地看着他，小五懂了，摊了摊手说："上哪儿找包子去，我没钱啦，哎哟——"

小五把头偏向一边，接着说："我说大脑袋，不是我嫌弃你，你这浑身上下啥味儿啊，比叫花子还臭！"

大脑袋不好意思地朝小兰子扯了下嘴角，算笑了笑。小五把他扳过来朝着自己："你看她干吗？"

大脑袋又执拗地转过头去看小兰子，小兰子笑了："哎呀，你们就别闹了，都不省心的。是呀，大脑袋，你这身上，啥味儿啊，你把衣裳脱下来，我给你洗洗吧。"

小兰子一说，大脑袋立即不好意思了，一连串儿的喷嚏过后，大脑袋开始脱衣服，扔给小兰子。小兰子回过头，捡起大脑袋的衣服，在路边水洼里搓洗起来。

小五撇撇嘴："哼，臊不臊，弄一身臭气，让别人给你洗？"

大脑袋闭上嘴，看了小五一眼，不说话。

小兰子终于把那些臭衣裤淘洗干净，使劲拧了拧，晾在路边的灌木树枝上。雨终于停了，大脑袋饿得头晕眼花，忍不住发出一阵呻吟，可如今光着身子，出去找点剩饭都不可能了。

"他这是怎么了？"小兰子很不放心。

"哼，怎么啦，他快饿死啦。"小五带着气说。

"那——一分钱也没有了吗？"小兰子祈求地看着小五。

小五看着小兰子，又看了看他们身后市场上的人群，说："有，倒是有——"

"哼，就是没在你身上吧。"小兰子气得不理他了。

气归气，小兰子也没了丁点主意。这些天，都是小五拿主意，要么给拉车上坡的帮个力气，赚个小钱，要么是到饭馆讨点剩菜剩饭，要么是到垃圾堆捡点别人扔的烂果子。偶尔，小五能带个热包子甚至是整份热菜回来，说是遇到好人家，给施舍了些。小兰子知道小五的话有真有假，不能全信，说不定又是用手指头夹回来的。每当这时，小兰子宁可不吃，也不愿意小五出去偷。尽管没上过学，可妈妈生前却经常叮咛自己，人不求大富大贵，只求心中无愧，宁做饿死鬼，不做昧心人。

想起了妈妈，小兰子眼圈又红了。如果不是进城找爹，妈妈也不会死。原来妈妈一直说，等仗打完了，爹就能回来陪我们了，可现在仗打完了，妈妈没有了，爹是死是活也不知道。为什么要打仗呢？拼个你死我活，大家都好好地生活不好吗？小兰子想不明白。

眼下找点吃的最要紧，但眼下小兰子思来想去，只有去找单眼皮，他肯定不会见死不救。想到单眼皮，小兰子也犯了难，那三根金条到底说还是不说呢？不说对不住他，他毕竟救了自己的命啊！要不是他，煤槽子里的自己、小五和大脑袋，早就被手雷炸飞了。但是说了，爹会不会更危险，他杀了那么多人，八路军抓住他，肯定没命了。想到这里，小兰子摇了摇头，不愿再想下去，爹要真是坏人怎么办？小兰子不敢想也不愿意想。

那个她印象中模模糊糊的爹，是好人还是坏人呢？是坏人的话，妈妈那么好，怎么会嫁给他？如果是好人的话，他怎么打败了，成了俘虏？书里说的，故事里说的，最后，不都是好人胜了吗？爹到底是好人还是坏人，小兰子越来越拿不准了。

但是爹就是爹呀，小兰子想，只要知道他在哪儿，知道他还活着，我就得去找他啊。她想起妈妈的嘱咐，让她去找她表姨和表姨父，可是，可是，她不能不管她爹呀，她从天津好不容易来到北平，不就是为了找她爹吗？

不管了，小兰子想，先找到单眼皮，弄点吃的再说吧。

小兰子心一横，站起来，去找单眼皮。听小五在后面长吁短叹的，她也没回头，她不能再允许小五去偷了。

单眼皮正乐着呢，这一夜雨呀，下得真是太好啦，把一溜十几个大水缸全下满了。"这得省我多少工夫、多少力气呀，老天爷，真是好心肠。"单眼皮想着乐着，嘴里哼起小调。

"瞧你这出息，不用挑水就乐得屁颠屁颠的，多大点事儿。"老荆笑着瞅着单眼皮道。

"哎呀——"单眼皮刚要说，他最乐的还不是水缸下满了这回事儿，是一下雨，地上太湿，大脸蛋子就没法去试放烟花了，那得意劲儿，最让他开心了。但这话，不能说出来，单眼皮朝老荆笑笑，挠了挠头皮，一转头，看到小兰子在院子门口朝他招手呢，吓了他一大跳。

说心里话，知道小兰子是个女孩子后，单眼皮想了半晚上，突然发现，小兰子的脸和她的笑，本来就是女孩子嘛，男人怎么会那个样？但是，咋就没看出来？"因为你傻嘛。"单眼皮在心里对自己说。

越走近小兰子，单眼皮心里竟有点不好意思了。感觉自己心"怦怦怦"地跳起来，脚底下却又迟迟疑疑地，拿不准小兰子这次找他要干什么——不管怎么样，她和他们，把他可害苦了，就金条这事儿，他还背着锅呢。

单眼皮站住，往后看了看。老荆站在厨房门口看他，看到他回头，老荆冲他喊："你小子，别犯拧。"

单眼皮回过头，小兰子小跑着迎过来，看着单眼皮朝那里走，门口站岗的战士就没拦着。

"你快点啊，急死我啦，大脑袋，大脑袋快不行啦。"小兰子跳着脚说。

"不行啦？怎么啦？被人打了？"单眼皮很纳闷。

"是，是饿的。"小兰子突然没底气了，因为她听到自己肚子也咕咕叫起来。但没办法，她边用手摁着肚子不让肚子叫，一边把大脑袋情况说给单眼皮。

"哦——"单眼皮说，"小五说得没错，八成是饿的，那啥，你等等啊，我回去拿钱。"

老荆一听到单眼皮请假，头马上摇得跟拨浪鼓似的："正是关键时候呢，仪仗队的人训练得辛苦，过几天就要上阵了，你——你怎么老是有事儿，这几天，你小子是不是有问题啊，你可记着，你的黑案底还没闹明白呢，别再——"

"哎呀，首长啊，叫你首长好不好？我是什么人你还不知道啊？要出人命啦，你赶紧准了吧。"

听单眼皮说出人命，老荆更不准啦："这可是个大事儿，我要批了假给你，说不定我也会犯错误，你说清楚，不说清楚可不能走。"

单眼皮没辙了，只能一五一十地把大脑袋要饿晕的事儿告诉老荆。好半天，老荆才点点头："嗯，都是些孩子，该去，这么着吧——"

老荆转身进了厨房，收拾一网兜馒头，拿了块腌萝卜，脱下自己的上装罩上递给单眼皮："拿着，快去快回，别耽误工作。哎，注意了哈，别节外生枝，快去快回。哎，对了，你骑上那自行车，上心些哈，别碰坏咯。"

嘱咐一周遭，才放单眼皮走开。单眼皮到水房门口取了自行车，把馒头挂车把上，心里感动着呢。感觉平日里看上去拿腔作调、事儿事儿的老荆，原来心里头这么让人温暖。

小兰子在门口急得不行了，但一看到单眼皮骑了自行车出来，又开心起来。不用看，只一闻，她就知道，车把上挂着的，是馒头。

单眼皮看她盯着馒头，打开网兜拿了个馒头给她："饿了吧。"

小兰子点点头，把馒头接手里，并不吃。单眼皮说："快吃吧，这里还有好多呢。"小兰子这才吃了，边吃着馒头，边跳上自行车后座。

拐个弯，单眼皮脚底下加劲儿，自行车飞快，不一会儿，就到了市场。远远地，小兰子举着没吃完的馒头，朝着街边树底下探出头的大脑袋摇晃着。大脑袋还光着身子不敢出来。小兰子怎么也找不到小五，连洗好的大脑袋的衣服也不见了。

单眼皮停了自行车，小兰子跳下来，叫大脑袋出来，但大脑袋隐在一丛灌木丛中，就是不出来。

"你怎么啦？"小兰子朝他走过去。

"不要过来，不要过来。"大脑袋喊起来。

"怎么啦？小五呢？"

小兰子一问，才知道，小五刚刚看单眼皮往这边过来了，抢了大脑袋的衣服，跑了。

"往哪儿跑了，他？"单眼皮问。

大脑袋往前一指："那儿，刚跑没一会儿。"

单眼皮说："你等着，他跑得再快，也没洋车子快。"

单眼皮骑上车窜出去，又刹了车退了回来，拿下车把上挂着的网兜，连老荆的衣裳一起递给小兰子："对了，这有件衣裳，先让他穿上，对，你们先吃着，我一会儿就把他追回来。"

说完，单眼皮脚底下使劲，噌一下又窜出去了。大脑袋迫不及待地拿出馒头，咬一口，再咬一口，狼吞虎咽。小兰子说："哎哟，慢点吃，慢点吃，别噎着了，哎，这里还有块咸菜——"

大脑袋不要咸菜，边咀嚼边摇着头："不用不用，馒头就香死个人。"大脑袋吃着东西，嘴里叽里呱啦，把小兰子逗笑了。

两个馒头下了肚，大脑袋终于有了点精神，他接过小兰子递来的第三个馒头，让小兰子递给他点咸菜吃。小兰子拿出腌萝卜，拿手怎么掰都掰不开。

"哎呀，你拿牙咬啊，咬下一块来。"大脑袋说。

小兰子咬了一块，递给大脑袋。大脑袋咬一口馒头，就一口咸菜，边吃边说："真香，真香啊。"一个馒头又吃完了，他看着看他吃饭的小兰子说："你也吃啊，你怎么不吃啊？"

小兰子说："我刚才吃了，不饿了。"说着，小兰子又递给他一个馒头。

大脑袋伸出手，想了想又缩回去："算了，这么着吧——我也不饿了。"大脑袋朝远处看看："唉，留俩给，给小五吧。"

小兰子瞪起眼："天哪，大脑袋，什么时候变得这么懂事儿啦？他可是刚抢走你的裤子啊。"

大脑袋摇了摇头："我要懂事，就好啦。"

小兰子从街边树丛里找了条洋灰袋子给大脑袋："你裹上，出来走走，我妈妈说，吃饱了窝那儿，要挤着肚子，长病。"

大脑袋驯服地扣上老荆的上衣扣儿，把洋灰袋子扎在腰间，站起来在街边踱着步："你说，单眼皮，能追上小五不？"

大脑袋很不放心。

小兰子点点头："放心吧，小五那两条小细腿，跑得过洋车子？"

可不么？

单眼皮一溜飞快地追过几条大街，拐进一条胡同，看到小五正在往里窜呢，小五听到车声，不再往前跑，转身爬上身旁的电线杆子。单眼皮跳下车，在下面喊："你下来，下来。"

"我为啥下去？这里凉快，小爷我就爱在这待着。"小五油腔滑调又上来了。

单眼皮哭笑不得："哎呀，你说你抢他裤子干什么，你又不是没有裤子，快吧，快下来？我拿了馒头来，你回去慢了，就被大脑袋吃光了，还有大腌萝卜呢。"

小五刚想往下出溜，一听有吃的，很心动，又停住，说："你要干吗？黄鼠狼给鸡拜年，没安好心，你——"

"没想干啥，就是给你们送馒头来了。"单眼皮说，"你下来不下来，不下来我可走了，你饿着肚子在上面待着吧。"

说着，单眼皮抓着车后座，调转了车头，做出要离开的样子。

"送馒头是假，来抓小兰子是真吧，说实话，你是不是想来把小兰子抓走？告诉你吧，她回天津了，再也不来北京了，你找不着她了。"

单眼皮又气又笑："这事儿你甭管，你就说，你把衣裳弄哪儿了吧？"

小五才要说话，远远地，看着大脑袋卷着个洋灰袋子往这边来了，大脑袋后头，跟着小兰子。

"他妈的，还不承认，你已经把大脑袋那兔崽子收买了吧？"

大脑袋和小兰子，越走越近，小五就急了，朝着小兰子大喊："小兰子，快跑，快跑，这个王八蛋抓你来了。"

小兰子一愣，旋即明白过来，她朝前窜了几步，来到电线杆底下："快下来，他是来给我们送馒头的，快下来。"

小五蒙了，左瞧瞧右看看，不知道真假，到最后不得不下来，因为胳膊都酸了。

"他，他不是来抓你？"小五走到小兰子跟前问。

"嗨，你想哪儿去啦？不是，放心吧，大脑袋衣裳呢？"小兰子说。

"不是抓人——"小五想了想，说，"那我刚才说差了哈，把王八蛋收回来，你不是王八蛋，你——"

"得啦得啦，别贫了。"单眼皮说，"赶紧把人衣裳拿出来吧。"

小五指了指电线杆边上的屋檐说："在上头。"

众人面面相觑，小五无奈，又爬上房顶，乖乖把半湿未干的裤子和鞋子拿了下来。待大脑袋穿好裤子，小兰子也跑了过来。小五看了看小兰子，又看了看单眼皮，不明白这两个人怎么突然不打架了。

单眼皮看着小兰子，冷不丁地问："你爹是国民党？"

小兰子吓了一哆嗦。

"谁说他爹是国民党？你准是听大脑袋说的吧？"小五赶紧接过话茬儿。

大脑袋系着裤子过来："他爹是跟你们一块开北平来的，你帮着小兰子找着他爹就知道他爹是做啥的了。"他对单眼皮说。

"你爹才是国民党呢，你他妈的是小国民党！"小五冲着大脑袋吼起来。

大脑袋说："我不是国民党，我是剃头的，我爹也是剃头的……"

小五说："你爹是剃头的？那我告诉你，小兰子爹是八路军！不信你让单眼皮把他爹找着看看是不是！"

大脑袋说："他爹是不是八路，小兰子心里清楚，不信你让单眼皮找着他爹看！"

小五一把掐住大脑袋："找着小兰子爹，让他爹毙了你这狗东西！"

大脑袋掐住小五的脖子说："哼，本来，我都不想跟你打架了，你这样对我，好吧，我今天先弄死你！你个连偷带摸的下三滥！"

小兰子上前要拉开扯在一起的小五和大脑袋，被单眼皮拦住。单眼皮说："你不要怕，你爹就算真的是国民党，跟你也不着边儿，共产党优待俘虏，绝不会滥杀无辜。我虽然恨国民党，跟国民党打过十几仗，因为我娘就是被国民党的坦克车碾死的……"

"小兰子他爹压根儿就不会开坦克车，碾死你娘的肯定不是小兰子他爹！"

小五掐着大脑袋滚在一起，歪过头来，急赤白脸地对单眼皮甩一句。

单眼皮理都不理滚成一团的他俩，继续说着："但你放心，只要投降，不与人民为敌，解放军一定给他改过自新的机会！你明白了吗？"

小兰子点了点头。

"你爹到底是做啥的？现在在哪？"

"我爹？"小兰子喃喃地说，"我爹——我爹——就是——我也不知道他在哪！"说完呜呜哭了起来。

单眼皮安慰道："你想找着他吗？"

小兰子又点点头。

大脑袋骑到了小五身上，一巴掌又把他鼻子扇出血："你他妈的记住了，我是剃头的，我爹也是剃头的！"

小兰子又要过来拉开他俩，单眼皮又拦住她，他拿出了那个珠子串的钱包："这个钱包是谁偷的？"

小五使劲又将大脑袋压在身下，歪头冲单眼皮说："那钱包是我偷的，小兰子拿走说是要还给人家的！………哎哟，没小兰子嘛事！"

"其实我知道了是你要还给人家的。"单眼皮对小兰子说，一边把钱包递给她，"你想法还给人家吧，我会想法儿帮你找着你爹的，但是，你还是要帮我把金条的事儿说清楚啊，不然，不然，我自己都泥菩萨过河，哪儿能帮得了你？"

小兰子连连摆手，不敢接那个钱包，说："不要，我不要。"

"你还想让我犯错误呀？这个，我可真帮不了你们。"单眼皮硬把钱包塞到了她手中。

大脑袋和小五边打边吵吵。

大脑袋一个劲儿地喊："记住喽，我不是国民党！"

小五说："你不是国民党？你整天藏着把枪，想杀人，你不是国民党是啥？"

单眼皮听见有枪，顿时紧张起来："枪？谁有枪？"

小五使劲喊："他有枪，……他还会开枪呢！"

单眼皮这才过来，拽起骑在小五身上的大脑袋："军管会三令五申，任何人不得窝藏枪支，违反军管的命令是要枪毙的！"

"我，我真的没枪，不信你问小兰子。"大脑袋看着单眼皮的样子害怕了。

单眼皮怀疑地瞪他一眼，扭头问小兰子："他有枪吗？"

小兰子看看小五，看看大脑袋，终于——胆怯地摇了摇头。

"哎呀，看来是真有枪，你们真是不要命了。"单眼皮焦急地说，"枪在哪儿？赶紧交上来，我替你们说，就说是你们捡来的——"

"他瞎说，哪里有枪？哪里有啊？啊，我知道了，是不是他自己藏着枪，要血口喷人，他是想害我！"大脑袋不知道哪来的机灵劲儿，让小五一时找不到话说了。

单眼皮说："你们想好咯，不管你，还是你，不管是谁，藏着枪，罪过就大了，谁都保不了你们，想死想活，你们自己拿主意，你——"

他一指小兰子："你来说，应该怎么办？"

小兰子看了看大脑袋，低下头，用蚊子一样的声音说："大脑袋，还是把枪交出来吧。"

这个人啊，

非常狡猾……

抗拒学习改造、破坏和平整编，

前几天伙同他人打伤哨兵——

逃跑了

礼花队试射成功后，军乐队的所有官兵练得更有劲儿了。他们不能输给礼花队，一大早，就起来在操场上排练开了。现在，他们连洗澡，都哼着小调，踩着鼓点，每个人，都充满干劲。只有单眼皮，看着大脸蛋子天天嘴咧到耳朵根子上，又开始堵心了。

　　仓库里，一排排大信号枪被"喊哩咔嚓"地拆开，并擦拭得油光锃亮，一颗颗五颜六色的大信号弹分类码放得整整齐齐。大脸蛋子和礼花射放队的同志熟练地练习着装弹、退壳。一招一式，整齐划一。

　　连与开国大典最不相关的伙房人员，也参与到开国大典的准备工作之中。老荆每天做饭之余也哼起了军乐队常演奏的《解放军之歌》，掌勺时手里的长铁勺也在锅里敲起了鼓点。

　　看到乐队、礼花队操练得热火朝天，单眼皮心里不是滋味。每天清晨就抓起扁担钩子，一趟趟来回，让水房门口大缸里的水溢出缸沿儿。直到最后一口缸里的水也满了，才抹抹额头上的汗水，放下扁担水桶，一屁股坐在缸沿儿上。

　　操场上军乐队的各式铜管乐器在阳光照耀下反射出耀眼的光芒，晃得人睁不开眼。

　　看着李胖子神气地敲着军鼓，单眼皮羡慕得不行。

看到收拾了装备的大脸蛋子走过去，单眼皮摆弄着那把小号，故意说话给大脸蛋子听："可惜呀，可惜，都是因为你，我和大脸都参加不了军乐演奏了，可脸大就是好啊，你看人家，现在成了礼花发射队的了。我呢？是挑水队的，能吹有什么用？打得准又有什么用？"

"哈哈！我咋闻着这么酸呢？厨房里的醋瓶子倒了吧？"大脸蛋子讥讽他道，"还拿这破号练呢？没用！告诉你吧，听说，现在国歌还没有定下来呢，你连谱子都不会，一旦开会，定下了国歌，哪还有时间来得及练呀？"

"离开国大典只有四天了，怎么国歌还没定下来？"单眼皮有些纳闷。

"谁知道呢？可能，是领导们有争议吧，反正现在乐队还没有接到通知，你没看见军乐队的同志们都很着急嘛。"大脸蛋子也说不出个所以然来。

单眼皮还想问些什么，老荆的哑嗓门儿又叫了起来："吴玉山，赶紧去打扫内务，阅兵指挥部的领导要来检查了！"

单眼皮只好从缸沿上挪下来，耸了耸肩膀说："遵命。"

单眼皮撅着屁股一边扫地，一边问窗外洗脸的大脸蛋子："我说，他们练的这些曲子在阅兵的时候都要演奏吗？"

"阅兵式的曲子是早定下来的，阅兵式奏《东方红》《军大校歌》《三大纪律八项注意》《人民解放军进行曲》。分列式演奏《骑兵进行曲》和《战车进行曲》。群众游行时奏《新民主主义进行曲》和《没有共产党就没有新中国》，还有《团结就是力量》《民主青年进行曲》《向着胜利挺进》。"窗外的大脸蛋子回答道。

单眼皮把床铺下的鞋子一一摆正："哎，拿《东方红》当国歌不是挺好吗？"

"毛主席不同意。他说了，国歌得是一个国家和民族全体民众共同心声的表达和共同意志的体现。要起到统一人的思想，激发民族爱国情感，催人奋进的巨大作用。"

单眼皮说："那用《没有共产党就没有新中国》！你说的作用这歌里都体现了。"

"倒是有人这样建议过，可是没有得到政协代表们的认同。毛主席说要'以我为主'，就是说，国歌得体现我国人民的意志，民族的自信。得是对敌斗争的胜利标志。"大脸蛋子说完，随着集合的口号，跑开了。

　　单眼皮听得若有所思，停下了手里的活，站了起来。

　　院子里传来军乐队操练着分列式，《团结就是力量》一曲过后，转奏出雄壮的《人民解放军进行曲》。

　　单眼皮收拾好内务，挨个给每个铺位的脸盆倒好洗脸水，摆好毛巾，然后坐在床板边上两眼望天，一阵发呆。

　　宿舍里静悄悄的，齐刷刷的铺位床头上挂着一套套崭新的军装，这是战士们准备阅兵典礼时穿的"礼服"。有的"礼服"上别着各个时期的军功章。很显然，战士们很珍惜将在最伟大的时刻戴上最值得纪念的荣誉。

　　单眼皮被这些奖章吸引，迷恋地抚摸着那一枚枚经过战火洗礼的军功章……

　　单眼皮拿起一套礼服来看了看，新制作的中山装有四个贴袋，白色的武装带，还有一个大盖帽。单眼皮拿起来在身上比画比画，小镜子里一看，精神头果然不一样了，立刻有了英雄气概。单眼皮又把一枚枚勋章别在礼服胸前，礼服更显得威严庄重。

　　这时，门外又传来老荆沙哑的喊声："吴玉山，有人找你！在大门口。"单眼皮来到门口一看，原来是小兰子，后面跟着小五和大脑袋。

　　看到单眼皮，小兰子有些忸怩，吞吞吐吐地说："我，我，我是想来说说那三根金条的事儿。"

　　单眼皮一听，赶紧拉着三人直奔队长房间，但整个大院空空荡荡，找来找去找不到别人，只好跑到伙房问老荆。

　　老荆头也不抬："他们呀！都出去受首长检阅演练去了，要到饭前才回来，今天中午的伙食要改善了！"

单眼皮顺手给三人各拿了个馒头。三个孩子平时饥一顿，饱一顿，拿了馒头张嘴就啃。

　　小兰子吃了几口馒头，鼓了鼓勇气，想和单眼皮说说三根金条的来由，单眼皮高兴地说："不急，不急，等队长回来，当着他的面说清楚，省得费两遍工夫，嗯！只要你把三根金条的事解释清楚，我就能参加阅兵了！"话一说完，单眼皮已经想象着自己穿着整齐的军礼服，吹着崭新的小号，和队友们一起在天安门前演奏着一首首乐曲了，先是《东方红》，紧接着是《人民解放军进行曲》。

　　小五第一次到军乐队大院，兴奋地东瞧西望，从窗户里看到宿舍整整齐齐的床铺和礼服、勋章，还有一张军乐队演奏的照片，更是开了眼界，顺口问单眼皮："嗬，真高级，这相片上有你吗？"

　　单眼皮摇了摇头："没有，不过，这有啥稀奇的？照相片，咱们想啥时候照啥时候照！"

　　小兰子、小五一听来了劲。小五说："真的？在天津的时候，那个照相馆，我们硬是不敢进。"

　　单眼皮也为没在鼎章照相馆留下张照片而遗憾，他叹了口气说："嗨！我那时就在楼上，也没拍张相片，今天正好有空，咱们一起去照相馆看看？"

　　四人很快来到亚美照相馆，单眼皮穿上军礼服，穿衣镜里映出单眼皮神气的姿态，小兰子认真地帮他别好一枚枚勋章。

　　照相机前，单眼皮在摄影师的摆弄下，摆好一个昂首挺胸的姿势。

　　小兰子递过一束鲜花，单眼皮看看，随手推开。从怀里掏出了攻进天津城时那面被弹火灼损的"攻城尖刀"的锦旗，挑在身边，更显出他的威武。

　　"咔嚓！"碘钨灯一闪，小五和小兰子看着他胸前那片金光闪闪的奖章，眼睛里流露出无限的羡慕。

　　单眼皮神气十足，他看小兰子一直在摆弄着手里的鲜花，便拉过她，对摄影师说："同志，你再开张票，我们俩再照一张。"

　　小五看单眼皮把小兰子亲昵地拉到胸前，觉得很不是滋味儿，便侧身挤到了他们俩人中间。

摄影师换好底片，正要拍照，单眼皮很自然地将小五挤了出去。

小五很不舒服，他看看一直臊不搭眼地坐一边板凳上的大脑袋，便趁人不备，随脚将地上的电源插销线踩断。

屋子里顿时漆黑。随着照相机咔嚓一声，摄影师："哟，停电了……"

黑暗中一阵窸窣声，灯终于亮了，单眼皮一看，自己搂着的是尴尬的大脑袋。

摄影师不好意思地说："我再给你们补一张？"

单眼皮一看表，时间不早了，挥了挥手说，算了，改天再来照吧！

几个人出了照相馆，小五拉着小兰子急匆匆地走着。

大脑袋在后边追着单眼皮，边走边说："我说过了，他跟你坐不到一条板凳上，他爹是国民党，你要是不信我的话，找着他爹你就知道了……"

单眼皮甩开大脑袋，追上小兰子问："你爹长啥样儿？"

小兰子停住脚步，回过头呆呆地望着他，不知如何回答。

单眼皮叫他望得发毛，咬咬牙说："小兰子，不管你爹是什么人，等我参加完开国大典的阅兵任务，我一定帮你找着你爹！"

小兰子感激地点点头。

小五闻听后问了一句："哪天举行开国大典呀？"

单眼皮算算："快了，还有四天……明天，后天，大大后天，我们就要成立新中国了！"

大脑袋问："你也要参加阅兵去呀？那你啥时候才能帮小兰子找着他爹呀？"

单眼皮说："当然，我跟着毛主席打了好几年仗，可是我还没见过他老人家呢，这回说啥我也得见见毛主席。"

小五讨好地说："你肯定能见着，你得了这么多的奖章，按理儿说你就是瓦岗寨里的程咬金、梁山泊里的鲁智深呀，是有功之臣呀。"

"你说的那都是古时候的事了，我们共产党不兴这套，要不是金条的事，我的军功章，要比这些多多了。"说着，单眼皮拍了拍胸前的勋章。

小兰子低下了眼眉。

单眼皮挺拔的身材，崭新的军礼服，胸前密密麻麻的勋章，成了街上行人的焦点，过路行人纷纷行注目礼，单眼皮很享受这种感觉。"呼啦！"一群漂亮的女学生将他们四个人挤散开来。她们围住满胸奖章的单眼皮，纷纷拿出笔记本、钢笔请他签字。

"解放军同志，给我们签个名字吧。"

"嘿，你这些奖章都是在什么战斗中得来的呀？"

"你几岁参加革命的？你参加过长征吗？"

一个个热情的学生边问边举着本子，等待着英雄的签名。单眼皮有点应接不暇，一个一个接过来，手忙脚乱地在本子上签着自己的名字。

"哟，看呢！这枚奖章还是土地革命时期的呢！"一个胖女生显然对奖章有所了解，惊讶地叫起来。

"哎哟喂，你还真是红军战士呀？快给我们讲讲你的战斗故事吧！"女生们更热烈了。

单眼皮更得意了。

突然，一群穿军装的战士走了过来，把单眼皮和学生们隔离开。没等周围的人反应过来，几个人已经薅住了他的后脖领，从人群中拎了出去。

小五和小兰子、大脑袋蒙了，相互望了望，拔腿追了上去。

小五一行追到小街拐角，猛地刹住脚步，他们看到大脸蛋子带着几个战士揪着单眼皮，边走边训斥："你经过我们同意了吗？没经同意就拿走我们的奖章？"

"你这是自私自利的个人英雄主义！"

单眼皮想解释，一行人哪里听得进去？拉着单眼皮回队部了。

"小兰子，你在哪？跟我回去解释解释那三块金条啊！"单眼皮边挣扎边回头寻找小兰子。

小兰子想跟上去，却被小五拉住了。小五看着那一行人连拖带拽地架着单眼皮走远了，说："得，原来是一块菜帮子挂墙上了——"

小兰子和大脑袋没听懂他说的意思。

小五说："硬充他妈的大鞋拔子！"

好在没耽误首长的检阅，大脸蛋子几个没向队长打小报告，单眼皮才免于被处理。

晚上，单眼皮挑满所有的水缸，放下水桶扁担，想起白天的事，后悔莫及。要不是自己贪图虚荣，哪会被大脸蛋子抓住在众人面前丢脸？要是老老实实等着小兰子向队长证明三根金条的事，说不定自己已经能进军乐团训练了。

单眼皮摸了摸那把熟悉的旧小号，放在嘴里想吹几声，又怕挨老荆的批评。

单眼皮决定，出院门溜达溜达。刚出大门，就遇到了大脑袋，看来大脑袋早就等着自己。看见单眼皮，大脑袋塞过来一张纸片。单眼皮接过来一看，是一个国民党军官的照片，大脑袋低声说："这就是小兰子他爹。"照片已经被烧得模模糊糊，单眼皮仔细看了看，感觉有点面熟，但又想不起在哪儿见过，问大脑袋："见了你能认出来吗？"

大脑袋咬了咬牙："化成灰我也认识。"

"好，明天一早，你还是在这里等我，咱们一块去城外的整编营找找看，附近所有的国民党战俘，都整编在那里了。"

第二天，天刚蒙蒙亮，单眼皮就骑车带着大脑袋出了胡同口。车子飞快地消失在淡淡的晨雾中。初升的太阳、西面几缕缥缈的白云和晶莹的月亮，同时出现在天空。

单眼皮很熟悉整编队教导员，打锦州的时候他是自己的排长，解放锦州后，自己养伤，而排长继续打到了关内，现在已经是整编营的教导员了。

单眼皮向老排长敬了个礼，教导员刘兴秀对单眼皮的到来非常高兴，拉着单眼皮的手亲切地问长问短。

单眼皮显然对自己目前的处境不太满意，又不愿意麻烦老排长，只拣大致经过说了说："刘排长，我不是喜欢吹号吗？原来你还听过呢！现在在军乐队部工作。"

"噢？到军乐队也不错！"刘排长说，"打仗的时候，可以鼓士气、壮军威；新中国成立后，可以兴礼仪、振国威。"

单眼皮笑了笑，没好意思说自己在军乐队只是伙房保障，负责挑水烧水，他赶紧掏出照片来，问刘排长认不认识。

"是有这个人。"整编队教导员看着穿国民党少校军装的照片，对单眼皮说，"这个人叫孟天良，还是个国民党营长呢！天津战役后，根据我军与傅作义先生签订的和平解放北平协议，他是和新保安战役、天津战役和北平和平解放的原国民党军一起送来，进行学习改造，然后准备整编成中国人民解放军的第二十二军的。"

单眼皮一听，高兴地一拍大腿："哦，可找到了，他还真在你们这里呀！"

一旁的大脑袋眼睛里暗暗露出期待已久的紧张神情。

教导员疑惑地问："你和他认识？怎么突然来找他？"

单眼皮解释道："他是我一个朋友的爹，他儿子一直在找他，从天津找到北京来了，现在还没找到，让我帮忙找找，才想到你这儿来，你说这不巧了吗？"

教导员看了看单眼皮后面的大脑袋："噢，你，是他儿子？"

大脑袋吓得连连摇头。

单眼皮笑着说："他不是，不过幸亏他帮忙，给了我这张照片才这么快找到他，领我们去见见这位国民党营长吧！让他知道他儿子在找他，是时候让他们见一面了。"

刘排长一拍桌子："小吴，你来得不巧，这个孟天良，他逃跑了！"

单眼皮和大脑袋都"啊"的一声，站了起来。

教导员介绍说："这个人啊，非常狡猾，来这里之前，听说在天津俘虏营表现不错，送到这儿改编，谁知这家伙到了这里以后，露出了本来面目，思想很是反动，抗拒学习改造、破坏和平整编，前几天伙同他人打伤哨兵——逃跑了。"

单眼皮一脸失望，回去怎么向小兰子交代呢？

教导员指着对面的一个禁闭室说："那个孟天良，就是和那个家伙，装作热爱劳动，趁着外出买菜的机会，打伤了我们的一个士兵，夺了枪逃跑的。结果我们只逮住了他，那个孟天良逃了，我们现在正在四处搜寻呢。没想到，他还有个儿子，哎，小吴，他儿子在哪？他会不会去找他儿子了？"

单眼皮想了想，摇了摇头："应该不会，他儿子正在找他，他们俩联系不上，不过你放心，回去后我一定留意好他儿子，有什么情况及时向你汇报，争取尽早把他抓回来。"

教导员点了点头："好，不过这个孟天良顽固狡猾，你遇见了千万要小心。"

单眼皮点点头，指了指禁闭室里受伤的逃兵："那个家伙，没交代什么有用的线索吗？"

教导员叹了口气："这个家伙也确实嘴硬，怎么审问就是不说，咱们共产党的政策你也知道，不能虐待和私刑拷打，所以目前还没什么有用的线索。"

看到单眼皮和大脑袋都有些失望，教导员安慰道："不过，毛主席和朱德总司令已经下达了解放全中国的命令，咱们人民解放军马上就要打过长江，解放全中国，他们还能跑到哪去？"

单眼皮看了看大脑袋，准备回军乐队。教导员点点头，看了看单眼皮带来的照片说："这张照片，能不能留在这儿？可以用它做个通缉令，全城贴一贴，形成人人喊打的态势，这家伙就躲不了多少时间了！"

大脑袋想了想，说："首长，我有个主意，可不可以试一试？"

教导员看了看大脑袋，又看了看单眼皮，说："说来看看，什么主意？"

大脑袋指着对面的禁闭室说："我单独和那个逃兵谈一谈，说不定能得到什么消息……"单眼皮打断大脑袋："你没听说已经审问过了吗？你去能谈啥？你又不认识他。"

教导员皱了皱眉头，想了想，哈哈笑着对单眼皮说："这个小伙子，很有想法，可以去试一试！"

大脑袋接过孟天良的照片，塞进了鞋底里，双手背在背后，对教导员说："麻烦安排两个解放军绑住我，把我押进去吧！"

单眼皮这才明白大脑袋想用什么方法，他伸出大拇指说："嘿！瞧不出来，你还有这本事！"

教导员喊了两个战士过来，安排了一番，不一会儿，大脑袋被五花大绑扔进了禁闭室。

里面的逃兵年纪不大，约莫二十岁，靠墙根儿一个腿上打着夹板，懒洋洋地晒着太阳，实在有些无聊。看到又押进来一个小孩子，感觉来了同伴，待到押解的卫兵一走，他轻轻喊着："兄弟，犯什么事儿了，被关进来？"

大脑袋看了看逃兵，说："我是找爹，他们说是在这里，我来问了几句，就把我关这里了。"

逃兵冷笑了一下，冲着自己打着夹板的伤腿努了努嘴："看见了吧？我这样的才被关这里边，哪里有找爹被关起来的？"

大脑袋装着糊涂："我也纳闷呀，听说八路军优待俘虏，我听说我爹在这是俘虏，想来找他，没承想那伙八路军刚问了几句，就生气得不行，说把我押起来，抓到我爹时一块审。"

"你姓啥？"逃兵问。

"姓孟，咋的了？"

"姓孟！你爹叫什么？"

大脑袋故意把头转过去，说："为什么要告诉你？"

逃兵讨了个没趣，却更加激起了说话的兴趣，他故意吊着胃口："或许，我认识你爹呢？"

大脑袋见时机差不多了，用脚脱掉鞋子，露出里面照片一角的小兰子她爹的头："你看看认识吗？"

逃兵看了看照片，马上扫了扫周围，发现没人注意，悄悄地说："你真是孟营长的孩子？你怎么找这儿来了，他刚逃出去！"

大脑袋故作惊讶："啊？那我不是白来了？还被关在这里！"说完咧嘴就要哭。

逃兵急忙制止："别出声,我认识孟营长,你不是什么重犯,关不了你多长时间,就能出去了,出去后你们就能团圆了!"

"北京这么大,上哪找他去!"大脑袋戏精附体,装得惟妙惟肖。

"临逃出去前,孟营长说过,可以在陕西巷暖春阁,找一个叫绣春的姑娘碰面,你出去后可以去那儿看看。"

大脑袋听到"绣春姑娘",立刻想起饭馆里丢钱包的那个菊花顶头发的女人,一语双关地说:"好,你放心,我一定会找到他的。"说完,趿拉上脱下来的鞋,大声喊,"我要尿尿,快解开!我要尿尿,快解开!"

两个巡逻的解放军战士立即跑过来大声呵斥:"喊什么喊!"打开门,一人架着逃兵的一只胳膊:"走!今天继续审问,你可老实点!"逃兵边瘸着倒退着,边冲着大脑袋使了个眼色。

待到逃兵被带到另一个房间,大脑袋站了起来,教导员和单眼皮过来解开绳子:"怎么样,他说了吗?"

大脑袋摇了摇头,拿起那张照片递给教导员:"他顽固得很,说不认识那个孟营长。还是发通缉令吧,我估计他蹦跶不了多少天了。"

菊花顶伸手将小兰子半长的头发压到前额上，

弄成刘海的形状，

果然，小兰子女孩子的模样，

和照片上的孩子一模一样

单眼皮骑车把大脑袋送回肉市胡同，却怎么也找不到小兰子。单眼皮嘱咐着大脑袋："可千万看好小兰子，他爹既狡猾又凶残，别让他到处乱跑，找到他尽管去军乐队部，一来是安全，二来抓紧说清楚那三根金条的事。"

　　大脑袋点点头。单眼皮骑上自行车离开了。

　　大脑袋问一个又高又胖的肉案掌柜陕西巷怎么走，肉案掌柜打量了大脑袋几眼，忽然哈哈大笑，指着大脑袋对旁边一个卖肉的边笑边说："胡老三，这个熊孩子，要去陕西巷，哈哈……"被叫作胡老三的屠户忍俊不禁，瞅着大脑袋笑着问："你去陕西巷？你毛长全了吗？"大脑袋被笑得莫名其妙，不知道去陕西巷有什么可笑的。

　　大脑袋臊得满脸通红，只好离了肉市胡同，边走边打问。走了两个多钟头，终于看到了陕西巷的路牌。过了小凤仙故居不远，就看到了二楼上挂着"暖春阁"三个大字的招牌。

　　"咣当！"暖春阁的大门推开——大脑袋迈步进来。楼上一转圈儿的天井里空荡荡，不见一个人影，他站在天井中间有点发毛。

　　"这日子口儿谁送银子来了？"不知从哪传出一个女人的声音。

　　"我找人！"大脑袋朝楼上喊了一嗓子。

楼上闪出一个花枝招展的老女人，一手拿个小团扇，一手拿块小香巾，一步三摇，人未到香水味先到了，熏得大脑袋直揉鼻子。

　　老鸨子看了看大脑袋，扇子一摇："我就说了，老天爷饿不死瞎家雀儿，这位兄弟，你想找个啥样儿的？"转廊后房子里晃出一群懒洋洋的女人。

　　大脑袋一眼就看到了那个梳菊花顶的女人，指着她说："她是不是绣春姑娘？我就找她！"

　　绣春姑娘见大脑袋从众多姐妹中独点自己，自然非常高兴，卖弄地撩起旗袍开衩，抛了个媚眼，还屈膝行了个礼。其他女人一看没戏，嗨了几声各自回去了。大脑袋一步一步上了楼梯，快走到菊花顶跟前的时候，老鸨子的手伸了过来："小兄弟，您先把银子付喽，姑娘们还都等着拿钱吃丰泽园呢。"

　　大脑袋支支吾吾说："我，我就找她说几句话……"

　　未等说完，老鸨子就变脸了，伸出穿着绣花鞋的脚轻轻一蹬，大脑袋叽里咕噜地从楼梯上滚了下来，一溜跟头一溜屁地栽出了大门。

　　街门"咣当"一声关上。

　　"没钱还想逛窑子，你当我是你妈呢！"门缝里迸出了一句。

　　1949 年 9 月 30 日下午，东总布胡同的军乐队驻地大院内，队员们风驰电掣地跑到操场列成方阵，或背或抱着的铜管乐器，明晃晃的一片，听从队长召集的紧急会议。

　　"中华人民共和国政治协商第一届全体会议一致通过决议：《义勇军进行曲》为代国歌！"一个河北口音高声宣布。

　　"噢！"李胖子率先欢呼起来，其他队员边欢呼边鼓掌。

　　队长把指挥棒朝空中一举，操场顿时鸦雀无声。

　　指挥棒有力地一挑，雄壮的《义勇军进行曲》前奏响了起来！

　　外面的欢呼，单眼皮竖着耳朵，听得一清二楚。军乐前奏一响，他就从水房里窜出来，激动得身子有点抖，跟着节奏哼唱着："起来，不愿做奴隶的人们，把我们的血肉筑成我们新的长城，中华民族到了最危险的时候……"唱到这里，忽然问边上的大脸蛋子，"哎，大脸蛋子，你看，我们建立了新中国，可这首歌里却有'中华民族到了最危险的时候'这样的句子，是不是过时了？"

大脸蛋子白了他一眼："你知道啥？周恩来说了，这首歌在抗战中起过巨大的鼓舞作用，尽管新中国成立了，但今后还可能有战争，我们还要居安思危。"

单眼皮点点头，放声高唱："中华民族到了最危险的时候，每个人被迫着发出最后的吼声，起来，起来，起来！"

朗朗星空，响彻着单眼皮稚嫩的歌声，单眼皮的歌声越来越响——他已经沉醉在兴奋中。

唱到高兴处，单眼皮站在小水房门口的大缸沿儿上，举着那把小号，昂首挺胸，对着号嘴，高唱："我们万众一心，冒着敌人的炮火前进，前进，前进，进！"月光在缸水里映出他那激动得不能自已的身影。

虽然被撵了出来，大脑袋却非常高兴，甚至出来的时候哼起了歌，因为他知道，自己大半年来要找的那个人，马上就要露面了，他可能就藏在暖春阁里。

但暖春阁的那些女人，太难缠，大脑袋感觉自己搞不定，赶紧回去搬救兵，找到小兰子："小兰子，那个丢钱包的菊花顶女人找到了，并且，她好像知道你爹的下落。"

小兰子一听，立刻要跟着大脑袋走。

小五一看不对头，拉住小兰子，劝着她不要去："大脑袋他肯定是骗你的，你想想，暖春阁是什么地方？八大胡同啊！你爹怎么会去那种地方！"

小五说得小兰子犹豫不决。

大脑袋一把扒拉开小五，抓住小兰子的手，说："脚在人家身上长着，你管什么管？我看，你就是贪恋人家那个钱包，怕小兰子帮你还了去。"

小兰子一听，对大脑袋说："咱们走！"

急得小五说不上话，想拉都拉不住，想跟着一起去，又被大脑袋拦住了，说：

"你去，就不怕那个绣春姑娘，把你吃了？"

小五想了想，扭头就走。

"嘡！"暖春阁大门被大脑袋一脚踹开。

老鸨子看到有人闹事，刚要喊人，"啪"的一声，小兰子把那个珠子钱包拍拍到了桌子上："我们是来送这个的。"

老鸨子看了看鼓鼓囊囊的钱包，脸上堆着笑，却把那个钱包塞回了小兰子手里："小子，这不是你玩的地方，再说了，你也不看看这是什么日子口儿。"

大脑袋一看不妙，大声喊了起来："绣春姑娘，菊花顶，我们把你的钱包送回来了，快来拿！"

话音未落，菊花顶出了屋，三步并作两步从楼上走下来，一把抓起钱包。她的手指甲上涂满了蔻丹，笑盈盈地对老鸨子说："姐姐，这是来找我的。"

小兰子和大脑袋被菊花顶引到屋里，菊花顶打开钱包看了看，满意地放在枕头底下，色眯眯地拧一拧小兰子的脸蛋，说："你把钱包给我送回来，是个好孩子，可是你呀……你太小了，等长大点，姐姐再陪你吧！"

"我不需要你陪，只想请你告诉我，他在哪里？"小兰子问。

"他？他是谁呀？我见过的男人多了，你说的是哪个他？"听到来找人，菊花顶咯咯咯地笑着问。

"他是我爹。"小兰子说。

"哦？"菊花顶一怔，又咯咯地笑了，"我可不是你妈哟……"

小兰子默默地拿出半张照片摆在桌子上，那是一个合影照，却被撕去了一半，只剩下左半边，一个军官戴着国民党军帽，眉清目秀。

菊花顶看看照片上的那个国民党军官，又看看小兰子，将信将疑。

小兰子又把自己的半张照片对在那半张照片上，凑成了一张完整的全家福，右边是身穿旗袍的妈妈，抱着一个长发可爱的女孩子。

菊花顶疑惑地看看照片上的小女孩，又看看眼前的小兰子，伸手将小兰子半长的头发压在前额上，弄成刘海的形状，果然，小兰子女孩子的模样，和照片上的孩子一模一样。

"原来，你就是他闺女啊！好，今晚你睡在这，明天一早，我带你去找他。"菊花顶喃喃道，回头看着大脑袋说，"只能我和她去。"

大脑袋点了点头，退了出去。

10月1日凌晨，满天星斗映着一轮弯月，把大地照得清晰明亮。几辆军车已停在库房门口，大脸蛋子全身披挂，胸前武装子弹带十字交叉，斜挎信号枪，格外神气。一声令下，大脸蛋子和他的战友们从库房里搬出整箱的信号弹，裹着油纸的黄澄澄的大信号弹，显得格外喜人。礼花射放队的同志按站队所需的颜色分领完各色信号枪弹，队长一挥手，车辆载着礼花射放队直奔发射点。

军乐队无声无息地列好了队伍，各式乐器擦拭得锃亮，在月光下反着柔和的光。

缠着绸带的指挥棒一挥，军乐队踏着整齐的步伐开出了大门，步伐橐橐，大地震撼。

单眼皮目送着军乐团整齐地开出大门，空荡荡的大院内，只剩下他孤零零的身影。

大脑袋急急忙忙跑到前门外小街的时候，钟表店里的闹钟已经敲过了十二响。大脑袋左右看了看空无一人的街道，掀开那熟悉的井盖，钻了进去。

不一会儿，铁井盖微微掀起。一队热烈的游行庆典队伍开了过来，喜形于色的人们将井盖"咣当"踩上，嘈杂的脚步踏得井盖噼里啪啦山响。

队伍过去了，井盖又悄悄地翘了起来，一队花枝招展，穿着漂亮裙子拿着五颜六色纸环的女生队伍开来，翘起的井盖又被踩了回去。

队伍过后，街道终于恢复了平静，井盖再次被掀了起来——里面露出了大脑袋。他四下望望，长出一口气，飞快地拿起裹着洋灰袋子的汤姆逊冲锋枪，钻出来，直奔陕西巷去了。

　　清晨还未隐去的月光将站在院子中央的单眼皮孤独的身影拉得老长。他仰头，望着天空，似乎在聆听什么。

　　一阵急促的脚步声传来，小五跑到大门口，望着空荡荡的大院，愣了一下，冲着院内的单眼皮大声喊："小兰子不见了！"

　　单眼皮还沉寂在自己的遐想中，没有回话。

　　"小兰子不见了！大脑袋把她拐走了，你管不管？大脑袋有枪，有枪！"小五吼起来。

　　单眼皮一下子清醒了过来。

单眼皮倒在地上，

他一只手捂住胸口……

他吸了最后一口谷豆香味的空气，

慢慢地闭上了眼睛……

太阳露出了笑脸，新的一天的阳光洒在北京这一五朝古都的每一条街道，家家户户门前都挂出了鲜艳的五星红旗，在这铅灰色的城市里，显得格外鲜艳。迎风飘扬的红旗映衬出浓郁的节日喜庆气氛。

　　小兰子跟着菊花顶进了汇生池澡堂。菊花顶掀开一道门帘，小兰子看见里面穿着干部服装的爹。

　　"爹！"小兰子惊喜地扑上去，抱住了父亲。

　　"兰子，你咋跑北平来了？爹正要回天津去找你呢。"军官悲喜交加。

　　"爹，……你参加解放军了？"小兰子望着父亲的一身干部服装问道。

　　军官望着女儿诚实的目光，终于，他摇了摇头。

　　"今天是开国大典，我们建立了一个新中国，你知道新中国是什么样子吗？"小兰子认真地问。

　　军官无言以答。

　　小兰子深情地说："单眼皮说了，噢，单眼皮，是个解放军战士，他说，新中国就是解放了，解放了就是以后就不再打仗了，我们就可以回家了。"

　　军官表情复杂，张开嘴，又好像不知道该怎么对女儿说，他摇了摇头，窗外隐隐传来庆祝的锣鼓声和游行队伍的口号声。

"兰子，那三根金条呢？你妈，你妈——"军官问得尴尬，边说边搓着手。

"金条，金条，我为了救大脑袋，送给了，送给了——"她突然想起来了，要再说送给单眼皮，是不是又得给他找新的麻烦？

"嗵——"小兰子正犹豫着，突然听外面尖叫了一声，菊花顶扑倒在门口，从门帘缝伸进了黑洞洞的枪口。

"跑，快跑，天良，快跑！"菊花顶喊得声嘶力竭。

军官夹起小兰子——几乎是飞着冲出房门。

外面锣鼓喧天，热闹非凡，菊花顶在后面喊："跑，快跑！不要回头！"

"嗒嗒嗒！"一个点射，子弹将军官身后的窗帘打掉，玻璃窗哗啦一下子碎了。

军官夹起小兰子冲出了房门用力把门往后一摔，门后的大脑袋被撞得仰面朝天摔了出去，汤姆逊冲锋枪也被摔在一边，大脑袋快速地爬过去捡起了枪。

军官拉着小兰子飞快地跑下楼梯，还没拐弯，汤姆逊冲锋枪已经瞄准了军官。刚要扣动扳机，小兰子却一下挡在了楼梯口，枪口正对着她的心口。小兰子冲着这边喊了一声："不要，大脑袋，不要！"大脑袋手抖了一下，军官趁机跑出了澡堂子。

街上的游行队伍挤满了街筒子，欢呼声震耳欲聋。

大脑袋端着用洋灰袋子裹着的汤姆逊冲锋枪，从澡堂子里追了出来。

"啪！"一颗子弹打在他身边的电线杆子上，他吓得赶紧闪到一边，可是怎么也发现不了目标。

"啪！"又一颗子弹打过来，将他手中的洋灰袋子撕破。

人们的欢呼声淹没了枪击声。

大脑袋急了，他不顾一切地从人群中站出来，努力地寻找着子弹射来的地方。

突然，小兰子窜上来，挡在他面前，一颗子弹贴着他的脸颊蹭过，将大脑袋的耳垂擦伤，鲜血滴了他一肩膀。

单眼皮奋力蹬着自行车，后座上坐着小五。快到陕西巷了，单眼皮在嘈杂的口号声中辨出了枪声，他蹙紧眉头，扔下自行车，朝着响枪的地方奔来。

远远地，单眼皮看见一个军官在前，大脑袋托着一把枪在后，朝火车站的方向跑去，单眼皮赶紧追了过去。

大脑袋趁军官从口袋里掏子弹压进枪槽的工夫，端枪便射，但军官还在跑。又没打中，大脑袋气喘吁吁，紧咬着牙关。大脑袋要为父报仇，大脑袋就要成功了。

前面就是火车道，一道铁丝网横亘在自己和铁轨面前，军官用力把铁丝网撕开一个口子，钻进车站，不想身子过去，裤子却被铁丝网挂住了，气急败坏的军官只好使劲摆动着铁丝网。

大脑袋拉开枪栓，磕出弹壳，拔下枪梭子，弹出里面的最后一颗子弹，顶进枪膛，"咔嚓"一声，顶上了火！他深呼吸几下，瞄准了还在铁丝网上挣扎的军官，正要扣动扳机。

小兰子从后边追来，尖叫了一声，惊恐地瞪大了眼睛。

关键时候，单眼皮从后面扑上来，一把夺下了大脑袋的汤姆逊冲锋枪。一颗子弹，贴着军官的脑袋顶上蹭过。

军官一急撒开裤腿，越过了铁道。

大脑袋看着跑远的军官，使劲扣动扳机，却再也没有子弹。大脑袋把枪一扔，哭倒在地上，拍着地面呼天抢地。

小兰子睁开眼睛，看见父亲跑进了车站，急忙追了上去，单眼皮也紧跟着追上去。

军官的额头上暴出青筋，他知道，他是俘虏，他杀人无数，回头不会有他的好果子吃；再被逮着，更没好下场。恐惧让他肢体灵活，脚下生风，他边跑边反手朝后面开枪。

他不知道，他的女儿，他逃跑出来唯一想寻找的女儿，正往他这边跑。

在小兰子的意念里，不管他是军官还是俘虏，不管他是好人还是坏人，他都是她爹，她早就想好了，只要他活着，她就要找到他！

这个找到爹的女儿，怎么能再让爹在自己面前消失呢？

可是，她爹不知道后面跟着的是她。也许，她爹太恐惧了，他害怕他一被逮回去，她就没人管了，他被逮回去，一旦死了，她就成了孤儿。恐惧让他勇往直前，恐惧让他失去了往日准确的判断。

那颗子弹向着小兰子飞来了。瞬间过后，小兰子将会倒在地上，胸口冒出汩汩的鲜血，小兰子就要死去了，死在她心心念念一定要找到的爹的枪下了。

这时候，她爹，那个仓皇逃命的军官，什么都不知道，他一心要跑，要跑，要跑得远远的——然后，再回来找到他的兰子，他要带着心爱的女儿，远走他乡，到一个谁也不认识他的地方去，好好把女儿养大，看她长成一朵花，长成大姑娘，给她定一门合心意的亲事，找一个俊朗好心眼儿的女婿，看着她出嫁。

小兰子迎着那颗子弹，朝着她父亲奔向前方。

前方，过了一道道铁轨，是一大片豆田，大豆已经成熟，豆田在蓝天下，随风起伏，像一片又一片金色的海浪。

在这个成熟的季节，白云下飞着几只雀子，远处有欢呼声，有礼炮声，豆田边上的树林，飒飒作响。小兰子，迎着那颗子弹，飞奔向前——

"小兰子——小兰子——"大脑袋的声音，喊破了嗓子的声音，是提示她危险的声音。

她听到了那颗子弹的呜咽，那颗子弹，在空气中拉出一道白线，向她飞过来。她看到了，她迎着那颗子弹，飞身向前。

"闪开——"

是单眼皮，小兰子听出来了，比声音更先到的，是单眼皮的一只手臂，他把她推到一边，子弹呼啸着穿过他的胸膛——

"闪开——"单眼皮又叫了一声，扬起手来。血，从他胸膛中射出来，像一道彩虹，在空中画了个半圆，往下落，往下落。

"爹——"小兰子趴在地上，尖叫了一声。

一辆火车驾驶厢上悬挂着毛泽东和朱德的画像，四边装饰着彩旗，慢慢地启动了，长鸣一声，缓缓驶出站台。

军官在铁轨上站住了，他回过头，看到不远处，自己心爱的女儿倒在一边，一个年轻的解放军战士，胸口喷着血，正在往地上倒去。

"兰子——"军官叫了一声，扬起双臂，欲朝她这边跑来……

火车，隆隆地从他背后驶过来……

"爹——"小兰子朝她爹的方向伸出手臂，好像要把她爹抱在怀里。

大脑袋从地上爬起来，再次端起枪。

火车一阵长鸣，朝着军官驶去。

小兰子捂上了眼睛。

单眼皮倒在地上，他一只手捂住胸口，看到蓝蓝的天空上白云悠悠飘过，看到一群小鸟儿在空中自由地飞翔，《义勇军进行曲》隐隐约约地从城里飘过来，他吸了最后一口谷豆香味的空气，慢慢地闭上了眼睛……